DESTINÉE

DESTINÉE

APRILYNNE PIKE

Traduit de l'anglais par
Lynda Leith

Éditeur : François Doucet
Traduction : Lynda Leith
Révision linguistique : Isabelle Veillette
Correction d'épreuves : Nancy Coulombe, Carine Paradis
Montage de la couverture : Matthieu Fortin
Illustration de la couverture : © 2012 Mark Tucker/MergeLeft Reps, Inc.
Mise en pages : Sébastien Michaud
ISBN papier 978-2-89667-593-7
ISBN PDF numérique 978-2-89683-410-5
ISBN ePub 978-2-89683-411-2
Première impression : 2012
Dépôt légal : 2012
Bibliothèque et Archives nationales du Québec
Bibliothèque Nationale du Canada

Éditions AdA Inc.
1385, boul. Lionel-Boulet
Varennes, Québec, Canada, J3X 1P7
Téléphone : 450-929-0296
Télécopieur : 450-929-0220
www.ada-inc.com
info@ada-inc.com

Diffusion
Canada : Éditions AdA Inc.
France : D.G. Diffusion
Z.I. des Bogues
31750 Escalquens — France
Téléphone : 05.61.00.09.99
Suisse : Transat — 23.42.77.40
Belgique : D.G. Diffusion — 05.61.00.09.99

Imprimé au Canada

Participation de la SODEC. SODEC
Nous reconnaissons l'aide financière du gouvernement du Canada par l'entremise du Programme d'aide au
développement de l'industrie de l'édition (PADIÉ) pour nos activités d'édition.
Gouvernement du Québec — Programme de crédit d'impôt pour l'édition de livres — Gestion SODEC.

**Catalogage avant publication de Bibliothèque et Archives nationales du Québec et Bibliothèque
et Archives Canada**

Pike, Aprilynne

Destinée
Traduction de : Destined.
Pour les jeunes de 13 ans et plus.
ISBN 978-2-89667-593-7
I. Leith, Lynda. II. Titre.

PZ23.P5549De 2012   j813'.6   C2012-940561-2

À Neil Gleichman, qui m'a enseigné
à terminer en force.
J'espère avoir réussi.
Merci, coach.

UN

Tamani pressa le front contre le carreau froid de la fenêtre, combattant une vague de fatigue intense. Le sommeil n'était pas une option, pas aussi longtemps que la seule chose entre lui et une fée d'hiver en colère serait une mince ligne de sel de table.

Ce soir, il était doublement *Fear-gleidhidh*.

Il portait normalement ce vieux titre avec fierté. Il le désignait comme le gardien de Laurel, son protecteur. Cependant, il revêtait également une signification plus profonde, qui allait au-delà du plus traditionnel *Am Fear-faire*. *Fear-gleidhidh* signifiait « gardien », et Tamani n'avait pas seulement la responsabilité de protéger Laurel, mais aussi celle de s'assurer qu'elle remplissait la mission que lui avait confiée Avalon lorsqu'elle était enfant.

Aujourd'hui, il devenait aussi gardien de prison.

Il regarda sa prisonnière. La chaise de Yuki était installée sur le linoléum éraflé au milieu d'un large cercle de sel blanc et granuleux. Elle dormait, une joue appuyée sur ses genoux, les mains lâchement menottées dans le dos. Elle semblait inconfortable. Vaincue.

Inoffensive.

— J'aurais tout abandonné pour toi.

Sa voix était étouffée mais claire.

Tamani sentit Shar se raidir au son de sa voix brisant le lourd silence.

Elle ne dort pas en fin de compte. Et elle ne pourrait jamais être inoffensive, se rappela-t-il à lui-même. La petite fleur blanche s'épanouissant au milieu de son dos, la marque des fées d'hiver, constituait une preuve suffisante de ce fait. Il s'était écoulé une heure depuis que David l'avait menottée à la chaise — une heure que Chelsea avait exposé la confirmation irréfutable qu'elle était en fait une fée d'hiver —, et Tamani n'avait toujours pas apprivoisé ce spectacle. Il le remplissait d'une peur glaciale qu'il avait rarement ressentie auparavant.

— J'étais prête. Voilà pourquoi je t'ai arrêté avant que tu me fasses entrer.

Yuki leva les yeux et décroisa les jambes, les allongeant autant que possible dans les circonstances.

— Mais tu le savais, n'est-ce pas ?

Tamani garda le silence. Il *s'en était* rendu compte. Pendant un instant, il avait été tenté de la laisser se confesser. Toutefois, cela ne se serait pas bien terminé. Yuki aurait fini par découvrir que son affection était une fiction, et il se serait retrouvé à la merci du mépris d'une fée d'hiver. Mieux avait valu mettre fin immédiatement à cette comédie.

Il espérait qu'il ne se faisait pas d'illusion à ce propos. Elle constituait une menace ; au départ, il n'aurait même pas dû éprouver de la culpabilité à lui mentir, encore moins maintenant qu'il savait qu'elle aussi mentait. Le pouvoir des fées d'hiver sur les plantes leur permettait de sentir la présence d'une vie végétale de loin, de sorte que Yuki avait su qu'il était une fée dès l'instant de leur première rencontre. Elle avait su pour Laurel également. Elle les avait tous trompés.

Alors, pourquoi se demandait-il encore s'il avait bien agi ?

— Nous aurions pu être tellement bons ensemble, Tam, poursuivit Yuki, sa voix aussi suave que la beauté de sa robe argentée froissée. Laurel ne va pas le quitter pour toi. Elle est peut-être une fée à l'extérieur, mais à l'intérieur, elle est entièrement humaine. Avec David ou sans David, sa place est *ici*, et tu le sais.

Évitant le regard de son capitaine, Tamani se retourna vers la fenêtre et scruta l'obscurité en prétendant regarder… quelque chose. N'importe quoi. La vie d'une sentinelle était remplie de méchanceté, et Tamani et Shar s'étaient vus prendre chacun des mesures extrêmes pour protéger leur terre natale. Mais toujours contre une menace évidente, un agresseur brutal : une fée *qui avait fait ses preuves*. L'ennemi, c'était les *trolls* — depuis toujours. Les fées d'hiver étaient les souveraines d'Avalon, et même si Yuki les avait trompés, dans les faits, elle ne leur avait pas fait de *mal*. Il ne savait pourquoi, mais la mettre aux fers lui paraissait pire que tuer une centaine de trolls.

— Toi et moi, Tam, nous sommes pareils, continua Yuki. Nous sommes utilisés par des gens qui ne se soucient pas de ce que nous voulons ou de ce qui nous rend heureux. Nous ne leur appartenons pas ; notre place est ensemble.

À contrecœur, Tamani lui jeta un coup d'œil. Il fut étonné de constater qu'elle ne le regardait pas en s'adressant à lui — elle fixait un point derrière lui, par la fenêtre, vers un avenir plus brillant qu'elle imaginait encore possible. Tamani était avisé.

— Aucune porte dans ce monde ne peut nous être fermée, Tam. Si tu te portes garant de moi, nous pourrions même entrer en paix à Avalon. Nous pourrions demeurer là ensemble et vivre au palais.

— Comment es-tu au courant pour le palais ? s'enquit Tamani par réflexe, sachant en posant la question qu'il mordait à son hameçon.

Shar lâcha un soupir à peine audible, et Tamani se demanda s'il était dirigé contre la stupidité de Yuki ou la sienne.

— Ou bien nous pourrions rester ici, poursuivit-elle calmement, comme si Tamani n'avait rien dit. Peu importe l'endroit où nous voulons aller ou nos désirs, tout est possible pour nous. Grâce à ton pouvoir sur les animaux et le mien sur les plantes, le monde nous appartiendrait. Tu sais, le jumelage du printemps avec l'hiver fonctionnerait très bien. Nos talents se complètent parfaitement.

Tamani se demanda si elle savait à quel point elle avait raison — ou si elle savait que cela ne le tentait pas du tout.

— Je t'aurais aimé pour toujours, murmura-t-elle en baissant la tête.

Sa chevelure sombre lustrée tomba devant elle, voilant son visage, et elle renifla doucement. Pleurait-elle ou réprimait-elle un rire ?

Tamani sursauta lorsqu'un coup retentit à la porte. Avant qu'il ne puisse esquisser un pas, Shar se rendit en silence au judas.

Couteau en main, Tamani se tendit — prêt. S'agissait-il de Klea ? Tout ceci — le cercle, Yuki menottée — avait un but : élaborer un piège pour partager la fée d'automne qui avait *peut-être* l'intention de les tuer.

Et peut-être pas.

Si seulement ils pouvaient en avoir la certitude.

Jusque-là, Tamani devait supposer qu'elles représentaient une menace — mortelle.

Cependant, Shar ouvrit la porte avec une ombre de grimace et Laurel pénétra dans la pièce, Chelsea sur ses talons.

— Laurel, fut tout ce que réussit à dire Tamani, ses doigts s'écartant du couteau.

Même s'il aimait Laurel depuis aussi longtemps qu'il s'en souvenait et que dernièrement, le sentiment s'était… *intensifié*, son cœur bondissait encore de joie chaque fois qu'il la voyait.

Elle avait retiré sa robe de bal bleu foncé — celle qu'elle portait lorsqu'il l'avait tenue dans ses bras au festival Samhain il y avait plus d'un an, quand il l'avait embrassée si passionnément. Cela semblait tellement loin.

Laurel ne le regardait pas maintenant ; elle n'avait d'yeux que pour Yuki.

— Tu ne devrais pas être ici, murmura Tamani.

Laurel arqua un sourcil en guise de réponse.

— Je voulais voir cela de mes propres yeux.

Tamani serra les dents. En vérité, il *voulait* qu'elle soit ici, mais ses propres désirs égoïstes entraient en contradiction avec son inquiétude pour sa sécurité. Ne serait-il *jamais* capable de satisfaire les deux sentiments ?

— Je pensais que tu étais partie à la recherche de David, dit Tamani à Chelsea, qui portait encore sa robe de soirée d'un rouge profond.

Elle avait abandonné ses talons hauts quelque part, de sorte que la jupe de sa robe formait une flaque autour de ses pieds, comme du sang.

— Je ne l'ai pas trouvé, répondit Chelsea, sa lèvre tremblant d'une manière presque imperceptible.

Elle regarda Laurel, qui observait toujours leur prisonnière silencieuse.

— Yuki ? commença timidement Laurel. Est-ce que ça va ?

Yuki leva la tête, posant sur Laurel un regard d'acier rempli de colère.

— Ai-je l'air de bien aller ? On m'a kidnappée ! Je suis menottée à une chaise en métal ! Comment irais-tu, *toi* ?

Le ton vénéneux de la fée d'hiver sembla frapper Laurel comme une vague déferlante ; elle recula d'un pas.

— Je suis venue voir ce que tu faisais.

Laurel jeta un coup d'œil à Tamani, mais ce dernier ne savait pas trop ce qu'elle voulait. Des encouragements ? Une permission ? Il lui offrit une grimace peinée et un minuscule haussement d'épaules impuissant.

Laurel reporta son attention sur Yuki ; l'expression de la fée d'hiver était impassible, son menton levé haut.

— Qu'est-ce que Klea veut de moi ? demanda Laurel.

Tamani ne s'attendait pas à ce qu'elle réponde, mais Yuki rencontra le regard de Laurel, puis elle dit simplement :

— Rien.

— Alors, pourquoi es-tu venue ?

Yuki souriait à présent, un sourire tordu, malicieux.

— Je n'ai pas dit qu'elle n'a *jamais* voulu quoi que ce soit. Toutefois, elle n'a plus besoin de toi.

Les yeux de Laurel passèrent nerveusement de Tamani à Shar avant de revenir sur Yuki.

— Laurel, écoute, dit Yuki d'une voix basse et apaisante. Toute cette comédie ne sert absolument à rien. Je vais te parler si tu me fais sortir d'ici.

— Ça suffit, intervint Tamani.

— Entre ici et viens me faire taire, dit Yuki en lançant un regard noir à Tamani avant de le poser de nouveau sur Laurel. Je n'ai jamais rien fait pour te nuire et tu *sais* que j'aurais pu. J'aurais pu te tuer un million de fois, mais je ne l'ai pas fait. Cela ne compte-t-il pas ?

Tamani ouvrit la bouche, mais Laurel mit une main sur son torse, le réduisant au silence.

— Tu as raison. Cependant, tu es une fée d'hiver. Tu as caché ce fait, même si toi-même devais savoir qui nous étions. Pourquoi ?

— Selon toi ? Dès que tes amis soldats ont découvert ce que je suis, ils ont désamorcé mon pouvoir et m'ont enchaînée à une chaise !

Tamani n'aimait pas qu'elle ait raison — que Laurel ne soit pas en mesure de le nier.

— D'accord, bien, nous devons peut-être simplement tout reprendre du début, dit Laurel. Si nous pouvons démêler tout ceci avant que Klea revienne, encore mieux. Si tu pouvais seulement nous dire…

— Tamani garde les clés, dit Yuki en regardant de son côté, les yeux brillants de méchanceté. Fais-moi sortir d'ici et je vais t'apprendre *tout* ce que tu veux savoir.

— Pas question, lança Tamani, faisant de son mieux pour avoir l'air de s'ennuyer.

Laurel s'adressa de nouveau à Yuki, leur coupant la parole.

— C'est probablement plus sûr pour tout le monde si...

— Non! cria Yuki. Je ne peux pas croire que tu participes à cela! Après ce qu'ils t'ont fait? Et à tes parents?

Tamani fronça les sourcils; qu'est-ce que les parents de Laurel avaient à voir là-dedans?

Cependant, Laurel secouait déjà la tête.

— Yuki, je n'aime pas le fait qu'ils aient effacé mes souvenirs. Mais je ne peux pas changer le passé...

— Tes souvenirs? Je ne parle pas des élixirs de mémoire. Qu'en est-il du *poison*?

— Oh, je t'en prie... lâcha Tamani.

Laurel le fit taire.

— Yuki, sais-tu qui a empoisonné mon père?

Tamani était assez certain de la réponse et il savait que Laurel l'était aussi — Klea devait être la coupable. Toutefois, si Laurel pouvait convaincre Yuki de confirmer leurs soupçons...

— Ton père?

Yuki parut déconcertée.

— Pourquoi empoisonneraient-ils ton père? Je parle de ta *mère*.

Encore une fois, Laurel regarda Tamani et il secoua la tête avec un petit haussement d'épaules. À quoi jouait Yuki?

— Tu ignores tout, n'est-ce pas ? Quelle énorme coïncidence qu'il *se trouve* que le couple propriétaire de la terre autour du portail est *par hasard* sans enfant — qu'il attende qu'un bébé blond surgisse dans leur vie. Comme c'est… pratique. N'est-ce pas ton avis ?

— Ça suffit, intervint sèchement Tamani.

Il aurait dû deviner ; encore des ruses. Yuki cherchait seulement des moyens de leur faire douter d'eux-mêmes, ainsi que l'un de l'autre.

— Ils l'ont fait, reprit Yuki. Quinze ans avant que tu apparaisses sur le pas de leur porte, les fées se sont assurées que ta mère avait suffisamment envie d'un bébé pour t'adopter sans poser de questions. Ils l'ont abîmée, Laurel. Ils ont fait en sorte qu'elle ne puisse pas enfanter. Ils ont gâché sa vie, et tu te ranges de leur côté.

— Ne l'écoute pas, Laurel. Ce n'est pas vrai, dit Tamani. Elle essaie seulement de t'influencer.

— Est-ce vraiment ce que j'essaie de faire ? Pourquoi ne pas le *lui* demander ?

DEUX

LAUREL SUIVIT LES YEUX DE YUKI JUSQU'À SHAR, QUI ÉTAIT debout et aussi immobile qu'une statue, son visage ne trahissant rien.

Ce ne pouvait pas être vrai. *Impossible.* Pas Shar, qui avait été son gardien invisible depuis qu'elle avait quitté Avalon la première fois.

Alors, pourquoi ne le nie-t-il pas ?

— Dis-le-lui, reprit Yuki en se tendant fortement sur sa chaise. Révèle-lui ce que *tu* as fait à sa *mère.*

Shar n'ouvrit pas la bouche.

— Shar, le supplia Laurel à voix basse.

Elle voulait l'entendre contester. Elle avait *besoin* qu'il le fasse.

— S'il te plaît.

— C'était nécessaire, répondit enfin Shar. Nous ne les avons pas choisis. Il se trouvait qu'ils vivaient là. Le plan devait fonctionner, Laurel. Nous n'avions pas le choix.

— Il y a toujours un choix, chuchota Laurel, la bouche sèche tout à coup, le menton tremblotant de colère.

Shar avait empoisonné sa mère. Shar, qui la protégeait depuis plus longtemps même que Tamani, avait *empoisonné sa mère*.

— J'ai un foyer et une famille à protéger. Et je ferai tout ce qu'il faut pour assurer la sécurité d'Avalon.

Laurel se hérissa.

— Tu n'avais pas besoin de...

— Oui, je le devais, déclara Shar. Je dois faire beaucoup de choses dont je n'ai pas envie, Laurel. Penses-tu que je désirais saboter la vie de tes parents humains ? Que je voulais *te* faire oublier ? J'obéis aux ordres. C'est pourquoi je t'ai surveillée tous les jours avant l'arrivée de Tamani. La raison pour laquelle je connais tout sur toi. Le bol de famille que tu as cassé et au sujet duquel tu as menti. Le chien que tu as enterré juste sous ta fenêtre parce que tu ne supportais pas qu'il soit plus loin de toi. Le temps que tu as passé avec Tamani, dans la cabane en bois ronds en octobre.

— Shar, dit Tamani d'une voix contenant un avertissement clair.

— Je t'ai laissé l'intimité que je pouvais, reprit Shar d'une voix basse trahissant enfin une note de remords.

Mais la minuscule expression de regret était manifestement adressée à Tamani et non à Laurel ; l'envie soudaine de traverser la pièce d'une longue enjambée et de gifler Shar ne fut contrée que par la rage qui la paralysait.

Le sourire de Yuki s'évanouit.

— C'est la force avec laquelle tu t'es alliée, Laurel ? Je n'ai peut-être pas toujours été honnête avec toi, mais moi-même, j'ai cru que tu valais mieux que ces monstres.

Elle baissa le regard sur le sel encerclant sa chaise.

— Un petit coup de ton pied et je pourrai arrêter tout cela. Je vais t'amener avec moi et te montrer à quel point Avalon a tort. Et tu peux m'aider à y rétablir la justice.

Laurel fixa le sel. Une partie d'elle souhaitait obéir, uniquement pour s'en prendre à Shar.

— Comment sais-tu pour Avalon ?

— Est-ce important ? demanda Yuki, le visage impassible.

— Peut-être.

— Libère-moi. Je te fournirai les réponses qu'ils te cachent.

— Ne le fais pas, Laurel, dit doucement Tamani. Je n'aime pas cela non plus, mais sa libération n'améliorera rien.

— Ne crois-tu pas que je le sais ? lança sèchement Laurel ; mais elle était incapable de détourner son regard du cercle blanc à ses pieds.

Tamani recula, silencieux.

Laurel voulait donner un coup de pied dans le sel — *vraiment*. Il s'agissait d'une envie irrationnelle qu'elle ne réaliserait pas, elle le savait, mais des larmes chaudes s'accumulèrent dans ses yeux alors que sa gorge brûlait de ce désir.

— Laurel.

Une main délicate lui toucha le bras, la ramenant à la réalité. Elle se tourna vers une Chelsea au visage blême.

— Viens avec moi. Nous allons en discuter, aller en voiture quelque part, tout ce qu'il faut pour te calmer.

Laurel fixa son amie, se concentrant sur la seule personne dans la pièce qui ne l'avait jamais blessée, jamais trompée. Elle hocha la tête sans regarder personne d'autre.

— Partons, dit-elle. Je ne veux plus être ici.

Une fois dehors, Chelsea referma la porte, puis elle s'arrêta.

— Merde, jura-t-elle doucement. J'ai déposé mes clés quelque part. Stupide robe sans poche, marmonna-t-elle en relevant l'ourlet pour ne pas trébucher dessus. Je reviens tout de suite.

Elle se retourna, et la porte s'ouvrit avant qu'elle ne puisse en toucher la poignée.

— Mes clés, expliqua Chelsea en passant devant Tamani.

Il ferma la porte derrière lui, restant seul avec Laurel sur le porche. Elle fixa son regard sur l'escalier, tout à coup réticente à le regarder.

— Je l'ignorais, murmura Tamani après une longue pause. Je le jure.

— Je le sais, chuchota-t-elle.

Elle appuya son dos contre le mur et se laissa glisser au sol, puis elle étreignit ses genoux. Sa voix était atone, même à ses propres oreilles.

— Ma mère est enfant unique. Son père est parti lorsqu'elle était enfant. Il ne restait qu'elle et sa mère. Puis, grand-mère est morte aussi. Maman a toujours désiré une famille nombreuse. Cinq enfants, m'a-t-elle dit un jour. Elle voulait cinq enfants. Mais cela ne s'est jamais réalisé.

Elle ignorait pourquoi elle lui racontait tout cela, mais d'une certaine façon, ça lui faisait du bien de parler, alors elle poursuivit.

— Ils ont consulté un tas de médecins et personne ne comprenait ce qui clochait. Aucun d'eux. C'est essentiellement cela qui a raffermi sa méfiance envers les docteurs. Cela a aussi grugé toutes leurs économies pendant longtemps. Et ça n'a pas d'importance, car maman m'aurait accueillie même si elle avait eu d'autres enfants, déclara fermement Laurel. Je le sais. Shar n'avait pas du tout besoin d'agir ainsi.

Elle se tut un moment.

— Sais-tu ce qui me rend *réellement* furieuse ?

Tamani eut la grâce de secouer sa tête en silence.

— J'ai un secret maintenant. Je leur raconte tout. Tout. Cela n'a pas été facile, mais me montrer ouverte et honnête avec eux a fait de cette dernière année environ la partie la plus merveilleuse de ma vie. Aujourd'hui, je sais ceci : cette *chose* que je ne peux pas leur révéler parce qu'ils ne me verraient plus jamais de la même façon, ni les fées.

Sa colère s'enflamma, brûlante.

— Et je le déteste pour cela, murmura-t-elle.

— Je suis désolé, dit Tamani. Je sais à quel point tu les aimes et… et je suis désolé qu'ils aient été blessés.

— Merci, répondit Laurel.

Tamani baissa les yeux sur ses mains, une ébauche d'émotion sur son visage que Laurel n'arrivait pas à déchiffrer.

— Je suis contrarié de ne pas l'avoir su, déclara-t-il enfin. Il y a tellement de choses que j'ignore. Et je ne crois pas que Yuki va nous révéler quoi que ce soit. La moitié de ses propos contredit l'autre. J'avais pensé que peut-être, une fois que nous l'aurions piégée, nous recevrions finalement les réponses que nous cherchions, mais… s'il ne se passe pas quelque chose bientôt… je ne sais pas comment Shar réagira.

— Shar…

Que lui avait-il dit, déjà ? *Je ferai tout ce qu'il faut pour assurer la sécurité d'Avalon.*

— Il ne lui fera pas de mal, n'est-ce pas ? Pour obtenir plus d'information ?

— Il ne le peut pas. Même s'il penchait de ce côté, il ne peut pas pénétrer dans le cercle.

— Il y a des choses qu'il pourrait faire sans entrer dans le cercle, commença Laurel. Il pourrait…

— Je ne le laisserai pas faire, répliqua fermement Tamani. Je le promets. Je vais la protéger. Mensonges ou pas, elle était mon amie. Elle l'est peut-être toujours, je l'ignore. D'ailleurs, Shar lui-même ne risquerait pas les peines encourues… pour avoir torturé une fée d'hiver.

Laurel n'était pas certaine de croire cela.

— Ce n'est pas un monstre, continua Tamani. Il fait ce qui doit l'être, mais cela ne signifie pas qu'il aime cela. Je comprends que tu ne peux pas *lui* faire confiance en ce moment, mais je t'en prie, aie confiance en *moi*.

Laurel hocha la tête d'un air sombre. Comme si elle avait le choix.

— Merci, dit-il.

— Peut-il vraiment la retenir, Tam ? Le cercle ?

Il resta un moment silencieux.

— Je le pense.

— Ce n'est que du sel, dit Laurel à voix basse. Tu étais avec moi au palais d'hiver ; tu as senti le pouvoir dans les salles supérieures. Contenir ce genre de magie avec une substance actuellement sur la table de ma salle à manger ne me semble pas possible.

— Elle y est entrée de son plein gré. Shar dit que c'est de là que vient son pouvoir.

Ses cils se levèrent et ses pâles yeux verts croisèrent les yeux de Laurel.

— Ne sous-estime jamais le pouvoir d'une situation dans laquelle tu t'es toi-même placée.

Elle savait qu'il faisait référence à plus que le cercle de sel.

Après un moment d'hésitation, Tamani la rejoignit sur le sol, posant un bras réconfortant autour des épaules de sa compagne.

— Je suis désolé pour tout, chuchota-t-il, ses mots lourds de regret.

Elle tourna le visage et se pencha vers lui, souhaitant se perdre en lui, oublier tout le reste, juste un instant. Tamani expira en tremblant et rapprocha son visage du sien. Laurel leva une main vers sa joue et l'attira à elle. Leurs lèvres venaient à peine de se toucher lorsque la porte s'ouvrit et que Chelsea sortit en trombe, les clés cliquetant dans sa main.

— C'est Shar qui les avait tout ce temps, se plaignit-elle bruyamment. Il est resté là à me regarder les chercher partout et ensuite…

Son regard se dirigea droit sur le bras de Tamani autour des épaules de Laurel.

— Oh, bien voyons ! dit Chelsea, réalisant clairement maintenant l'intention de Shar.

Puis, doucement, elle ajouta :

— Désolée.

Laurel baissa sa vitre, laissant le vent caresser son visage pendant que Chelsea roulait dans les rues désertes et sombres. Pendant presque une demi-heure, Chelsea ne dit rien de plus à propos de leur courte expédition dans l'appartement ou de son apparition inopportune, et Laurel apprécia l'effort que son amie avait dû mettre pour se taire. Le silence ne venait certainement pas naturellement à Chelsea. Elle se mourait probablement de reparler de leur visite à Yuki, mais tout ce que Laurel voulait, c'était de repousser tout cela au fond de son esprit et prétendre que ce n'était jamais arrivé.

— Hé, est-ce…

Chelsea se rangeait déjà quand Laurel réalisa que le grand gars marchant sur le côté de la route, silhouette découpée par le lampadaire, était David. Ses yeux — prudents sous la lueur des phares — luirent de soulagement en reconnaissant la voiture de la mère de Chelsea lorsqu'elle se gara le long du trottoir.

— Où étais-tu ? demanda Chelsea quand David s'accroupit pour regarder par la vitre du passager. J'ai roulé partout à ta recherche.

David fixa le sol.

— Je suis resté hors de vue, admit-il. Je ne voulais pas être trouvé.

Chelsea regarda par-dessus son épaule dans la direction où il marchait avant. Vers l'appartement.

— Où vas-tu ?

— J'y retourne, gronda David. Pour redresser les choses.

— Elle va bien, dit Chelsea, le regard sérieux.

— Mais c'est moi qui l'ai mise là.

— Elle a compris le cercle, insista Chelsea. Ce n'est pas comme c'était. Elle ne se blesse plus elle-même maintenant. Elle reste assise, simplement. Bien, elle reste assise et elle parle, ajouta Chelsea.

Cependant, David secouait la tête.

— J'ai essayé de fuir ma responsabilité dans ceci et j'en ai assez. J'y retourne pour m'assurer que tout reste humain. Ou, tu sais, l'équivalent en ce qui concerne les plantes.

— Tamani a dit qu'il allait s'assurer qu'elle reste en sécurité, dit Laurel.

— Mais sa définition — et celle de Shar — de la *sécurité* n'est pas tout à fait pareille à la mienne. À la nôtre.

Il fit courir son regard de l'une à l'autre.

— *Nous* l'avons mise là. Nous tous. Et je pense encore que c'était la bonne décision, mais sinon… je ne veux pas rester là les bras croisés et laisser la situation se dégrader.

— Que sommes-nous censés faire ? demanda Laurel, ne souhaitant pas admettre qu'elle ne désirait pas non plus y retourner.

Chelsea roula les yeux.

— Quelqu'un devrait rester toute la nuit, dit Laurel. Ce que mes parents me permettraient probablement, mais…

— Rester debout toute la nuit, ce n'est pas vraiment ton truc, déclara David, exprimant l'inquiétude de Laurel.

— Je peux envoyer un message texte à ma mère, offrit Chelsea. Je lui ai dit que je passerais sûrement la nuit chez toi de toute façon — c'est totalement logique après une danse importante. Et elle ne vérifie jamais mes dires.

Laurel et Chelsea se tournèrent vers David.

— Je vais penser à quelque chose, grommela-t-il. Qu'en est-il de Ryan ?

— Quoi ? s'enquit Chelsea, trouvant quelque chose d'intéressant à examiner sur le volant.

— Il va se demander pourquoi tu n'arrêtes pas de courir partout à des heures étranges. Tu ne peux pas toujours te servir de Laurel comme prétexte.

— Je ne pense pas qu'il va le remarquer, dit Chelsea.

— Tu ne peux pas te contenter de le supposer, rétorqua David. Ne le sous-estime pas. Tu le sous-estimes *toujours*.

— Ce n'est pas vrai !

— Bien, il va finir par remarquer *quelque chose* si tu commences brusquement à être tout le temps « occupée ». Et il voudra passer du temps avec toi pendant le congé scolaire. Particulièrement parce que tu l'as plaqué presque tous les jours la semaine dernière pour étudier pour les examens finaux, affirma David.

— Je ne sais pas pourquoi, mais je ne crois pas que cela se produira, déclara Chelsea avec regret en s'appuyant sur son siège et en croisant enfin son regard.

David se contenta de secouer la tête.

— Je ne te comprends pas. Tu éprouvais une telle inquiétude pour lui quand Yuki ou Klea ou je ne sais qui lui a filé cet élixir de mémoire, et à présent on dirait que tu t'en fous complètement.

Il fouetta l'air avec son pied.

— Pourquoi ne romps-tu pas avec lui, tout simplement?

— Je l'ai fait, dit Chelsea à voix basse.

Les yeux de David filèrent de Chelsea à Laurel, puis de nouveau à Chelsea.

— Tu as *quoi*?

— Comment aurais-je pu autrement justifier ma fuite au milieu d'une danse… avec toi? ajouta-t-elle en grommelant.

— Je plaisantais!

— Pas moi. J'allais le faire de toute façon.

David regarda Laurel.

— Étais-tu au courant?

Laurel jeta un coup d'œil à Chelsea avant d'opiner.

— Pourquoi? demanda David. Qu'est-ce qui a mal tourné?

Chelsea ouvrit la bouche, mais aucun son n'en sortit.

— Il était temps, tout simplement, dit Laurel en venant à son secours.

Ce n'était assurément pas un sujet que *quiconque* devait aborder encore. Certainement pas maintenant.

David haussa les épaules, son visage un masque de nonchalance.

— Peu importe. Nous devons retourner là-bas. La nuit sera longue.

TROIS

— Donc, tout ce que tu fais, c'est rester assis ici ?
demanda Chelsea à Tamani, sa voix se cassant un peu
alors qu'elle tentait de dissimuler un bâillement.

L'appartement était sombre et silencieux. Shar avait
saisi l'occasion pour appuyer sa tête contre le mur et
il s'octroyait un peu du sommeil dont il avait grande-
ment besoin. Ne restait que Tamani pour bavarder à
voix basse avec Chelsea, qui avait insisté pour prendre
le premier quart.

— À peu près, répondit Tamani. Tu peux dormir
un peu si tu le souhaites ; le tapis est doux. Désolé si
l'ameublement est aussi…

— Inexistant ? proposa Chelsea, se redressant sur
la simple chaise en bois habituellement posée à côté de
la table de cuisine inutilisée. Ça va, je ne suis pas tellement fatiguée. Je m'ennuie un peu, c'est tout.

Elle marqua une pause avant de se pencher vers
Tamani.

— Ne parle-t-elle jamais ?

— Oui, je *parle*, siffla Yuki avant que Tamani puisse répondre. Ce n'est pas comme si tu ne m'avais pas entendue un million de fois auparavant. Souviens-toi un peu plus tôt aujourd'hui, alors que nous nous sommes rendues ensemble à l'école ? Je sais que la semaine dernière doit te paraître comme de l'histoire ancienne maintenant, mais je pensais que vous autres, les humains, pouviez au moins vous rappeler le passé récent.

Chelsea resta immobile avec la bouche entrouverte avant de la refermer d'un coup et de marmonner :

— Bien, désooolée !

— Ne me prends pas en pitié, déclara Yuki, s'agitant sur sa chaise. Au pire, je suis piégée dans ce monde pendant deux jours. Toi, tu es coincée ici pour le reste de ton existence.

— Qu'est-ce que tu veux dire ? demanda Chelsea, se tournant plus franchement vers Yuki.

— Ne l'écoute pas, la prévint Tamani. Elle cherche seulement à t'atteindre.

— Chelsea Harrison, poursuivit-elle, ignorant Tamani. La troisième roue perpétuelle. Toujours tellement proche de ce que tu désires désespérément, sans jamais tout à fait toucher au but.

— Vraiment, intervint Tamani, se déplaçant pour se positionner entre Chelsea et la fée d'hiver. Elle n'a rien à dire que tu souhaites entendre.

Il ne pouvait pas s'empêcher d'avoir envie de la protéger. L'humaine avait réussi à s'insinuer dans ses bonnes grâces au cours des quelques derniers mois et il ne voulait pas qu'elle soit blessée par ce qui allait sortir de la bouche de Yuki.

— Tu penses vraiment pouvoir être de taille?

Toutefois, la curiosité de Chelsea était presque aussi connue que sa franchise et elle se pencha en avant afin de la voir de nouveau.

— Être de taille contre *qui*?

— Laurel, évidemment. Le fait est qu'elle n'a pas besoin de choisir David — ce qu'elle fera, précisa Yuki, sans aucun doute dans l'intérêt de Tamani. Toutefois, même dans le cas contraire, tu perds quand même. Disons que tout se passe selon tes rêves. Laurel abandonne David derrière elle, et un jour il se retourne et réalise pour la toute première fois que tu étais là pendant tout ce temps, attendant seulement qu'il te remarque.

Le visage de Chelsea rougit, mais ses yeux ne quittèrent pas Yuki une seconde.

— Tout à coup, tu es tout ce qu'il a toujours voulu. Il t'adore, et au contraire de ton petit ami bizarre, il accepte de fréquenter n'importe quelle université de ton choix.

— Qui t'a dit...

— Tu vas à Harvard, vous emménagez ensemble; peut-être même vous mariez-vous. Mais, reprit-elle en se penchant en avant autant qu'elle le pouvait, Laurel sera à jamais présente au fond de son esprit. Toutes les aventures qu'ils ont partagées, les projets qu'ils ont formés. Elle est plus belle que toi, plus magique que toi, tout simplement *mieux* que toi. Aie le courage de l'admettre, tu n'as aucun espoir de ne jamais être *autre chose* que le deuxième violon. Et tu devras vivre ta vie en sachant que si David avait eu le dernier mot, il n'aurait jamais eu l'occasion d'être avec toi. Laurel gagne.

La respiration de Chelsea était haletante. Elle se leva en évitant le regard de Tamani.

— Je... je pense que j'ai besoin d'un peu d'eau.

Tamani la regarda disparaître dans la cuisine, juste hors de vue. Il entendit le robinet couler — et couler. Et couler encore, beaucoup plus longtemps que nécessaire pour remplir une tasse. Après une minute entière, il se leva et lança un regard noir à Yuki, qui arborait un air suffisant.

Shar releva la tête au son des pas de Tamani. Cependant, celui-ci lui fit un geste indiquant qu'il revenait tout de suite.

Gardant Yuki dans sa vision périphérique, Tamani suivit Chelsea dans la cuisine, où elle se tenait debout, dos à lui, les bras en appui sur le bord de l'évier. Il n'y avait aucune tasse en vue.

— Est-ce que ça va? demanda Tamani d'une voix à peine plus forte que le sifflement du robinet.

Chelsea releva brusquement la tête.

— Ouais, je...

Elle esquissa un geste vague.

— Je n'ai pas trouvé de verre.

Tamani ouvrit l'armoire juste devant elle et en sortit un avant de le lui remettre sans un mot. Elle le remplit sous l'eau qui coulait et s'apprêta à refermer le robinet, mais Tamani l'en empêcha.

— Laisse-le. Elle a moins de chance de nous entendre.

Chelsea baissa les yeux sur l'eau — combattant probablement l'envie pressante de ne pas la gaspiller — puis elle hocha la tête et retira sa main. Tamani se rapprocha d'un pas, l'œil encore à moitié sur la fleur de Yuki à peine visible de l'autre côté du mur.

— Elle a tort, commença-t-il simplement. Elle donne à tous ses propos des airs de vérité, mais ils sont déformés jusqu'à ce qu'ils n'aient plus aucune véracité.

— Pas absolument vrai, répliqua Chelsea avec une étonnante assurance. Laurel est tellement plus que je ne serai jamais. Je n'avais pas réfléchi à la façon dont son influence sur David pouvait s'éterniser ainsi. Mais ce sera le cas. Yuki a raison.

— Tu ne peux pas penser comme cela. Laurel est très différente de toi, mais toi, tu es sensationnelle par toi-même, affirma Tamani en s'étonnant de réaliser à quel point il était sincère.

Il hésita, puis il sourit largement.

— Tu es plus drôle que Laurel.

— Oh, bien, commenta sèchement Chelsea. Je suis certaine que quelques plaisanteries correctement minutées me gagneront le cœur de David pour toujours.

— Ce n'est pas ce que j'ai voulu dire, reprit Tamani. Écoute, sérieusement, tu ne peux pas te comparer à une fée. Nous sommes des plantes. Notre parfaite symétrie est une chose que vous autres humains valorisez pour une raison quelconque. Donc, à l'extérieur, ouais, elle paraîtra différente de toi. Cependant, cela ne fait pas d'elle quelqu'un de meilleur et franchement, sauf peut-être au début, je ne pense pas que c'est ce qui a attiré David vers elle.

— Donc, elle est mieux à l'intérieur aussi ? marmotta Chelsea.

Là, elle fait délibérément l'andouille.

— Non, écoute, je veux seulement que tu comprennes ce qui donne tort à Yuki. À Avalon, tout le monde a le même genre de symétrie que Laurel et moi. Nous avons bien une échelle de... beauté, j'imagine, mais il n'y a rien de spécial dans l'apparence de Laurel. Elle a même une amie à l'Académie qui est presque son reflet parfait. Si David rencontrait Katya — ou une autre fée plus belle qu'elle —, penses-tu qu'il cesserait d'aimer Laurel ?

— Je dois avouer que tu es réellement mauvais à ce jeu, grommela Chelsea.

— Désolé.

Tamani grimaça.

— Je ne voulais pas insinuer qu'il ne cesserait jamais...

Chelsea l'interrompit avec un petit bruit piteux.

— Ça va, je sais ce que tu tentes de dire. Vraiment, la dernière chose que tu dois faire est d'essayer de convaincre les gens que Laurel n'a rien de particulier. Je ne le crois pas ; tu ne le crois pas. Et quand je pense que ma seule chance d'être avec David à l'avenir est que tu réussisses à la lui voler, j'espère que tu ne le croiras jamais.

— Non, ce n'est pas cela du tout.

Il marqua une pause pour réfléchir.

— Laurel a été partie pendant longtemps, Chelsea. Et même si elle a toujours eu mon amour, j'ai regardé d'autres filles dans le passé.

Il ne pouvait pas s'empêcher de se sentir un peu bête, à se confesser ainsi.

— Il y a eu cette très belle fée avec qui j'ai… dansé quelques fois, à des festivals. Je ne l'ai pas vue depuis des années, mais je dois te l'avouer, depuis que j'ai pu vraiment être avec Laurel — apprendre à nouveau à la connaître —, je n'ai pas pensé une seule fois à cette fée. Sérieusement, ajouta-t-il avec un grand sourire quand Chelsea arqua les sourcils. C'est à peine si je me suis souvenu d'elle pour pouvoir la mentionner. J'aime Laurel, elle *devient* donc la plus belle fée au monde pour moi et personne ne peut s'y comparer.

— Oui, je pense que nous avons établi que Laurel est extraordinaire, dit Chelsea d'une voix traînante. Je le pense aussi. C'est un peu cela, le problème.

— Non, je… oublie Laurel une minute. Écoute seulement ce que je *dis*. J'ignore si David t'aimera un jour.

Mais si c'est le cas, s'il t'aime *sincèrement*, à quel point une autre personne est belle ou excitante n'aura aucune importance. S'il t'aime vraiment, tu ne peux pas perdre. Parce qu'il ne considérera personne d'autre comme t'arrivant à la cheville.

Chelsea leva ses grands yeux gris vers lui — des yeux qui priaient pour que ses paroles soient vraies.

— Oublierais-tu Laurel si tu tombais amoureux de moi?

Tamani soupira.

— Évidemment, s'il m'était possible d'aimer une autre personne qu'elle. Je ne pense pas que ce soit le cas, par contre.

— Comment te résiste-t-elle? demanda Chelsea, mais son sourire était de retour.

Tamani haussa les épaules.

— J'aimerais le savoir. Comment David *te* résiste-t-il?

Elle rit, sincèrement cette fois, dissipant la tension qui avait empli la petite cuisine.

— Je te souhaite de réussir avec lui, dit Tamani, sérieux à présent.

— Comme c'est altruiste de ta part, répliqua Chelsea, roulant les yeux.

— Non, vraiment, reprit Tamani, posant une main sur son bras et le laissant là jusqu'à ce qu'elle le regarde. Mes propres espoirs mis de côté, je sais ce que l'on ressent quand on se languit pour quelqu'un. Je sais la douleur que cela peut provoquer.

Il marqua une pause avant de murmurer :

— Je nous souhaite le succès à tous les deux.

Alors qu'ils quittaient la cuisine, il lui offrit un large sourire.

— Et le fait que l'un dépend de l'autre, bien, mettons cela sur le compte d'un heureux hasard.

QUATRE

Bien que les yeux de Laurel fussent ouverts lorsque le réveil sonna, son bourdonnement aigu la fit tout de même sursauter quand il perça la demi-clarté du début de matinée. Vingt-deux décembre. Normalement, elle passerait cette journée à aider ses parents dans leurs boutiques ou à installer des décorations de dernière minute en écoutant de la musique de Noël, peut-être aussi en cuisinant des gâteries des fêtes. Elle se doutait que cette année, elle serait loin d'être aussi festive.

Le ciel était encore sombre quand Laurel ouvrit son placard et tendit la main vers un des chemisiers fabriqués par les fées — cela semblait approprié aujourd'hui, alors qu'elle remplissait réellement son rôle d'agente d'Avalon. En enfilant le haut paysan, elle sentit qu'il tenait davantage de l'armure que du tissu vaporeux.

Juste derrière sa porte d'entrée, Laurel tomba sur une sentinelle habillée en vert qu'elle ne reconnut pas — elles étaient tellement nombreuses à présent ! — qui lui donna la nette impression de vouloir la stopper.

— Le soleil se lève, dit Laurel sans attendre d'entendre ce qu'il avait à dire. Et je me rends chez Tamani. Tu pourras vérifier que je vais bien dans environ cinq minutes. Maintenant, bouge.

À son étonnement, il obéit.

Elle jeta un coup d'œil à la maison en reculant dans l'allée de garage, ses yeux s'arrêtant sur la fenêtre sombre de ses parents. Elle ne leur avait pas raconté ce qui se passait, mais elle ne pourrait plus tarder encore très longtemps.

— C'est presque fini, dit-elle en espérant avoir raison.

Après un court trajet, Laurel frappa à la porte de l'appartement et attendit que quelqu'un lui ouvre, s'armant de courage devant la possibilité qu'il s'agisse de Shar. Non que cela importât ; Shar se trouvait ici quelque part, et elle devrait l'affronter un jour ou l'autre. Cependant, plus tard valait mieux que maintenant et Laurel vit avec soulagement le visage de Tamani apparaître derrière la porte.

— Est-ce que tout va bien ? s'enquit-elle en disparaissant à l'intérieur, gardant la voix basse.

— Si par bien tu veux dire *sans incident*, alors oui, répondit Tamani en baissant vers elle un regard chaleureux qu'elle n'avait pas aperçu depuis la capture de Yuki.

Elle se demanda de quoi avaient discuté Tamani et Chelsea et s'il y avait une manière de les prier d'en parler plus souvent.

— J'imagine que c'est *correct*, répliqua Laurel en laissant tomber son sac à dos sur le plancher.

Cependant, elle savait qu'ils souhaitaient tous qu'il *se passe* quelque chose. Presque huit heures s'étaient écoulées depuis qu'ils avaient capturé Yuki. Cela paraissait trop long — et Klea n'avait pas la réputation de tarder.

Chelsea était assise sur une chaise près de Tamani, l'air fatigué — encore dans sa robe froissée —, mais affichant un sourire. Tamani avait retiré son nœud papillon, ses chaussures et son veston — mais pas ses gants, à cause de Yuki —, et sa chemise était déboutonnée jusqu'au milieu de son torse. Les deux donnaient l'impression qu'il y avait eu une fête toute la nuit plutôt qu'un tour de garde.

Le bruit de l'eau courante atteignit les oreilles de Laurel, et elle réalisa que Shar devait prendre une douche. Six mois auparavant, un comportement aussi banal et à caractère humain venant du capitaine aurait pu la faire sourire. À la place, chaque instant qu'elle passa à regarder la porte menant à la chambre à coucher de Tamani augmenta la tension dans son cou et ses épaules. Comment pouvait-elle se retrouver de nouveau nez à nez avec lui, sachant ce qu'il avait fait à sa mère ?

— Je vais rester avec toi lorsqu'il sortira, lui dit Tamani, son souffle lui chatouillant l'oreille.

Elle n'avait même pas remarqué qu'il s'était rapproché autant.

Laurel secoua la tête.

— Tu as besoin de dormir toi aussi.

— J'ai sommeillé ici et là. Fais-moi confiance, dit-il, ses doigts doux sur ses épaules, je vais bien.

— D'accord, murmura Laurel, se sentant infiniment mieux parce qu'il serait avec elle.

Ils se tournèrent tous les deux lorsque Shar émergea de la chambre à coucher, les cheveux encore humides. Il marqua une pause quand il vit Laurel, mais il rencontra son regard sans ciller avant que la jeune fille ne perde son courage et baisse les siens sur le plancher.

— S'est-il passé quelque chose au cours des cinq dernières minutes ? demanda Shar, les mains sur les hanches en entrant dans le salon de l'appartement.

— Rien du tout, répondit Tamani, imitant la posture de Shar.

Laurel réprima un sourire devant la manière dont Tamani calquait son mentor — probablement inconsciemment.

Shar se tourna et regarda Yuki avec une expression étrangement neutre. Laurel ne savait pas trop comment interpréter son attitude. Par moment, il semblait totalement dénué d'émotions. Elle savait qu'il était plus complexe que cela — Tamani lui avait raconté des histoires, des histoires qui les avaient fait rire aux larmes. Toutefois, la fée qui observait à présent sa prisonnière — si concentrée, si impassible — l'amenait à se demander comment quiconque pouvait se rapprocher de lui.

— Combien de temps attendons-nous encore ? s'enquit Tamani. Je commence à me demander si nous n'avions pas raison au début ; Yuki n'est possiblement rien de plus qu'une distraction, et Klea la laisse ici pendant qu'elle fait... peu importe ce qu'elle planifie de faire.

— À moins que les projets de Klea ne mettent le portail, ou Laurel, en danger, ils ne nous concernent pas. Nous gardons Laurel sous notre surveillance constante, et pour réellement menacer le portail, Klea a besoin *d'elle*, dit Shar en pointant Yuki — presque d'un air accusateur. Donc, avant qu'elle ne vienne la récupérer, nous pouvons supposer que le portail est en sécurité. Autant que d'habitude, s'amenda-t-il. Notre place est ici, à faire ce que nous faisons en ce moment.

— Penses-tu que nous devrions informer Jamison ? demanda Laurel.

— Non, répondirent Tamani et Shar à l'unisson.

Yuki leva le regard sur eux avec une expression étrange et concentrée.

— Pourquoi ? insista Laurel. Il me semble que lui, entre toutes les fées, devrait être au courant.

— Viens avec moi, dit Shar en se retournant vers la seule chambre à coucher de l'appartement. Surveille la Tordeuse quelques minutes, s'il te plaît, Tam.

La gorge de Laurel se serra. Elle sentit le doux tissu du gant de Tamani quand sa main se glissa dans la sienne.

— Je vais me placer dans l'embrasure de la porte si cela t'aide à te sentir mieux, murmura-t-il.

Cependant, Laurel secoua la tête, ravalant sa colère du mieux qu'elle le pouvait.

— Ça va, dit-elle en souhaitant que ce soit vrai. Il est le même Shar de toujours, non?

Tamani hocha la tête et lui pressa la main avant de laisser ses doigts glisser.

— Je vais partir, dit Chelsea d'une voix lasse avant que Laurel puisse suivre Shar.

— Merci, dit Laurel en étreignant son amie. La maison est ouverte.

L'un des avantages d'avoir autant de sentinelles entourant sa demeure était que Laurel ne se donnait plus jamais la peine de verrouiller les portes.

— Essaie de ne pas réveiller mes parents. Fais-moi confiance; tu ne veux pas avoir à leur expliquer tout ceci.

Elle avala sa salive. L'explication inévitable serait *sa* tâche, bien assez tôt.

Chelsea hocha la tête, réprima un bâillement et se dirigea vers la porte d'entrée; Tamani bondit et mit la chaîne derrière elle.

Laurel entra dans la chambre à coucher de Tamani sans se donner la peine d'allumer. Le soleil s'élevait à présent à mi-hauteur à l'horizon, jetant une lueur violacée à travers la fenêtre sans rideau. Il illuminait une pièce sobre où une unique chaise en bois drapée de divers articles de vêtements était posée à côté d'un grand lit avec une couverture chiffonnée dessus. Laurel le regarda fixement; il s'agissait du lit de Tamani. C'était étrange de penser qu'elle le voyait pour la première fois. La première fois qu'elle entrait dans sa chambre.

— Ferme la porte s'il te plaît.

Laurel s'exécuta, croisant le regard de Tamani un instant avant que la porte se referme entre eux.

— Nous ne pouvons pas dire aux autres sentinelles ce que nous avons appris sur Yuki et nous ne *pouvons pas* aller trouver Jamison, commença Shar.

Son visage était près du sien, ses bras croisés sur le torse, et il parlait d'une voix à peine assez forte pour qu'elle l'entende.

— Pour plusieurs raisons, mais la principale est que nous ne pouvons pas courir le risque de nous approcher le moindrement du portail. La seule chose entre Yuki et Avalon est qu'elle ignore son emplacement exact. Dès qu'elle l'apprendra, tout sera fini.

— Mais Klea travaillait avec Barnes. Elle le *devait*. Elle doit déjà savoir où est située la terre.

— Cela n'a pas d'importance, dit Shar avec brusquerie. À part raser la forêt entière, le seul espoir qui reste à Klea et Yuki d'accéder au portail consiste à connaître son emplacement *précis* et la manière dont il est camouflé.

— Mais nous pourrions envoyer quelqu'un. Aaron ou Silve ou…

— Et s'ils étaient suivis ? Cela pourrait expliquer la raison pour laquelle Klea a attendu si longtemps pour secourir sa protégée. Elle attend peut-être que nous allions chercher de l'aide.

— Et si elle ne venait jamais ? lança Laurel d'un ton sec. Nous ne pouvons pas garder Yuki enchaînée à cette chaise pour l'éternité, Shar !

Shar recula.

— Désolée, marmonna Laurel.

Elle n'avait pas voulu s'exprimer aussi sèchement.

— Non, ça va, dit-il, l'air perplexe. Tu as raison. Mais cela n'aura peut-être pas d'importance. En ce qui me concerne, la seule façon que tout se termine bien est de garder Yuki aussi loin que possible du portail.

— Donc, nous attendons sans rien faire ?

— Nous sommes rendus à une croisée des chemins. En ce moment, tout ce que nous avons est une fée d'hiver et beaucoup de forts soupçons. Disons que nous allions à Avalon. En supposant que Klea ignore où est situé le portail, nous pourrions l'y conduire. Si elle le sait, elle a peut-être installé des pièges sur notre route. Dans un cas comme dans l'autre, nous avons beaucoup plus à perdre qu'à gagner. Et même si nous rejoignions Avalon sains et saufs, qu'arriverait-il alors ? Comment te sentiras-tu si la reine Marion nous ordonnait d'exécuter Yuki ?

Laurel ravala sa salive.

— Crois-le ou non, c'est probablement la *meilleure* chose que nous pouvons espérer, dit Shar d'un air sévère. Notre autre choix consiste à patienter ici, pour-suivit-il. Le cercle tiendra tant qu'il ne sera pas brisé, mais ne t'y trompe pas, c'est une chose fragile. Un faux pas, et Yuki se déchaîne contre nous tous. La seule manière de garantir notre sécurité est de plonger un couteau dans Yuki tout de suite.

— Quoi ? Non !

Laurel ne put cacher la panique dans sa voix.

— Tu commences à voir le problème, dit Shar d'un ton juste un peu plus doux. Yuki est clairement dange-reuse, mais je ne pense pas qu'elle ait fait quoi que ce soit méritant la mort. Pas encore, en tout cas. Mais peu importe ce que nous ferons, à un moment donné, cela finira certainement par être elle ou nous. Mon seul espoir est que Klea a bien besoin de Yuki et qu'elle viendra lui porter secours. Et si nous pouvons tenir le coup assez longtemps — si nous pouvons trouver un moyen de neutraliser Klea *ici*…

— Alors, nous pourrons confirmer nos soupçons, le portail sera en sécurité et personne n'aura à mourir, termina Laurel d'une voix presque monocorde.

Elle n'aimait pas cela, mais elle n'avait pas de meilleure idée. Il n'y avait que trois fées et deux humains essayant de s'élever contre Klea et les forces à sa disposition. Qu'affronteraient-ils ? Une douzaine de trolls ? Une centaine ? D'autres fées ?

— Comprends-tu à présent ?

Laurel hocha la tête, souhaitant à demi ne pas com-prendre. Elle devait admettre à contrecœur que le plan de Shar était, selon toute probabilité, le meilleur. Pour l'instant. Sans un mot, elle pivota et quitta la chambre, Shar sur ses talons.

— Donc... comment cela va-t-il se passer ? demanda-t-elle en survolant l'appartement du regard et en faisant de son mieux pour ne pas regarder Yuki directement.

— Nous nous assoyons. Ou nous restons debout. Comme tu veux, dit Tamani. Shar et moi surveillons la porte et les fenêtres. J'essaie de lui poser des questions, mais cela ne mène généralement nulle part.

Il haussa les épaules, le geste semblant plus destiné à Shar qu'à Laurel.

— C'est plutôt ennuyeux, pour dire la vérité.

Yuki grogna, mais personne ne lui accorda d'attention.

Un *ding* électronique retentit dans la chambre à coucher de Tamani, suivi d'une exclamation murmurée par Shar.

— Répugnante plaie de...

Laurel fit un petit sourire narquois ; Shar détestait les téléphones cellulaires, et chaque fois qu'il sonnait, il lui jurait dessus. De manière assez créative, la plupart du temps. Ses sombres grommellements furent avalés par la chambre à coucher alors qu'il allait récupérer sa « babiole humaine » de l'endroit où il l'avait certainement égaré sans le vouloir, mais par exprès.

Un coup retentit à la porte et Tamani bondit sur ses pieds.

— Chelsea a probablement encore oublié ses clés.

Shar sortit de la pièce avec son téléphone.

— Il indique le nom de Silve. Que signifie «texto 2»?

Tamani posa son œil sur le judas.

— Cela veut dire que tu as deux messages... commença Laurel.

Mais les yeux ronds de Shar étaient fixés sur la fenêtre arrière de l'appartement.

— N'ouvre pas! cria-t-il en se retournant vers Tamani.

Sous le bruit d'un coup de feu, la porte explosa.

CINQ

L'EXPLOSION FIT ÉCLATER LA CHAÎNE DE SÉCURITÉ AVEC UN BRUIT métallique et envoya Tamani au plancher. Pendant que Laurel tournoyait sous la pluie de débris brûlants, elle vit l'arrière de l'appartement exploser. Du verre et du plâtre ricochèrent sur le sol quand le troll le plus imposant que Laurel avait jamais vu entra avec fracas — un troll inférieur, comme celui qu'elle avait vu enchaîné dans la cachette de Barnes. La monstruosité pâle et déformée battait violemment des pieds et des mains pour déloger Aaron, qui s'accrochait aux couteaux qu'il avait enchâssés dans ses épaules. Le duo en lutte roula plus loin dans la cuisine, disparaissant de leur vue.

En se retournant encore vers Tamani, Laurel eut l'horreur d'apercevoir un bouquet de roses décrire un arc dans les airs depuis la porte d'entrée, perdant des pétales cramoisis comme des gouttes de sang alors qu'il flottait presque tranquillement vers la prison de Yuki. L'instant s'étira pendant une éternité tandis que Laurel réalisait que dans une demi-seconde environ, les roses allaient briser le cercle de sel, que Yuki serait libérée et que, si l'on devait en croire Shar, il était très probable qu'ils seraient tués par elle.

Un couteau à lame de diamant vola dans les airs, épinglant le bouquet enveloppé de papier sur le mur à moins d'une longueur de bras de la barrière de sel qui les gardait en vie. Shar sortait déjà une autre lame de la gaine à sa taille pendant que Yuki hurlait de frustration et que Laurel se tournait vers la porte d'entrée démolie et la silhouette qu'elle encadrait.

— Callista! s'exclama Shar alors que Klea levait son visage vers la lumière.

Une ombre de reconnaissance passa sur le visage de Klea et elle fixa Shar, bien que ses fusils fussent carrément pointés sur Tamani et Laurel.

— Capitaine! Quel bonheur.

— Je t'ai regardée mourir il y a cinquante ans, dit Shar, ses mots lourdement teintés d'incrédulité.

Il ajouta ensuite :

— Tu es *Klea*.

— Shar!

Parsemé de débris et couvert de sang de troll, Aaron revint en trébuchant de la cuisine. Son bras gauche pendait sur son flanc, inerte.

— Il y en a d'autres en route, nous avons tenté de les retenir…

L'horreur figea ses traits quand ses yeux se posèrent sur la fleur de Yuki.

— Par la déesse de la Terre et du Ciel. Est-ce…

Mais le troll plongea sur lui par-derrière et les deux s'écrasèrent à travers un autre mur.

— Je t'ai *dit* de couper ce foutu truc! lança sèchement Klea à Yuki.

Le fusil dans ses mains tremblait — presque certainement de colère plutôt que de peur —, mais Laurel n'osa pas bouger.

— À présent, regarde dans quel pétrin tu t'es fourrée.

Klea leva une main pour se défendre contre un autre couteau que Shar propulsa dans les airs. La lame frappa un de ses fusils qui tomba dans un bruit métallique, mais elle tourna le second vers Shar et tira. Sa réaction brutale résonna dans les oreilles de Laurel, et Shar recula en chancelant tout en serrant son épaule avant de s'affaler contre le mur.

Saisissant l'occasion, Tamani bondit sur Klea, mais elle exécuta un pas de côté et elle lui attrapa le poignet avec sa main libre, le faisant basculer dans les airs et l'envoyant s'écraser sur le plancher.

— Tam!

La voix de Shar était tendue alors qu'il s'efforçait de se relever.

Toutefois, Tamani était déjà debout, un long couteau argenté dans la main; Laurel ne l'avait même pas vu le sortir. Klea plongea vers lui à la vitesse de l'éclair, ses mouvements si gracieux qu'elle aurait pu être en train de danser. Elle se faufila indemne entre les coups de Tamani, puis elle le fouetta au visage avec la crosse de son fusil, laissant une plaie irrégulière sur sa joue. Elle lui assena un autre coup sur le poignet, et le couteau de Tamani sembla bondir dans sa main de son propre chef.

Tamani recula de deux pas, esquivant la plupart des directs de Klea, mais sans rien pour parer ses coups, sa chemise fut rapidement transformée en un enchevêtrement de rubans et mouillée de sève coulant des coupures superficielles s'accumulant sur ses bras et son torse.

Pendant que Laurel cherchait une occasion de sauter sur le fusil lâché par Klea, quelque chose dans sa vision périphérique voltigea sur des ailes rubis. Avec une sensation d'angoisse au cœur, elle réalisa qu'un pétale était tombé du bouquet embroché — planant comme une plume, son trajet circulaire ressemblant à un ballet de boucles et de pirouettes dans la brise qui voyageait dans l'appartement. Dans un instant, il pénétrerait dans le cercle et alors, sous le pouvoir de Yuki, le doux et innocent morceau de fleur deviendrait une arme mortelle.

Et Laurel était trop loin — elle ne l'atteindrait jamais à temps.

— Shar ! cria-t-elle.

Mais il se tenait entre Klea et Tamani, maniant une chaise comme un bouclier improvisé.

— Sors-la d'ici ! hurla Shar pendant qu'un coup de pied de Klea déformait la chaise dans sa main. *Maintenant !*

Le monde bascula devant les yeux de Laurel alors que le bras de Tamani lui enserra la taille — la faisant rouler droit sur le mur détruit —, puis ils tombèrent. Un cri s'échappa de ses lèvres, mais il fut interrompu lorsqu'ils frappèrent le sol et que l'air sortit brusquement de ses poumons. Ils culbutèrent ensemble sur le sol et quand ils s'arrêtèrent, tout ce que Laurel put faire pendant un moment fut de regarder en haut en haletant le trou que le troll d'Aaron avait percé dans le mur, trois mètres au-dessus d'eux.

— Viens, dit Tamani en tirant Laurel sur ses pieds avant que sa tête n'ait complètement cessé de tourner.

Elle le suivit presque aveuglément, sa main bien serrée dans la sienne pendant qu'il contournait l'arrière de l'édifice à logements.

Ils stoppèrent lorsque le son perçant du bois qui éclate emplit l'air, accompagné par une soudaine bourrasque de vent.

— Le cercle est brisé, gronda Tamani.

Le son continua alors qu'ils viraient au coin du bâtiment, où Tamani recula immédiatement, aplatissant Laurel contre le mur.

— Ça grouille de trolls devant, murmura-t-il, sa bouche si près de l'oreille de Laurel que ses lèvres frôlèrent sa peau. Nous ne pouvons pas rejoindre ma voiture ; nous allons devoir courir. Es-tu prête ?

Laurel opina, le son des trolls grondants lui emplissant les tympans par-dessus la tempête assourdissante du bois volant en éclats. Tamani serra sa main plus fortement et la tira derrière lui. Elle tenta de jeter un œil en arrière, mais il l'arrêta en posant un doigt sur son menton et en faisant tourner son regard en avant.

— Ne regarde pas, dit-il à voix basse, sprintant sur le sol à découvert, ralentissant seulement un peu une fois qu'ils eurent atteint la sécurité relative des arbres.

— Est-ce que Shar s'en sortira ? demanda Laurel d'une voix tremblante alors qu'ils couraient dans les bois.

Tamani avançait en bondissant sans grâce, aidant sa compagne d'une main, serrant son flanc de l'autre.

— Il va s'occuper de Klea, répondit Tamani. Nous devons *te* mettre en sécurité.

— Pourquoi l'a-t-il appelée Callista ? s'enquit Laurel entre deux respirations saccadées.

Rien de ce qui s'était passé au cours des dernières minutes n'avait de sens pour elle.

— C'est le nom sous lequel il la connaissait, lui apprit Tamani. Callista est presque une légende parmi les sentinelles. C'était une Mélangeuse formée par l'Académie. Exilée avant même que tu ne germes. Elle était censée être morte dans un feu. Pendant le tour de garde de Shar au Japon.

— Mais elle a fait semblant ?

— Apparemment. Elle a dû faire un sacré boulot, d'ailleurs. Shar était méthodique.

— Pourquoi a-t-elle été exilée ? haleta Laurel.

Les mots de Tamani étaient tremblants alors qu'il se frayait un chemin à travers les arbres, et Laurel tendit l'oreille pour les comprendre.

— Shar m'a raconté un jour qu'elle expérimentait avec la magie contre nature, les poisons de fée... les armes végétales, essentiellement.

Katya ne lui avait-elle pas parlé, deux étés auparavant, d'une fée qui avait poussé les choses trop loin? Il devait s'agir d'elle. L'estomac de Laurel se noua à la pensée d'une Mélangeuse formée à l'Académie qui créait des poisons si maléfiques qu'elle avait été exilée pour ce motif. Klea était suffisamment effrayante *sans* la magie.

Ils coururent en silence pendant quelques minutes, trouvant enfin le sentier à peine visible que Tamani avait dû suivre des centaines de fois au cours des derniers mois, Laurel en était sûre.

— Es-tu certain qu'il ira bien?

Tamani hésita.

— Shar est... un maître Envoûteur. Comme le joueur de pipeau dont je t'ai parlé il y a quelques semaines. Il peut contrôler les humains à distance et son contrôle est beaucoup plus grand que la plupart des Voûtes. Bien meilleur que le mien, ajouta-t-il à voix basse. Il... il peut les utiliser. Pour l'aider à la combattre.

— Donc, il va les... contrôler? demanda Laurel sans comprendre tout à fait.

— Disons simplement que Shar luttant dans un édifice rempli d'humains est une très, très mauvaise idée.

Des sacrifices, réalisa Laurel. *Des barrières humaines pour s'allonger sur le chemin de Klea ou des soldats non consentants l'attaquant contre leur volonté.* Elle avala sa salive et essaya de ne pas s'attarder sur cette pensée, mettant sa concentration à ne pas trébucher pendant que Tamani continuait à courir presque trop vite pour qu'elle le suive.

Sous peu, elle reconnut des arbres — ils approchaient l'arrière de sa maison. En pénétrant dans le jardin, Tamani émit un sifflement comme un gazouillis aigu. Le commandant en second d'Aaron, une grande fée à la peau sombre nommée Silve, jaillit de l'orée du bois.

— Tam, ils sont partout !

— Ce n'est pas le pire, répliqua Tamani en haletant.

Laurel s'arrêta, posant les mains sur ses genoux en essayant de reprendre son souffle pendant que Tamani expliquait la situation — en entendant les protestations crachées par Silve devant les détails que Tamani et Shar avaient gardés secrets.

— Nous n'avons pas le temps pour des explications, dit Tamani en interrompant Silve. Shar a besoin de renfort et il en a besoin *maintenant*.

Les deux sentinelles ne prirent que quelques précieuses secondes pour dresser un plan pour diviser les forces, et Silve bondit dans un arbre pour crier ses ordres.

Tamani posa une main protectrice sur la taille de Laurel et la guida vers la porte arrière, son regard revenant sans cesse vers les arbres pendant le trajet.

La mère de Laurel était dans la cuisine, un peignoir en coton léger lâchement noué autour de la taille, l'inquiétude dans les yeux.

— Laurel ? Où étais-tu ? Et que...

Elle fit un geste vers la chemise mouillée et déchirée de Tamani.

— Chelsea est-elle ici ? demanda Laurel, esquivant la question de sa mère.

Pour l'instant.

— Je ne sais pas. Je pensais que tu étais au lit.

Son regard se déplaça vers Tamani et son expression de douleur la fit blêmir.

— Encore des trolls ? chuchota-t-elle.

— Je vais aller jeter un œil sur Chelsea, dit Laurel en poussant Tamani sur un tabouret avec autant de délicatesse qu'elle le pouvait.

Elle se hâta de monter l'escalier et d'entrouvrir la porte de sa chambre à coucher juste assez pour voir sa chevelure bouclée caractéristique éparpillée sur l'oreiller. Elle referma la porte et soupira, envahie par le soulagement qui la fit doucement se couler sur le tapis.

Elle leva la tête en entendant des bruits de pas, mais ce n'était que son père qui trébuchait dans le couloir, le regard trouble.

— Laurel, qu'est-ce qui se passe ? Est-ce que ça va ?

L'avalanche d'événements qui avait enterré sa vie en moins de vingt-quatre heures l'obligea à cligner des yeux pour chasser les larmes.

— Non, murmura-t-elle. Ça ne va pas.

SIX

Comme l'eau s'échappant d'un barrage, d'abord en filet, puis en torrent, Laurel se retrouva à trébucher sur ses mots en expliquant tout à ses parents, y compris les événements de la dernière semaine qu'elle avait évité de leur raconter. Les mots sortirent plus lentement vers la fin lorsqu'elle relata comment Klea avait attaqué et que Shar était encore en danger, et enfin elle se tut, se sentant purgée et vide — exception faite du souvenir brûlant de la seule chose qu'elle ne pouvait jamais laisser ses parents découvrir.

— Je... j'ignorais comment vous l'apprendre plus tôt, termina-t-elle.

— Une fée d'hiver ? demanda son père.

Laurel hocha la tête.

— Le genre qui peut faire à peu près tout ?

Elle se frotta les paupières.

— Tu ne peux même pas imaginer à quel point.

La mère de Laurel leva les yeux vers Tamani, qui était resté silencieux pendant toute la durée de l'explication.

— Ma fille est-elle en danger ?

— Je ne sais pas, admit-il. Malgré le fait qu'elle soit une fée d'hiver, je ne pense pas que Yuki soit une menace personnelle pour Laurel. Klea, par contre, c'est une autre histoire. Elle fait des choses qui sont loin d'être légales à Avalon et nous ignorons encore son but.

— C'est dommage que nous n'ayons pas simplement frappé Klea à la tête pour l'amener loin quand elle est venue à la maison le mois dernier, dit le père de Laurel en plaisantant à demi.

— Devons-nous te conduire quelque part, Laurel ? s'enquit sa mère.

— Que veux-tu dire ?

— Serais-tu plus en sécurité si nous t'emmenions ailleurs ? Nous pouvons partir dans l'heure.

Elle était debout, le regard baissé sur Laurel, avec une attitude de protection si féroce qu'elle donnait à Laurel envie de rire et pleurer en même temps.

— Je ne peux pas m'en aller, répondit Laurel à voix basse. C'est ma responsabilité. Si Klea avait voulu me nuire, elle en aurait eu maintes fois l'occasion. Je ne crois pas que c'est ce qu'elle veut de moi.

— Que *veut-elle* de toi ?

Laurel haussa les épaules.

— La terre, probablement. Le portail ouvrant sur Avalon. Comme l'a dit Tamani, nous l'ignorons.

— Et nous n'en saurons pas beaucoup plus avant le retour de Shar, ajouta Tamani.

Laurel remarqua ses poings serrés et elle posa une main sur son bras.

— Il va revenir, affirma-t-elle doucement en espérant paraître plus sûre qu'elle l'était en réalité.

— Tu sais, dit Tamani à voix basse sans la regarder, ta mère a peut-être raison. Nous avons fait tout ce que nous avons pu ici. Jamison nous a demandé de découvrir la source du problème des trolls. Klea a amené des trolls pour secourir Yuki. Je pense que cette preuve suffit pour affirmer qu'elle est à la base de tout cela et que notre mission est donc accomplie. Le reste dépend vraiment d'Aaron et de Shar, mais s'ils ne… réussissent pas…

Tamani marqua une pause et Laurel put presque le voir imaginer le pire.

— Nous *devrions* peut-être partir.

Laurel secouait déjà la tête.

— Avec toutes les sentinelles dans la forêt, il n'y a *aucun endroit* plus sécuritaire qu'ici.

Elle se tourna vers sa mère.

— Je sais que tu veux me protéger. Cependant, j'ai un travail à accomplir et il y a des milliers de fées à Avalon qui dépendent de moi pour protéger leur monde. Si Shar et Aaron ne peuvent pas arrêter Klea — si je peux faire quoi que ce soit, je dois être ici pour le faire. Je ne peux pas fuir cela. Je veux simplement…

La mère de Laurel lui souriait, les yeux brillants de larmes contenues.

Laurel haussa les épaules en désespoir de cause.

— Je veux simplement aider.

— Nous ne réussirons pas à te convaincre d'abandonner, n'est-ce pas ? demanda son père.

Elle secoua la tête, craignant que sa voix ne tremble et ne pousse son père à tenter le coup.

— Vous devriez peut-être partir sans Laurel tous les deux, suggéra Tamani. Je ne pense pas que Klea s'intéresse à vous, mais au moins Laurel saurait alors que vous êtes en sûreté.

La mère de Laurel tourna le regard vers sa fille.

— Si Laurel reste, nous restons aussi.

Tamani hocha la tête.

Son père se leva et soupira.

— Je vais aller me doucher. M'éclaircir les idées. Ensuite, nous pourrons dresser un plan.

— Je dois téléphoner à David, dit Laurel en tendant la main vers l'appareil alors que son père montait l'escalier à pas lourds.

— Pourquoi David doit-il toujours être de la partie ? marmotta Tamani, commençant déjà à faire les cent pas.

— Parce qu'il pense que son tour de garde approche, répondit Laurel d'un ton plein de sous-entendus, composant le numéro de David tandis que Tamani sortait son cellulaire.

— Il a un iPhone ? murmura sa mère alors que la sonnerie retentissait pour la deuxième fois dans l'oreille de Laurel.

Laurel opina.

— Je gardais cette petite information comme munition pour la prochaine fois où nous discuterions de *me* procurer un cellulaire.

Sa mère resta silencieuse plusieurs secondes pendant que Laurel écoutait le message vocal de David.

— Reçoivent-ils un... signal ? À Avalon ? demanda-t-elle.

Laurel haussa les épaules et laissa un bref message à David pour qu'il la rappelle à son réveil. Elle songea à téléphoner sur sa ligne résidentielle, mais elle ne voulait pas réveiller sa mère. Après tout, il était à peine sept heures. Elle devrait patienter.

Comme tous les autres.

La main de Tamani s'attardait dans sa poche et il marcha de long en large dans la cuisine jusqu'à ce que Laurel ait envie de crier.

— Aimerais-tu une tasse de thé, Tamani ? demanda enfin sa mère avec une légère trace de tension dans la voix.

Les cent pas ne constituaient pas un passe-temps préféré dans la demeure des Sewell.

— Ou bien peut-être désires-tu... te laver un peu ?

— Me laver ? répéta Tamani, l'air un peu hagard.

Il jeta un œil sur sa chemise en lambeaux et sur les égratignures sur ses bras qui ne suintaient plus, mais restaient luisantes de sève.

— C'est probablement une bonne idée, dit-il d'une manière hésitante.

— Peut-être aussi quelque chose à manger? suggéra Laurel. En considérant le tour qu'ont pris les événements, je me dis que même les légumes verts peuvent revenir au menu, ajouta-t-elle en se forçant à rire.

Tamani avait évité sa nourriture préférée pour empêcher ses yeux et la racine de ses cheveux de se colorer, mais Laurel présuma que cela n'aurait plus d'importance. Elle supposa, en y repensant, que cela n'en avait jamais eu — Yuki avait toujours su qui il était.

Tamani hocha la tête d'un coup saccadé.

— Ouais. Merci. Du brocoli, si tu en as.

— Je vais aller te chercher un t-shirt, dit la mère de Laurel en pivotant pour prendre le même chemin que son mari.

— Merci, murmura Tamani, bien que ses yeux fussent encore une fois tournés vers son cellulaire.

Laurel l'imagina en train de l'obliger à sonner.

D'un air hébété, Laurel s'empara d'un couteau pour couper un pied de brocoli qu'elle avait pêché dans le réfrigérateur.

Tamani tourna légèrement la tête, écoutant les pas de la mère de Laurel qui montait les marches et se rendait dans sa chambre. Puis, il sembla se fondre sur le tabouret, faisant courir ses mains dans ses cheveux avec un faible gémissement.

Laurel empila plusieurs bouquets sur une assiette et les lui tendit, mais il prit l'assiette dans une main et la main de Laurel dans l'autre avec un regard si intense qu'elle en perdit le souffle. Il transféra lentement l'assiette en verre sur le comptoir et enroula ses bras autour de la taille de la jeune fille.

Laurel se pelotonna contre son torse, s'agrippant à ce qui restait de sa chemise. Il mit les mains dans sa chevelure, puis autour d'elle, ses doigts lui pressant presque douloureusement le dos.

— J'ai franchement pensé que cela aurait pu être la fin, chuchota-t-il dans son oreille, la voix râpeuse.

Quand ses lèvres touchèrent son cou, ses joues et lui picotèrent les paupières, elle ne s'éloigna pas. Même quand sa bouche trouva la sienne, effrénée et insistante, elle lui rendit son baiser avec la même passion ardente. Ce n'est qu'à ce moment-là — en sentant le désespoir qui animait le baiser de Tamani — qu'elle réalisa à quel point ils avaient échappé de peu à la mort. Laurel n'avait pas vu Tamani perdre une bataille de cette façon depuis qu'elle l'avait regardé combattre Barnes, et elle s'accrocha à lui, tremblante et soulagée de la peur qu'elle ne savait pas avoir éprouvée.

Les doigts de Laurel caressèrent la joue de Tamani, reculant devant son faible halètement de douleur contre ses lèvres. Cependant, il ne s'éloigna pas. Au contraire, il l'attira davantage à lui. Elle aurait aimé bénéficier de plus de temps ; du temps pour se perdre dans ses baisers, pour oublier que Shar était dehors, quelque part, à se battre pour leurs vies.

Il retira enfin sa bouche, le front pressé contre le sien.

— Merci, dit-il doucement. J'avais… j'avais simplement besoin de toi pendant un moment.

Laurel entrelaça ses doigts avec les siens.

— Je pense que j'en avais aussi besoin.

Tamani rencontra son regard et il lui caressa le visage avec le pouce. Le désespoir avait disparu et il était de nouveau douceur et calme. Sa bouche frôla la sienne avec hésitation, comme ses mains l'avaient fait si souvent. Laurel se pencha en avant, en désirant plus. Voulant lui *montrer* qu'elle en désirait plus. Elle s'arrêta pour écouter les pas de sa mère, pour entendre un signe indiquant que Chelsea sortait de sa chambre, pour percevoir n'importe quoi d'autre que la douce caresse du souffle de Tamani sur sa joue.

Le monde reprit sa réalité seulement quand le timbre du téléphone résonna près de son oreille. Il sonna de nouveau et elle tenta de reprendre son souffle.

— Ce doit être David, chuchota-t-elle.

Tamani caressa sa lèvre inférieure avec son pouce, puis il laissa retomber sa main et se tourna vers l'assiette de brocolis lorsque Laurel prit l'appareil.

— Laurel ! lança David d'une voix trouble. Tu es à la maison. Tu ne t'es pas réveillée à l'heure ? Dois-je aller là-bas pour prendre ta place ?

Elle pouvait l'entendre farfouiller, probablement en train d'enfiler un jean et un t-shirt, prêt à se précipiter pour sauver la journée.

— Non. Non, c'est pire que cela, dit Laurel à voix basse.

Toute l'agitation du côté de David cessa quand elle lui expliqua ce qui s'était passé.

— Je m'en viens.

— Je pense qu'il y a suffisamment de gens stressés dans cette maison, argumenta Laurel.

— Bien, je ne peux pas rester ici à ne rien faire. Je… je me sentirai mieux si je suis là, juste au cas. Est-ce que je peux ?

Laurel réprima un soupir. Elle savait exactement ce qu'il ressentait et si leurs places étaient inversées, elle voudrait la même chose.

— D'accord, dit-elle. Mais entre comme chez toi. Ne frappe pas et ne sonne pas ni rien de la sorte. Chelsea dort encore et elle en a vraiment besoin.

— Entendu. Et Laurel ? Merci.

Laurel raccrocha et se tourna pour affronter Tamani.

— Il s'en vient.

Il hocha la tête en avalant une bouchée de légumes.

— C'est ce que j'avais compris.

— Qui s'en vient ? demanda la mère de Laurel à mi-chemin dans l'escalier.

— David.

La mère de Laurel soupira à moitié d'amusement en lançant un t-shirt gris propre à Tamani.

— Je dois dire que j'ignore ce que ce garçon raconte à sa mère.

SEPT

Tamani serra les dents en enfilant avec précaution le t-shirt neuf — et un peu trop grand — par-dessus les bandages que Laurel avait passé dix minutes à apposer. Arrivé, David était assis avec Laurel sur le sofa, et elle le mettait au courant de l'attaque du matin. Tamani bloqua sa voix ; il repassait déjà les événements dans sa tête, cherchant à savoir comment il aurait pu être mieux préparé, plus efficace.

Particulièrement contre Klea.

Il n'avait pas perdu une ronde de combat au corps-à-corps depuis des années, à part contre Shar. S'incliner devant une Mélangeuse formée par les humains le faisait presque autant souffrir que les blessures qu'elle lui avait infligées — et elles brûlaient énormément.

Les parents de Laurel avaient offert de ne pas se rendre au travail, mais Tamani avait soutenu qu'il valait mieux pour tout le monde qu'ils aillent à leurs boutiques et prétendent qu'il s'agissait d'une journée ordinaire. Avant même que Laurel puisse le suggérer,

Tamani avait ordonné à une demi-douzaine de sentinelles de suivre chacun de ses parents, juste au cas. L'expression de gratitude dans ses yeux était arrivée comme un cadeau.

— Alors, que fait-on maintenant?

Tamani regarda David et réalisa qu'il s'adressait à lui.

— Nous attendons des nouvelles de Shar, grommela-t-il. Silve a amené une compagnie entière de sentinelles à l'appartement pour aider à combattre les trolls. Ils devraient déclarer la voie libre à tout instant.

— Et...

David hésita.

— Dans le cas contraire?

Voilà ce qui inquiétait Tamani depuis une heure.

— Je ne sais pas.

Ce qu'il voulait dire, c'est qu'il conduirait Laurel quelque part ou personne ne pourrait la trouver — pas même David — et y rester jusqu'à ce qu'il soit certain qu'elle était en sécurité. Le dernier recours pour n'importe quel *Fear-gleidhidh*. Cependant, Laurel avait déjà décidé qu'elle n'allait pas s'enfuir, et Tamani ne devait probablement pas la prévenir qu'ils pourraient bien s'y résoudre qu'elle le veuille ou pas.

— Je n'aime pas cela, déclara David.

— Ouais, bien, moi non plus, répliqua Tamani, la voix lourde de frustration. Nous ne sommes pas précisément en sécurité ici non plus, ce l'est simplement davantage ici qu'ailleurs pour l'instant.

Mais pour combien de temps ? Il croisa les bras sur son torse et baissa les yeux sur David.

— Aimerais-*tu* partir ?

David se contenta de lui lancer un regard noir.

Le téléphone de Tamani se mit à vibrer dans sa main. Il baissa les yeux sur l'écran et vit une boîte bleue annonçant l'entrée d'un message.

De… Shar ?

Klea a pris Yuki et s'est enfuie. Je les ai suivies.

Puis, l'appareil vibra de nouveau — pour une photo cette fois. Il s'était attendu à recevoir des nouvelles de Shar — un meilleur mot était sûrement qu'il avait *espéré* —, mais même s'il s'était accroché à son téléphone depuis leur arrivée chez Laurel, il avait supposé que l'appel viendrait d'Aaron. Peut-être Silve. Shar n'avait jamais réussi à utiliser le téléphone auparavant ; généralement, il refusait même d'essayer. Tamani fit glisser un doigt une fois sur l'écran, deux fois, puis trois fois avant qu'il détecte son toucher et se déverrouille. Il plissa les paupières devant la minuscule photo pendant une seconde avant de la tapoter pour l'agrandir.

Pas que cela fut utile.

Il regardait une maison en bois ronds avec une structure blanche semblable à une tente s'étendant à l'arrière. Il y avait deux silhouettes un peu floues près de la porte d'entrée.

— Qu'est-ce que c'est ? demanda Laurel.

Il lui fit signe de s'approcher.

— Ça vient de Shar.

— Shar?

L'incrédulité dans la voix de Laurel était aussi lourdement présente que dans l'esprit de Tamani.

— Il t'a envoyé un *texto*?

Tamani hocha la tête en examinant la photographie.

— Il dit que Klea s'est enfuie avec Yuki. Il les a suivies ici.

Il fit glisser son doigt sur l'écran, zoomant sur les
deux silhouettes, voulant avoir une certitude avant
d'exprimer ses soupçons.

— Ces deux gardes, dit-il lentement, je ne crois pas
qu'ils soient humains.

— Des trolls? demanda David, toujours assis sur le
sofa.

— Des fées, répondit Tamani sans lever les yeux de
l'écran. Elles ne semblent pas essayer de se cacher non
plus. Il doit s'agir de… je ne sais pas. Le quartier général
de Klea?

— Devrais-tu lui téléphoner? s'enquit Laurel, mais
Tamani secouait déjà la tête.

— Pas question. S'il est là-bas, je ne peux pas courir
le risque de le faire prendre.

— Ton appareil ne peut-il pas, genre, le localiser
par GPS ou quelque chose comme cela?

— Ouais; mais je ne sais pas si c'est important. Il
n'y a pas de texte avec ce message et pour l'instant je
dois supposer que cela signifie que je ne dois rien faire.

Il enfonça de nouveau ses mains dans ses poches — l'une d'elles serrant encore le téléphone — et recommença à marcher de long en large.

Le téléphone vibra presque immédiatement. Une autre photo.

— Qu'est-ce que c'est ? demanda Laurel en se pressant contre lui pour jeter un œil sur les grandes tiges vertes.

Tamani sentit un nœud se former dans son ventre, et son estomac se barbouiller. Il avait fallu au fils de la Jardinière en lui moins d'une seconde pour reconnaître ce spécimen de plante particulier.

— Des jeunes plants, dit-il d'une voix rauque.

— Des jeu... oh ! s'exclama Laurel avec un halètement.

— Les plantes dans lesquelles naissent les fées ? s'enquit David en se levant du sofa pour regarder par-dessus l'épaule de Tamani.

Tamani hocha la tête d'un air hébété.

— Mais il y en a des douzaines ! lança Laurel.

Puis, après une pause :

— Pourquoi y en a-t-il autant de coupés ?

Tamani ne put que secouer la tête en examinant la photo d'un regard furieux, essayant de comprendre le message de Shar. Rien n'allait dans ce cliché. Il n'était pas Jardinier, mais l'état des jeunes plants en croissance était consternant même pour un œil non qualifié. Les plantes étaient trop rapprochées et la plupart des tiges étaient trop courtes en comparaison de la taille du bulbe. Au mieux, ils étaient mal nourris et probablement endommagés de manière permanente.

Cependant, c'était les plants coupés qui le dérangeaient le plus. La seule raison de couper un plant était sa récolte hâtive. La mère de Tamani s'y était résolue une fois dans sa carrière, pour sauver un bébé fée mourant, mais Tamani ne pouvait pas s'imaginer que les motifs de Klea étaient aussi maternels. Et il ignorait totalement pourquoi elle le ferait avec autant de plants. Elle devait les *utiliser*. Et pas pour savourer leur compagnie.

Son horrible hypothèse fut interrompue par une autre photo, celle-ci représentant une étagère en métal remplie de fioles vertes. Cette fois, aucune étincelle de reconnaissance n'apparut dans ses yeux et Tamani inclina l'écran vers Laurel.

— Reconnais-tu ce sérum ?

Elle secoua la tête.

— Environ la moitié des sérums ont cette couleur. Il pourrait s'agir de n'importe quoi.

— C'est peut-être…

Sa question fut encore interrompue par la vibration du téléphone. Pas un message texte cette fois ; un appel. Tamani aspira et tint l'appareil près de son oreille.

— Shar ? dit-il en se demandant si le désespoir qu'il ressentait était apparent.

Laurel le regarda, l'inquiétude, la sollicitude et l'espoir entremêlés dans ses yeux.

— Shar? répéta-t-il d'une voix plus basse maintenant.

— Tam, j'ai besoin de ton aide, murmura Shar. Il faut que tu…

Sa voix s'estompa et des bruits de pas s'agitant nerveusement se firent fortement entendre dans l'oreille de Tamani, comme si Shar avait déposé son téléphone.

— Ne bouge pas, ou cette étagère tombe.

La voix de Shar lui parvint nettement, mais avec un léger écho. *Mains libres*, réalisa Tamani. Il sentit un rire pétiller dans sa gorge et il dut se mordre fermement la lèvre pour le ravaler. Shar avait assez compris le fonctionnement de son téléphone pour l'utiliser lorsque ça comptait.

Lui parvint ensuite la voix de Klea — plus caverneuse, mais assez nette pour être entendue.

— Franchement, Capitaine, est-ce vraiment nécessaire? Tu as déjà foutu ma planification en l'air en assommant la pauvre Yuki.

Assommer une fée d'hiver? pensa Tamani avec une fierté mêlée d'incrédulité. *Je me demande comment il a réussi ce coup.*

— Je t'ai vue brûler, dit Shar d'une voix bouillante de mécontentement. Le brasier était tellement chaud que personne n'a pu s'en approcher pendant trois jours.

— Qui n'aime pas un bon feu? se moqua-t-elle.

— J'ai fait tester les cendres. L'Académie a confirmé qu'une fée d'automne était morte dans ce feu.

— Comme c'est zélé de ta part! C'est pourquoi j'ai laissé ma fleur derrière. Je ne pense pas que cela les aurait trompés si elle n'avait pas été fraîche.

Laurel posa une main sur le bras de Tamani.

— Est-ce…

Tamani la fit taire gentiment et éloigna le téléphone de son visage, puis il pressa le bouton de fonction mains libres avant de fermer le microphone, juste au cas.

— Où as-tu trouvé Yuki? s'enquit clairement la voix de Shar.

— Trouvé? Oh, Capitaine, tout ce qu'il faut c'est une seule graine quand on sait ce que l'on fait. La tâche a été longue puisque je dépendais des tailles, mais au cours des quelques dernières décennies, les humains ont fait de remarquables avancées en matière de clonage. J'ai vite découvert que chaque jeune plant a sa propre destinée, peu importe sa lignée. Donc, ce n'était qu'une question de temps avant que j'obtienne une fée d'hiver.

— Où as-tu trouvé la graine, alors?

— Je ne devrais vraiment pas te le dire, répondit Klea, mais c'est simplement trop bon pour que je garde le secret. Je l'ai volé aux Unseelie.

— *Tu es* une Unseelie, au cas où tu l'aurais oublié.

— Ne me mets pas dans le même paquet que ces fanatiques au regard fou, lança-t-elle sèchement. Je n'ai jamais découvert où les Unseelie avaient trouvé la graine, mais c'est sans importance. L'une d'elles m'a même vue la prendre lorsque je me suis esquivée. Oh, elle était tellement furieuse, dit Klea dans un murmure. Mais alors, je pense que tu la connais, Shar de Misha.

Tamani ferma les yeux, sachant ce que son ami devait ressentir en apprenant le secret que sa mère lui avait caché — le secret qui aurait pu sauver tant de vies. Il y eut une longue pause avant la réaction de Shar.

— Tu as une pile plutôt imposante de ces fioles ici. Le moins que tu puisses faire est de me dire pour quoi je suis sur le point de mourir. Tu me dois cela.

— La seule chose que l'on te doit est une balle dans la tête.

— Donc, je devrais les faire tomber alors, dit Shar. Tu vas me tuer de toute manière.

Pendant que Shar s'efforçait d'appâter Klea, sa voix semblait enfler, remplissant la pièce de ses provocations adroites. Tamani sentait que Laurel tentait d'accrocher son regard, mais le moment n'était pas opportun pour l'une de leurs conversations silencieuses. Il s'obligea à se concentrer sur le téléphone reposant dans sa paume et fit de son mieux pour respirer de manière égale.

Klea hésita.

— Bien. Ne pense pas que cela te sauvera. Il m'a fallu longtemps pour les fabriquer et je préférerais ne pas les gaspiller, mais ce n'est que le dernier lot. La plupart ont déjà servi.

— Est-ce ainsi que tu immunises les trolls contre nos poisons ?

— À Avalon, vous soignez les malades. Ici, les humains ont appris à prévenir les maladies avant qu'elles surgissent. C'est essentiellement la même chose avec cela. Un genre d'inoculation. Alors oui, cela les immunise.

— Cela les immunise contre la magie des fées, tu veux dire. La magie d'automne.

Tamani n'avait jamais entendu le terme *inoculation* avant, mais sa signification était d'une clarté écœurante. Klea immunisait une horde entière de trolls contre la magie des fées d'automne. Tous leurs ennuis au cours des dernières années — le dard qui n'avait pas fonctionné contre Barnes deux ans plus tôt ; le sérum de Laurel qui avait assommé quatre trolls dans le phare, mais pas Barnes ; le globe caesafum qui n'avait pas agi sur les trolls après la Sauterie d'automne à peine quelques mois plus tôt ; les sérums de pistage qui avait cessé de fonctionner. Tout cela était l'œuvre de Klea.

— Ce troll supérieur, dit Shar en comprenant aussi vite que Tamani.

— Oh, oui. Tu te souviens de Barnes. Il était ma souris de laboratoire, il y a longtemps. Cela ne s'est pas très bien passé en fin de compte et il a décidé de se retourner contre moi. Mais je trouve cela terriblement réconfortant de garder un plan ou deux en réserve. Pas toi ?

Un rire forcé de Shar.

— J'en prendrais bien un comme cela moi-même en ce moment.

— Bien dit ! pépia Klea d'un ton qui donna envie à Tamani de démolir le téléphone. Cependant, nous savons tous les deux que tu n'en as pas. Soit tu cherches à gagner du temps parce que tu as peur de mourir — ce qui est affreusement malséant —, soit tu espères transmettre miraculeusement cette information à Avalon avant que je l'envahisse, ce qui ne se produira pas. Donc, si tu voulais bien te montrer assez gentil pour t'écarter un peu afin que je puisse te tuer...

— Que penses-tu faire ? l'interrompit Shar, et Tamani s'obligea à centrer son attention sur ses paroles au lieu de s'attarder sur les visions terrifiantes qui surgissaient dans sa tête décrivant ce qui était sur le point d'arriver à son meilleur ami. Torturer Laurel jusqu'à ce qu'elle te révèle l'emplacement du portail ? Elle ne pliera pas. Elle est plus forte que tu ne le penses.

— Pourquoi diable ai-je besoin de Laurel ? Je sais où se trouve le portail. Yuki a cueilli cette petite information dans la tête de Laurel il y a presque une semaine.

Étonnée, Laurel leva la tête, ses yeux reflétant le choc, mais la compréhension s'afficha sur son visage alors que Tamani faisait ses propres liens. *Ces maux de tête.* La migraine terrible après l'attaque des trolls — quand son esprit était vulnérable et probablement tourné vers Avalon. L'appel de Yuki à Klea, l'étincelle dans ses yeux — cela devait être le plan de Klea depuis le début, sa motivation d'envoyer des trolls à leur trousse ce soir-là. Et en plus des petits maux de tête, Laurel en avait mentionné un beaucoup plus fort devant son casier, le dernier jour d'école — elle avait même exprimé son inquiétude que Yuki en soit responsable. Cependant, Tamani avait écarté cette hypothèse, car ils étaient de toute façon sur le point de la capturer. Pas étonnant que Klea avait été si furieuse quand Yuki avait insisté pour assister à la danse — elle avait complété sa mission. Elle était vraiment restée à cause de son affection malavisée pour Tamani.

Celui-ci ferma les yeux et s'obligea à respirer profondément, régulièrement. Ce n'était pas le moment de perdre la maîtrise de soi.

— Alors, j'ai une dernière requête.

Les paupières de Tamani s'ouvrirent brusquement. Il y avait quelque chose dans la voix de Shar qui lui déplut. Une tension.

— Dis à Ari et à Len que je les aime, dit Shar en se faisant entendre avec une clarté accrue malgré le tremblement dans sa voix. Plus que tout.

Une peur glaciale emplit le cœur de Tamani.

— Non.

La supplication à peine audible s'échappa des lèvres de Tamani.

— C'est très mignon, mais je ne dirige pas un service de messagerie, Shar.

— Je sais, c'est seulement… ironique.

— Ironique ? Je ne vois pas comment.

Un incroyable fracas résonna en arrière-plan, comme le bruit d'une centaine de coupes en cristal éclatant sur le plancher, et Laurel plaqua une main sur sa bouche.

— Demandons à Tamani, répondit Shar, et ce dernier releva brusquement la tête au son de son propre nom. C'est lui le spécialiste du langage. Tamani, n'est-ce pas ce que les humains appellent l'ironie ? Parce que je n'avais jamais imaginé que mes dernières minutes de vie seraient passées à essayer de comprendre comment utiliser ce foutu téléphone.

— Non ! hurla Tamani. Shar !

Il agrippa l'appareil, impuissant. L'explosion caractéristique d'un coup de fusil remplit ses oreilles, et son estomac se révulsa alors qu'il tombait à genoux. Quatre coups. Cinq. Sept. Neuf. Puis, le silence quand le téléphone se tut.

— Tam ?

La voix de Laurel n'était qu'un murmure, et ses mains se tendaient vers lui.

Il était incapable de bouger, ne pouvait pas respirer, ne pouvait pas faire autre chose que rester à genoux en silence, la main enroulée autour de son téléphone, les yeux suppliant l'écran de se rallumer, de faire apparaître le nom de Shar encore une fois, que son rire mordant résonne dans le haut-parleur pendant qu'il tentait de convaincre Tamani que la plaisanterie était vraiment amusante.

Mais il savait que cela ne se produirait pas.

Malgré ses mains tremblantes, Tamani réussit à glisser l'appareil dans sa poche et il se leva.

— Il est temps, déclara-t-il, étonné du calme de sa voix. Partons.

— Partir ? dit Laurel.

Elle avait l'air aussi sonnée que Tamani se sentait.

— Pour aller où ?

Oui, où ? Quand ils chassaient des trolls, Shar lui avait fait la leçon en lui disant qu'il devait s'en tenir à son rôle de *Fear-gleidhidh* de Laurel. Devrait-il amener Laurel et fuir ? Sa tête tournait pendant qu'il tentait de décider quelle était la *bonne* chose à faire. Mais le son des coups de fusil — l'image mentale des balles déchirant le corps de Shar —, cela bloquait tout le reste.

Dis à Ari et à Len que je les aime.

Ariana et Lenore étaient à Avalon. Il ne s'agissait pas simplement de dernières paroles de tendresse ; c'était des instructions. Tamani avait reçu ses ordres finaux de Shar.

— Au portail, dit-il. Rejoindre Jamison. Shar n'avait pas besoin de dire à Klea que nous étions au téléphone, mais il l'a fait. Tu as entendu Klea — elle en avait fini avec nous. Shar nous a de nouveau transformés en cible, pour diviser son attention et la déstabiliser. Il nous a gagné le temps dont nous avons besoin pour prévenir Avalon, alors c'est ce que nous faisons.

Les pièces se mettaient en place dans sa tête.

— Maintenant! ajouta-t-il en sortant déjà ses clés de sa poche.

Il se dirigea vers la porte d'entrée, mais David se plaça devant lui.

— Holà! Ho! Holà! dit David en levant les mains. Attendons juste une seconde.

— Ôte-toi de là, dit Tamani d'un ton sinistre.

— Avalon? Maintenant? Je ne pense pas que ce soit une bonne idée.

— Personne ne t'a posé la question.

Évidemment, c'est *maintenant* qu'il se décidait à argumenter.

Les yeux de David se radoucirent, mais Tamani refusa de l'admettre. Il ne voulait pas de pitié de la part d'un humain.

— Écoute, mec, reprit David. Tu viens d'entendre ton ami se faire faucher. Je le connaissais à peine et *je* me sens plutôt malade en ce moment. Ne prends pas de décision irréfléchie si tôt après… après ce qui vient d'arriver.

— Ce qui vient d'arriver? Tu parles du *meurtre* de Shar?

Les mots étaient comme du sel sur sa langue alors qu'il tentait de ne pas laisser David voir à quel point cela le déchirait de les prononcer.

— As-tu la moindre idée du nombre de mes amis que j'ai regardés mourir ? demanda Tamani en même temps qu'il repoussait ses souvenirs. C'est loin d'être le premier. Et sais-tu ce que j'ai fait ? Chaque fois ?

David secoua la tête à la manière d'un frisson convulsif.

— J'ai ramassé mon arme — merde, parfois j'ai pris *leurs* armes — et j'ai continué à faire mon boulot jusqu'à ce qu'il soit terminé. Là, je vais le répéter une dernière fois : ôte-toi de mon chemin !

David recula en hésitant, mais il resta à côté de lui, coinçant un pied devant la porte d'entrée quand Tamani la rejoignit.

— Alors, laisse-moi t'accompagner, dit-il. Je vais conduire. Tu pourras t'asseoir sur le siège arrière et réfléchir pendant un moment. Décider si c'est vraiment le bon choix. Et si tu changes d'avis…

Il écarta les bras en haussant les épaules.

— Oh, alors *maintenant* tu es le héros ? Maintenant que Laurel est ici pour le voir ? lança Tamani, sentant la maîtrise qu'il avait sur sa colère commencer à lui échapper. Hier soir, tu es *parti*. Tu as fui au lieu de faire ce qui devait l'être avec Yuki. Je fais ce qu'il faut depuis *huit ans*, David. Et je n'ai pas échoué ni fui encore. S'il y a une personne qui peut assurer la sécurité de Laurel, c'est *moi* — pas toi !

Quand avait-il commencé à crier ?

— Qu'est-ce qui se passe ?

Une voix endormie les fit tous se retourner vers l'escalier, là où se tenait Chelsea, son t-shirt froissé, ses boucles emmêlées formant autour de son visage un halo sombre.

— Chelsea.

Laurel s'interposa entre David et Tamani, ses bras fermes et forts, les obligeant à reculer d'un pas.

— C'est Shar. Klea… Klea l'a eu. Nous devons aller à Avalon. Tout de suite.

Tamani ne put s'empêcher de ressentir une pointe de fierté parce que Laurel avait pris son parti.

— Tu peux retourner dormir ou chez toi ou ce que tu veux. Je vais t'appeler dès que nous rentrerons.

— Non, dit Chelsea, la fatigue disparue de sa voix. Si David y va, moi aussi.

— David ne vient *pas* ! insista Tamani.

— Je ne veux pas… je ne veux pas que vous soyez blessés, dit Laurel, et Tamani entendit la tension dans sa voix.

— Allons, le supplia doucement Chelsea. Nous avons tout affronté avec toi. Nous le faisons ensemble. C'est notre devise depuis des mois.

La dernière chose que souhaitait Tamani était des passagers supplémentaires, et le temps n'était pas un luxe dont il bénéficiait. Il ouvrit la bouche pour déclarer qui venait et qui restait, mais l'expression sur le visage de Laurel l'arrêta. Elle tenait ses clés de voiture et tournait vers eux un regard étrange.

— Tamani, ma voiture se trouve encore devant ton appartement. Tout comme la tienne.

Tamani sentit l'esprit de combat le quitter comme la pluie roulant sur les feuilles d'un érable, ne le laissant qu'avec la douleur acérée du chagrin. David eut le bon sens de ne pas rire.

— Bien! dit Tamani en croisant les bras sur son torse. Mais ils ne vous laisseront pas traverser le portail, et dans deux heures au maximum, ces bois grouilleront de trolls et de fées, et *je ne serai pas là pour vous protéger.*

Il lança à Chelsea un regard qui la suppliait de rester. De rester là où elle était en sécurité.

Plus en sécurité.

Là où il y avait à tout le moins des sentinelles pour veiller sur elle. Mais, en croisant son œil déterminé, il sut qu'elle ne le ferait pas.

— J'imagine que c'est un risque que nous allons devoir courir, dit-elle calmement.

— Ma voiture est dans l'allée, proposa David en sortant les clés de sa poche.

Tamani baissa le menton. À l'exception de Laurel et peut-être de sa propre mère, il ne pensait pas qu'il aimait une autre personne dans le monde autant que Shar. Même la présence de Laurel, l'observant avec empathie, ne réussissait pas à alléger le poids qu'il sentait peser sur lui. Elle s'approcha, mais il détourna le visage; s'il regardait dans ses beaux yeux une seconde de plus, il allait craquer et perdre totalement la tête. À la place, il se tint debout stoïquement et hocha la tête en clignant des yeux quelques fois.

— D'accord. Nous devons partir, par contre. Tout de suite.

HUIT

— ATTENDS, DEMANDA LAUREL QUAND DAVID DÉMARRA LE moteur. Je dois téléphoner à ma mère.

Elle s'apprêta à ouvrir la portière, mais Tamani l'arrêta d'une main sur sa cuisse.

— Utilise ceci, dit-il en lui offrant son cellulaire.

Cela semblait morbide de toucher le téléphone, mais Laurel s'arma de courage et tendit la main pour le prendre. Elle composa le numéro de la boutique et pria en silence pour que sa mère décroche.

— Cure Naturelle!

Le simple son familier de la voix de sa mère lui donna envie de pleurer.

— Maman, dit Laurel, réalisant qu'elle ne savait même pas quoi lui dire.

— Nous sommes occupés avec des clients en ce moment, mais si vous laissez un message, nous vous rappellerons sous peu.

La gorge de Laurel se serra. Le répondeur. Elle patienta jusqu'au bip et prit une profonde respiration.

— S-salut maman, commença-t-elle en s'éclaircissant la gorge, car sa voix se cassait. Nous... nous partons. Nous allons à Avalon, précisa-t-elle rapidement, heureuse que sa mère soit la seule personne à la boutique connaissant le mot de passe pour la boîte vocale. Shar... Shar a été attrapé et nous devons aller en informer Jamison.

Elle ne savait pas trop quoi ajouter ; elle détesta le fait que c'était un enregistrement.

— Je reviens dès que possible. Je t'aime, murmura Laurel avant d'enfoncer son doigt sur la touche Fin.

Elle fixa le téléphone dans sa main pendant un long moment, certaine que si elle regardait ailleurs ou tentait de parler, elle éclaterait en sanglots. Elle espéra, elle pria pour que ce ne soit pas les derniers mots que ses parents entendraient de sa part.

Tamani tendit la main.

Après une respiration frémissante, Laurel le lui rendit. Il parcourut sa liste de contacts et mit le cellulaire sur son oreille.

— Aaron. Shar est mort. Klea tient Yuki et possède une armée de trolls. Ils sont immunisés contre la magie d'automne et ils savent où se trouve le portail. J'amène Laurel à Avalon. Lorsque tu auras terminé de nettoyer l'appartement, je te suggère de rassembler le maximum de personnes possible qui ne surveillent pas les parents de Laurel et que vous vous dirigiez vers la terre. Tu finiras probablement par arriver sur les talons de Klea. Que la Déesse te protège.

Chaque mot fut prononcé d'un ton égal, sans timbre. Cependant, lorsqu'il mit fin à l'appel, il éteignit son téléphone et le laissa tomber sur le siège comme s'il l'avait brûlé. Laurel se demanda s'il le reprendrait un jour entre ses mains.

Deux messages finaux — un au revoir venant du fond du cœur, un appel d'affaires en apparence calme, malgré son message dévastateur.

Laurel frissonna. Cela aurait presque été mieux si Tamani avait crié, s'était déchaîné. Mais il cachait tout — même à elle —, assis en s'appuyant loin d'elle, la tête pressée contre la vitre. Elle se sentait impuissante.

Environ huit kilomètres à l'extérieur de Crescent City, par contre, il fit courir une main sur le bras de Laurel et enroula ses doigts à travers les siens en l'attirant très subtilement plus près de lui. Ses yeux restaient fixés sur le paysage encadré par sa vitre, mais sa poigne serrée était le signe assez clair qu'il avait besoin d'une ancre. Elle découvrit qu'elle se sentait étrangement fière d'être celle vers qui il se tournait finalement. Même si ses doigts commençaient à la faire souffrir.

Personne ne dit un mot pendant presque tout le voyage, du moins en partie parce que Chelsea s'était rendormie, recroquevillée maladroitement sur le siège du passager à demi incliné. C'était probablement une bonne chose qu'elle n'ait pas entendu l'appel de Shar ; le sommeil ne viendrait sans doute pas aussi facilement dans le cas contraire. Plus tard, un bout de route en asphalte raboteux la réveilla en sursaut, et elle déboucla sa ceinture de sécurité afin de pouvoir se tourner et parler à Laurel et Tamani.

— Donc, euh, à notre arrivée, que faisons-nous ?

Ses yeux tombèrent brièvement sur les mains jointes de Laurel et Tamani, mais elle ne commenta pas.

Tamani se détourna de la vitre et pour la première fois, son visage était calme, même ses yeux.

— Nous nous rendons au portail, nous expliquons notre urgence, demandons à entrer, et si nous sommes chanceux, ils acceptent. Et quand je dis *nous*, je parle de Laurel et moi. Aucun pied humain ne s'est posé à Avalon depuis plus de mille ans.

— Nous voulons aider, déclara David. Penses-tu qu'ils nous le permettront ?

La main de Tamani glissa hors de celle de Laurel lorsqu'il se pencha en avant.

— Nous avons discuté de cela, rétorqua-t-il non sans gentillesse. Votre concours n'est pas du genre dont ils voudront. Je suggère que vous nous déposiez et repartiez aussi vite que possible. Allez vers le sud — pas chez Laurel. Les sentinelles là-bas protégeront tes parents, dit-il en se tournant brièvement vers Laurel, mais la dernière chose dont elles ont besoin est de plus de gens pour tout embrouiller. Allez à Eureka ou à McKinleyville.

Il hésita.

— Allez… faire des courses de Noël ou autre chose.

— Le centre commercial la semaine avant Noël. Ça me paraît génial, commenta Chelsea d'une voix traînante.

— Allez à la plage, alors. Le but est de ne pas rentrer à Crescent City, préférablement pas avant demain ou après-demain.

— Comment sommes-nous censés expliquer *cela* à nos parents ? s'enquit David.

— Tu aurais peut-être dû poser cette question avant d'insister pour venir, répondit Tamani, son ton réussissant à paraître plus sec sans pour autant augmenter le moindrement de volume.

David secoua la tête.

— Nous sommes du même côté, mec.

Tamani baissa les yeux et il entendit Laurel prendre quelques respirations rapides et superficielles à côté de lui avant qu'il relève la tête et ajoute avec plus de calme :

— ˙Même s'ils vous laissent entrer, vous demeurerez probablement à Avalon pendant au moins ce laps de temps. Fais-moi confiance, tu auras tout le temps qu'il faut pour trouver quoi dire à ta mère.

— Je vais dire à *ma* mère que David et Laurel ont essayé de s'enfuir pour se marier, lança Chelsea, pince-sans-rire. Je les ai accompagnés uniquement pour les convaincre d'y renoncer. Elle va me pardonner à peu près n'importe quoi si elle pense que je protège la vertu de Laurel.

Laurel réalisa que sa propre bouche était grande ouverte et elle donna une tape sur l'épaule de Chelsea.

— Je gardais cette excuse en réserve pour une urgence, lança fièrement Chelsea à personne en particulier en regardant devant elle tout en bouclant sa ceinture de sécurité alors que David quittait la route principale.

La vue de la maison en bois ronds, nichée parmi d'imposants séquoias, submergea Laurel d'une nouvelle vague de tristesse. La dernière fois qu'elle était venue, c'était en compagnie de Tamani, et cela avait été l'un des jours les plus merveilleux de sa vie. Même aujourd'hui, son corps était parcouru de frissons à ce souvenir. La vie semblait tout à coup si fragile et incertaine ; elle se demanda si elle et Tamani ne profiteraient jamais d'une autre journée semblable. Et, réalisa Laurel, elle en *voulait* désespérément une. Elle le regarda ; son regard était fixé aussi sur la maison. Puis, il se tourna et leurs regards se croisèrent, et elle sut qu'ils songeaient à la même chose.

— Où devrais-je garer la voiture ? s'enquit David. Ils la verront lorsqu'ils viendront.

— S'ils arrivent avant ton départ, il sera trop tard pour s'inquiéter, répondit Tamani en détournant les yeux de Laurel. Aussi bien la laisser juste ici.

Ils commencèrent à marcher vers la forêt quand Tamani les arrêta, le visage on ne peut plus sérieux.

— David, Chelsea, comme je l'ai déjà dit, il n'y a eu qu'une maigre poignée d'humains admis à Avalon.

Mais ceux qui l'ont été sont... Parfois, ils ne reviennent pas. Si vous nous accompagnez dans la forêt, j'ignore ce qui se passera. Et je ne sais pas ce qui serait pire — qu'ils vous refusent au portail et que cela ne vous donne pas le temps de rejoindre la voiture, ou qu'ils vous laissent entrer.

Il retint le regard de David un long moment avant que ce dernier hoche la tête une fois. Puis, il tourna les yeux vers Chelsea.

— Je ne peux pas rester ici, dit-elle à voix basse. Je me détesterais pour le reste de mon existence.

— D'accord, dit Tamani, presque dans sa barbe. Alors, allons-y.

Tamani mena la marche sur le sentier sinueux, avançant dans la forêt avec tellement d'assurance et de détermination que Laurel et ses amis durent presque courir pour rester à sa hauteur. Laurel savait que des sentinelles devaient suivre leur progression et elle s'attendait à les voir surgir à chaque détour, comme elles l'avaient fait si souvent lorsqu'elle était entrée dans les bois avec Tamani. Mais la forêt demeurait étrangement silencieuse.

— Sommes-nous trop tard ? murmura Laurel.

Tamani secoua la tête.

— Nous sommes avec des humains, répondit-il simplement.

Quand ils arrivèrent enfin en vue de l'ancien cercle d'arbres entourant le portail, une sentinelle se montra finalement le visage, apparaissant presque par magie devant Tamani et posant une main sur son torse. Tamani stoppa avec une telle grâce qu'un observateur aurait pu penser qu'il avait toujours eu l'intention de s'arrêter à cet endroit précis.

— Tu te places en terrain glissant en les amenant si près, Tam, dit la sentinelle.

— Je vais être en terrain encore plus glissant lorsque je demanderai la permission de les amener à Avalon, répliqua Tamani avec impassibilité.

Le choc apparut sur le visage de l'autre sentinelle.

— Tu... tu ne peux pas ! Cela ne se fait pas !

— Écarte-toi, ordonna Tamani. Je n'ai pas le temps.

— Tu ne peux pas faire ça, reprit la sentinelle en refusant de bouger. Jusqu'au retour de Shar, nous ne pouvons même pas...

— Shar est mort, dit Tamani, et un silence respectueux sembla se propager à travers les arbres.

Après avoir patienté quelques secondes — peut-être pour laisser la nouvelle faire son chemin, peut-être pour rassembler son propre courage — Tamani poursuivit.

— En tant que commandant en second de cette mission, son autorité me revient, du moins jusqu'à ce que le Conseil se réunisse. Maintenant, je le répète, écarte-toi.

La sentinelle recula, et Tamani avança à grandes enjambées, le menton levé très haut.

— Sentinelles, mes...

Sa voix faiblit, très légèrement.

— Mes douze premières en avant.

Ces mots étaient ceux de Shar, le début du rituel qui transformerait un vieil arbre noueux en un portail doré étincelant. Des mots que Laurel avait assez souvent entendus pour connaître leur signification.

Onze sentinelles se joignirent à celle qui avait stoppé leur progression, et Chelsea haleta doucement quand elles formèrent un demi-cercle devant l'arbre. C'était tout un spectacle ; elles portaient toutes des armures qui avaient été méticuleusement camouflées, et la plupart transportaient des lances à manches sombres et à pointes de diamant. Plusieurs arboraient des cheveux teintés de vert à la racine, comme Tamani et Shar auparavant. Hors de leur élément, elles auraient probablement eu l'air originales — peut-être même idiotes. Mais ici, dans la forêt, Laurel ne pouvait pas songer à elles autrement que comme à de puissants gardiens.

Pendant que chaque sentinelle s'approchait pour poser une main sur le vieil arbre tordu, Laurel réalisa que ses amis voyaient cela pour la première fois et elle se souvint de sa propre initiation à la transformation. Comme les choses avaient changé à présent. Ensuite, Tamani avait reçu une balle et Shar avait convoqué Jamison pour sauver la vie de son ami. Aujourd'hui, Shar était mort et Tamani essayait de sauver... tout le monde.

Le faible bourdonnement mélodique et familier emplit la forêt alors que l'arbre tremblait, la lumière dans la clairière se rassemblant autour des branches difformes, l'illuminant d'une lueur éthérée. L'arbre donna l'impression de se briser en deux, se moulant pour ressembler à une voûte. Puis, vint le dernier éclair, si vif que la clairière parut s'enflammer, et ils se tinrent devant le beau portail doré qui barrait la route menant à Avalon.

Laurel jeta un coup d'œil discret par-dessus son épaule. Chelsea semblait sur le point d'exploser de joie. David restait simplement là, debout, la bouche légèrement entrouverte.

— Maintenant, je dois contacter...

Tamani s'arrêta, l'air perplexe. L'obscurité derrière les barreaux du portail commença à se dissiper devant des silhouettes, et sous peu, Laurel aperçut une vieille main ridée enroulée autour des barreaux, poussant lentement sur le portail pour l'ouvrir. Jamison se tenait là, le visage plissé d'inquiétude. Laurel ignorait si elle avait déjà auparavant été accueillie par une apparition plus bienvenue. Il lui fallut se retenir à deux mains pour ne pas lancer ses bras autour de lui.

Mais pourquoi était-il déjà au portail?

— Laurel, Tam! les appela-t-il. S'il vous plaît, venez plus près.

Les sentinelles refermèrent les rangs derrière eux alors que Laurel, Tamani, David et Chelsea s'approchèrent du portail. Jamison ne bougea pas de sa place : allait-il les renvoyer?

— J'ai reçu un message des plus affligeants au Manoir, dit-il. Est-ce vrai que Shar nous a quittés ?

Tamani hocha la tête en silence.

— Je suis extrêmement désolé, entonna Jamison en posant une main sur le bras de Tamani. C'est une perte accablante.

— Il est mort pour protéger Avalon, répondit Tamani avec une infime trace de chagrin dans la voix.

— Je n'en attendais pas moins de lui, dit Jamison en se redressant, mais le Manoir n'a transmis qu'un message envoyé par Aaron, qui n'a fourni aucune précision à part le fait que je devais venir te rencontrer ici. J'apprécie sa discrétion : nous ne voulons pas semer la panique. Cependant, il te revient maintenant de me raconter les détails afin que nous puissions nous assurer que le sacrifice du bon capitaine ne soit pas vain.

— La Sauvagesse, commença Tamani. C'est une fée d'*hiver* élevée par Klea.

Les yeux de Jamison s'arrondirent au récit de Tamani.

— Elle a été envoyée pour soutirer l'information sur l'emplacement du portail dans la tête de Laurel ; ce qu'elle a réussi à faire la semaine dernière.

La culpabilité envahit brusquement Laurel lorsqu'elle observa les rides d'inquiétude se creuser sur le visage de Jamison.

— Ce n'est pas sa faute, précisa Tamani. Nous avons découvert la caste de Yuki trop tard pour l'en empêcher.

— Non, bien sûr, admit Jamison en souriant tristement à Laurel. Ce n'est pas du tout ta faute.

— Comme nous le soupçonnions, Klea est la fée d'automne qui a empoisonné le père de Laurel.

Il hésita.

— Elle est aussi l'exilée nommée Callista.

— Callista, dit Jamison, la surprise peinte sur son visage, remplacée ensuite par un air de regret. Voilà un nom que je ne m'étais jamais imaginé entendre à nouveau dans ma vie.

— J'ai bien peur que cela ne soit pas le pire.

Jamison secoua la tête, l'air décidément las.

— Klea — Callista — a créé des sérums qui immunisent les trolls contre la magie d'automne. Cela explique pourquoi nous avons eu autant de difficulté à retrouver leur trace et à les combattre. Apparemment, elle a toute une armée de ces trolls et — il prit une profonde respiration — ils seront bientôt ici. Probablement dans l'heure.

Pendant un long moment, Jamison ne réagit pas — il semblait à peine respirer. Laurel aurait aimé qu'il dise quelque chose, n'importe quoi. Puis, son expression changea et il regarda Laurel avec une étrange lueur brillante dans les yeux.

— Qui sont tes amis ? demanda-t-il brusquement en avançant d'un petit pas. Je t'en prie, présente-moi.

— David et Chelsea, s'exécuta Laurel, perplexe :
voici Jamison.

Chelsea et David tendirent chacun une main —
Chelsea, haletante —, et Jamison retint celle de David
pendant plusieurs secondes.

— David, dit-il pensivement. C'est le nom d'un
grand roi de la mythologie humaine, n'est-ce pas ?

— Euh, oui… Monsieur, répondit le garçon.

— Intéressant. Une fée d'hiver, des trolls immunisés et possiblement la fée d'automne la plus talentueuse de l'histoire d'Avalon sont déployés contre nous,
dit Jamison d'une voix à peine plus forte qu'un murmure. Avalon n'a pas été aussi menacée depuis plus
d'un millénaire. Et il y a ici deux humains qui ont déjà
prouvé leur loyauté.

Il regarda par-dessus son épaule, vers Avalon.

— C'est peut-être le destin.

NEUF

— La reine nous rejoindra sous peu, déclara Jamison alors qu'ils quittaient l'abri des branches qui ombrageait les portails. Vite, donnez-moi plus de détails sur les événements.

Pendant que Tamani mettait Jamison au courant de tout, David et Chelsea admiraient leur entourage. Les sentinelles féminines qui formaient la garde des portails gardaient leur distance, tout comme l'*Am Fear-faire* de Jamison, mais elles se tenaient toutes au garde-à-vous autour du portail, l'air plutôt magnifique. Chelsea les fixait sans détour en dissimulant son émerveillement.

La réaction de David était plus réservée. Il regardait tout, depuis les arbres bordant les sentiers de terre noire souple jusqu'aux sentinelles qui surveillaient les portails dorés, avec la même expression qu'il affichait lorsqu'il lisait un manuel scolaire ou scrutait un objet à travers son microscope. Chelsea se délectait ; David *étudiait*.

Quand Tamani révéla qu'ils avaient capturé Yuki, Jamison l'arrêta d'une main crispée.

— Comment Shar a-t-il réussi à contenir une fée d'hiver ?

Tamani jeta un coup d'œil nerveux à Laurel.

— Nous, euh, l'avons enchaînée à une chaise en fer avec des menottes en fer… à l'intérieur d'un cercle de sel, Monsieur.

Jamison prit une lente respiration et regarda en arrière juste au moment où les grandes portes en bois du Jardin s'ouvrirent. Puis, il se retourna de nouveau vers Tamani et il lui donna une tape sur l'épaule, riant bruyamment, mais sans aucun naturel.

— Oh, mon garçon. Des menottes en fer. Vous n'avez certainement pas pensé que cela fonctionnerait pendant très longtemps.

La reine Marion passait lentement le portail, entourée par une ribambelle d'*Am Fear-faire*.

— Ce ne sont pas les chaînes qui l'ont restreinte, corrigea Laurel, c'est…

— La chaise en fer était une jolie touche. Malgré tout, dit Jamison en lançant un regard dur sur le groupe, je suppose que l'on fait ce que l'on peut avec ce que l'on a dans une telle situation. Vous êtes tous chanceux d'avoir pu vous échapper en vie, termina-t-il en reculant d'un pas pour accueillir la souveraine.

Laurel ne comprenait pas. Pourquoi voulait-il qu'ils mentent ?

En silence, la reine Marion parcourut Chelsea et David du regard, ne trahissant qu'une infime partie du choc qui devait la secouer.

— Tu as fait entrer des humains par le portail? demanda-t-elle sans un mot de salutation, et non seulement leur tourna-t-elle le dos, mais elle forma un angle avec ses épaules de manière à les exclure du cercle et à les laisser attendre seuls dans une position inconfortable.

Laurel leur lança un regard d'excuse.

— Ils accompagnaient Laurel, et le capitaine et leur situation était si dangereuse que j'ai senti que je n'avais pas le choix, répondit Jamison comme s'il n'avait pas remarqué le ton glacial de la reine ni sa rebuffade flagrante.

— Il y a toujours un choix, Jamison. Raccompagne-les hors d'ici, ajouta-t-elle.

— Bien sûr; dès que possible, dit-il sans toutefois esquisser le moindre mouvement pour obéir. Où est Yasmine?

— Je l'ai laissée à l'extérieur. Tu as parlé d'une menace envers le trône, reprit Marion. Tu ne penses sûrement pas que l'enfant devrait être exposée à de telles choses.

— Je pense qu'elle n'est plus une enfant, loin de là. Et c'est le cas depuis bien longtemps, commenta doucement Jamison.

La souveraine arqua les sourcils.

— C'est sans importance, continua-t-elle après une brève pause. Quelle est cette prétendue urgence?

Jamison s'en remit à Laurel et à Tamani, et avec une très grande répugnance, la reine se tourna pour écouter Tamani donner une version extrêmement abrégée des événements des derniers jours, omettant le cercle de sel en jetant seulement un minuscule coup d'œil du côté de Jamison.

— Nous nous attendons à ce que Klea — ou Callista comme elle était nommée ici — arrive avec sa force complète dans l'heure. Peut-être moins. Avec son habileté à camoufler ses lieux de rassemblement, nous sommes incapables de connaître leur nombre, mais en se basant sur les fioles que Shar a...

La voix de Tamani se cassa et Laurel réprima une forte envie de lui tendre une main réconfortante. Ce n'était pas le moment — mais la douleur dans sa voix quand il parla de son mentor lui donna le goût de pleurer.

— Basé sur l'étagère remplie de sérum et la déclaration de Klea qu'il s'agissait du dernier de nombreux lots, ils...

Il marqua une pause.

— Ils pourraient être au nombre de plusieurs milliers.

La reine garda le silence quelques instants, deux rides parfaitement symétriques lui barrant le front. Puis, elle se tourna et dit :

— Capitaine?

Une jeune fée revêtue de son armure complète s'avança et exécuta une révérence.

— Envoie des coursiers, lui ordonna la souveraine. Convoque tous les commandants et mobilise les sentinelles actives.

Laurel profita de la distraction momentanée de Sa Majesté pour se pencher près de Tamani et lui murmurer :

— Pourquoi Jamison n'a-t-il pas voulu t'écouter à propos du cercle ?

Tamani secoua la tête.

— Il y a certaines choses que même Jamison ne peut pas pardonner.

Le cœur de Laurel se serra et elle se demanda exactement quel type de punition pouvait pousser Jamison à les encourager à mentir à leur monarque.

— Devrions-nous donc nous préparer pour un conseil militaire, Votre Majesté ? s'enquit Jamison pendant que la jeune capitaine se tournait et commençait à distribuer des ordres.

— Mon doux, non, répondit Marion d'un ton léger. Avec quelques instructions, les capitaines devraient être en mesure de régler cela eux-mêmes. Nous partons.

— Nous partons ? répéta Tamani, à l'évidence sous le choc.

Laurel l'avait rarement vu s'exprimer aussi ouvertement à Avalon, et jamais en présence d'une fée d'hiver.

Marion fixa sur lui un regard profondément méprisant.

— Nous quittons le Jardin, précisa-t-elle avant de se tourner vers Jamison. Toi, Yasmine et moi allons nous retirer au palais d'hiver et le défendre pendant que les fées de printemps accomplissent leur devoir ici et au portail.

Elle se détourna pour regarder les sentinelles qui grouillaient autour d'elle.

— Nous aurons évidemment besoin de soutien supplémentaire. Quatre compagnies devraient suffire à assurer notre sécurité avec nos *Am Fear-faire* et...

— Nous ne pouvons pas partir, dit fermement Jamison.

— Nous ne pouvons pas rester, répliqua Marion d'un ton tout aussi ferme. Les fées d'hiver protègent toujours le palais et elles-mêmes en période de danger. Le grand Oberon lui-même s'est retiré pour se préserver quand la bataille a atteint son point le plus féroce. Te crois-tu plus grand que lui ?

— C'est différent, répondit calmement Jamison. Les trolls sont déjà immunisés contre l'Envoûtement ; ces trolls seront aussi inoculés contre la magie d'automne. Si nous quittons le portail, nos guerriers n'auront *aucune* magie à opposer à la force de leurs ennemis. Ce sera un massacre.

— Sottises, rétorqua Marion. Même si les monstres ont compris comment échapper aux sérums de traçage et certaines potions de défense rudimentaires, c'est loin d'être aussi tragique que tu le dis. Toi, là, dis-moi, combien de trolls as-tu tués dans ta vie?

Tamani mit un moment à réaliser que la question s'adressait à lui.

— Ah, je ne sais pas. Cent, peut-être?

Cent? Laurel perdit presque le souffle en entendant la réponse. Autant? Mais alors, en près de dix ans comme sentinelle à l'extérieur d'Avalon, pouvait-elle vraiment en être étonnée? Il en avait tué environ dix en sa présence.

— Et combien en as-tu tué avec l'aide de la magie des fées d'automne? poursuivit la reine, pas du tout décontenancée par le nombre.

Tamani ouvrit la bouche, mais aucun son n'en sortit. Laurel réalisa qu'il n'y avait pas de bonne réponse; si la reine découvrait que sa dépendance à la magie d'automne était grande, elle déclarerait qu'il était incompétent — si elle était minime, elle se servirait de cet argument pour prouver son point.

— Allons, Capitaine, le temps manque et la précision est inutile. Dirais-tu la moitié? Le tiers?

— Environ, Votre Majesté.

— Tu vois, Jamison? Nos sentinelles sont très capables de tuer des trolls sans notre assistance.

— Et qu'en est-il des deux fées solitaires? s'enquit-il.

— La fée d'hiver n'est pas formée; à part pour son pouvoir d'ouvrir le portail, elle ne constitue aucune menace pour nous. Et la fée d'automne est surpassée par le nombre, tout comme les comparses qu'elle pourrait amener.

Aucune menace ?

— Tu as toujours sous-estimé Callista, déclara Jamison avant que Laurel ne puisse intervenir.

— Et tu l'as toujours *sur*estimée. Tu avais tort à ce moment-là, et à la fin de cette journée, je m'attends à ce que tu découvres que tu as tort maintenant.

Jamison ne répondit rien et la reine se détourna d'eux ; jamais auparavant Laurel ne s'était sentie aussi carrément *congédiée*.

Le portail du Jardin se transforma en un ouragan d'uniformes vivement colorés pendant que des ordres étaient distribués et des messages envoyés. Jamison resta immobile jusqu'à ce que la reine s'approche du portail menant au Japon et laisse un messager y pénétrer. Puis, enfin, il fronça les sourcils, et Laurel put presque le voir rassembler son courage.

— Venez, dit-il à voix basse en tournant le dos au flot de sentinelles. Réunissez vos amis. Nous devons aller au palais d'hiver.

Sa robe bleu pâle flamboya quand il pivota brusquement pour faire face au mur du Jardin

— Jamison ! lança Laurel en bondissant derrière lui avec Tamani près d'elle, David et Chelsea sur les talons, la confusion peinte sur leurs visages. Franchement, vous ne pouvez pas agir comme elle l'a dit !

— Chut, murmura Jamison en les attirant quelques pas plus loin. Je te supplie de me faire confiance. Je t'en prie.

La peur courait dans les veines de Laurel, mais elle savait que si une seule personne dans le monde était digne de sa confiance, c'était bien Jamison. Tamani hésita un instant de plus, fixant derrière lui les sentinelles de la Californie entrant à présent par le portail, conférant avec leurs collègues. Cependant, quand Laurel le tira par le bout de ses doigts, il se tourna pour suivre la plus vieille fée d'hiver.

— Par ici, dit Jamison en désignant un arbre au tronc en forme de baril avec une large couche de feuilles faisant de l'ombre. Dépêchez-vous! Avant que mon *Am Fear-faire* ne réalise que je m'en vais.

Derrière l'arbre, ils étaient hors de vue de la plupart des occupants du Jardin. S'arrêtant pour prendre une profonde et lente respiration, Jamison joignit les mains, puis il les fit passer devant le mur de pierre. Les branches minces de l'arbre se levèrent à côté de Laurel — l'une d'elles lui frôla la joue en passant — et des lierres s'élevèrent en serpentant du sol pour s'enfoncer dans les pierres comme des doigts grêles, les écartant juste assez pour créer une petite sortie.

Une fois que Laurel et ses amis furent passés dans le mur, Jamison fit le même geste, et les lierres et les branches se replacèrent, rendant au mur son aspect immaculé initial. Jamison resta immobile pendant un instant, peut-être pour entendre un signe qu'ils avaient été vus, mais apparemment, ils avaient réussi à sortir incognito. Il pointa un doigt vers le palais d'hiver et entama la montée.

— Pourquoi sortons-nous en douce? chuchota Chelsea à Laurel alors qu'ils escaladaient la colline raide derrière lui.

Sans le concours du sentier sinueux en pente douce qui menait au véritable portail du Jardin, ils devaient presque monter en ligne droite. Il s'agissait d'un raccourci, mais il n'était pas facile.

— Je ne sais pas, répondit Laurel en se demandant la même chose. Mais j'ai confiance en Jamison.

— Une fois que nous aurons découvert ce qui se passe, je retournerai au Jardin, dit Tamani dans un murmure. Je n'abandonnerai pas mes sentinelles.

— Je le sais, chuchota à son tour Laurel en souhaitant qu'il y ait une manière de le convaincre de rester dans un endroit sûr.

Pendant la longue escalade jusqu'au palais d'hiver, les yeux de Chelsea sortirent presque de leurs orbites alors qu'elle tentait de tout voir. Laurel essaya d'imaginer la scène à travers le regard de son amie, se rappelant sa première visite à Avalon : les bulles cristallines qui abritaient les fées d'été tout en bas, la façon dont le palais tenait ensemble avec des branches et des lierres, les sentiers pavés de terre riche et sombre.

Plus tôt que ne l'aurait cru Laurel, ils atteignirent l'entrée voûtée blanche en·haut de la pente. Même Tamani se serrait les côtes et respirait profondément en haletant.

— Nous devons continuer, pantela Jamison après leur avoir accordé un bref moment d'arrêt. Nous avons accompli le plus difficile.

Pendant qu'ils traversaient les terres du palais, Chelsea regarda les statues cassées et le mur qui s'écroulait.

— Ne réparent-ils rien ici ? murmura-t-elle à Laurel.

— Parfois, conserver le pouvoir naturel d'un objet est plus important que maintenir son apparence, répondit Jamison par-dessus son épaule.

Les yeux de Chelsea s'arrondirent — elle avait parlé si bas que même Laurel avait eu de la peine à l'entendre —, mais elle n'ajouta rien pendant qu'ils montèrent les marches et ouvrirent d'une poussée les grandes portes d'entrée.

Le palais était calme à l'exception du bruit des pas de leur petit groupe ; le personnel en uniforme blanc n'était nulle part en vue. Avait-il déjà reçu la nouvelle de l'attaque ? Laurel espérait que les fées seraient en sécurité, où qu'elles soient allées, mais elle se demanda si la « sécurité » était un choix encore offert à aucun d'eux.

Jamison grimpait déjà les immenses marches qui menaient aux pièces supérieures.

— Suivez-moi, je vous prie, dit-il sans regarder en arrière.

Il agita légèrement les mains, et les portes du haut s'ouvrirent lentement. Même si elle savait qu'elle viendrait, la vague de puissance qui traversa Laurel quand elle passa les portes dorées lui coupa le souffle. Chelsea tendit la main et serra le bras de Laurel, et celle-ci sut que son amie l'avait sentie elle aussi.

— Nous ne fuyons pas, dit brusquement Jamison. Je soupçonne que vous vous posez tous la question.

Laurel se sentit un peu coupable, mais c'était vrai.

— Dès que nous en aurons fini ici, nous y retournerons et nous ferons face *ensemble*. Mais ceci doit être accompli d'abord et je suis le seul qui puisse le faire. Venez.

Au bout du long tapis de soie, ils suivirent Jamison à gauche et ils se tinrent devant un mur. Ce mur, cependant, Laurel le savait, pouvait bouger — et il dissimulait une entrée en voûte de marbre menant à une salle contenant quelque chose que Jamison appelait un *vieux problème*.

Jamison leva les yeux sur David, qui mesurait au moins quinze centimètres de plus que la sage fée d'hiver.

— Dis-moi, David, que sais-tu du roi Arthur ?

David regarda Tamani, qui hocha la tête une fois.

— C'était le roi de Camelot. Il s'est allié avec vous.

— C'est exact, reprit Jamison, à l'évidence heureux que David connaisse la version des fées de ce récit. Quoi d'autre ?

— Il était marié à Guenièvre — une fée de printemps — et quand les trolls ont envahi Avalon, il s'est battu aux côtés de Merlin et d'Oberon.

— En effet. Toutefois, il représentait pour nous beaucoup plus qu'un puissant guerrier avec une armée de braves chevaliers. Il a offert à la cour Seelie une chose qu'elle-même ne s'était jamais donnée : l'humanité.

Jamison se tourna, et avec un geste des bras, il sépara l'énorme mur de pierre en deux au milieu. Des lierres se glissèrent dans la fissure, s'enroulant sur la face des pierres et écartant le mur dans un sourd grondement.

— Vois-tu, malgré son magicien et ses affaires avec les fées, le roi Arthur était très humain. Et c'était une chose dont nous avions désespérément besoin.

À mesure que les pans du mur se dissociaient, une lumière s'infiltrait dans l'arche de marbre et pénétrait dans la salle en pierre, illuminant un bloc trapu de granite. Une épée était enchâssée dans le granite, qui semblait avoir été forgé dans le diamant, ses bords prismatiques jetant des arcs-en-ciel dans la salle en marbre blanc.

Le roi Arthur, la lame de son épée enchâssée dans la pierre.

— Excalibur ! murmura Laurel en comprenant.

— En effet, dit Jamison d'une voix basse et caverneuse. Bien qu'elle portait un autre nom à l'époque. Mais la voici ; intouchée depuis que le roi Arthur lui-même l'a plongée dans ce roc après sa victoire contre les trolls.

— Intouchée ? Mais je vous ai vu faire quelque chose avec la dernière fois que suis entrée ici, déclara Laurel.

— J'essayais, comme je l'ai fait toute ma vie. Il semble que je sois incapable de la laisser tranquille, répliqua Jamison. Excalibur est une combinaison unique de magie humaine et féerique, forgée par Oberon et Merlin pour sceller l'alliance avec Camelot et assurer la défaite des trolls. La personne qui la manie est intouchable au combat, et sa lame tranchera sans effort presque n'importe quelle cible. Mais Oberon a aussi cherché à protéger son peuple au cas où un jour viendrait où l'épée tomberait entre de mauvaises mains ; elle ne peut pas être utilisée pour blesser des fées. On pourrait agiter l'épée de toutes ses forces et elle s'arrêterait tout simplement, à un cheveu de la fée.

— Comment ? demanda David. Je veux dire, l'impulsion doit mener quelque part, non ?

Faites confiance à David pour introduire la science dans le propos.

— J'aimerais pouvoir répondre à cette question, dit Jamison. Je ne peux pas dire si Oberon avait précisément l'intention de faire ce qu'il a fait, mais je peux t'assurer que l'interdiction est absolue. Aucune partie de l'épée ne peut toucher une fée — et aucune fée ne peut toucher à une seule partie de l'épée. Je ne peux même pas la manipuler avec la magie.

C'est la raison pour laquelle vous avez laissé entrer David et Chelsea, réalisa Laurel. Le bref regard en arrière de Jamison en direction d'Avalon, ses mots sur le destin... il avait confié l'été dernier que l'Arbre de vie lui avait dit qu'il y avait une tâche que lui seul pouvait accomplir. Seul Jamison serait prêt à remettre la destinée de leur terre entre des mains humaines, comme elle l'était du temps d'Arthur.

— David Lawson, commença Jamison, Avalon a besoin de ton aide. Non seulement tu es humain — avec la capacité de manier cette épée —, mais je sens ta bravoure, ta force et particulièrement ta loyauté. Je sais ce que tu as fait pour Laurel dans ton monde ; rester à ses côtés quand cela signifiait risquer ta vie. Même entrer à Avalon aujourd'hui a pris beaucoup de courage. Je soupçonne que tu as beaucoup en commun avec ce jeune Arthur et je crois que c'est ton destin de nous sauver tous.

Chelsea absorbait la scène avec des yeux enthousiastes.

Tamani semblait horrifié.

Laurel savait ce que Jamison allait demander et elle voulait l'arrêter, dire à David qu'il pouvait refuser —

qu'il n'était pas obligé de faire cela ; que faire partie de son entourage l'avait déjà assez blessé. Il n'avait pas besoin en plus de devenir un soldat pour Avalon.

— David, avec un nom de roi, dit Jamison d'un ton officiel, il est temps de découvrir si tu le héros que Laurel a toujours vu en toi. Te joindras-tu à nous pour défendre Avalon ?

Laurel regarda Chelsea, mais elle sut immédiatement qu'elle ne recevrait aucune aide d'elle. Son regard était fixé sur l'épée et son expression ressemblait assez à de la jalousie, comme si elle désirait avoir un rôle similaire à jouer elle-même.

Puis, David se tourna pour regarder Tamani, et Laurel se surprit à souhaiter que ce dernier dise quelque chose, n'importe quoi, pour dissuader David d'accepter l'offre de Jamison. Cependant, une sorte d'étrange conversation silencieuse se déroula entre eux et puis Tamani, lui aussi, afficha un air d'envie mélancolique.

Quand David se tourna enfin vers Laurel, elle ferma les yeux, en conflit. David réalisait-il ce que Jamison lui demandait ? La quantité de sang qu'il devrait répandre ? Mais il s'agissait d'Avalon. Sa terre natale, qu'elle s'en souvienne ou pas. Tant de vies étaient en jeu.

Elle ne pouvait pas prendre cette décision à sa place.

Elle demeura immobile comme une statue, puis elle ouvrit les yeux, rencontrant le regard de David. Elle ne bougea pas, ne cligna même pas des paupières. Cependant, elle vit la décision inscrite sur son visage.

— Oui, dit-il en la regardant directement.

Le bras allongé de Jamison fut la seule invitation nécessaire à David. Il traversa l'arche de marbre et baissa les yeux sur l'épée. Il toucha le pommeau, avec hésitation au début, comme s'il s'attendait à recevoir une décharge électrique. Lorsque rien ne se produisit, il s'avança d'un pas, posant fermement les pieds de chaque côté de l'arme étincelante.

Ensuite, enroulant les doigts autour de la poignée, David tira l'épée hors de la pierre.

DIX

L'AIR ENVIRONNANT SEMBLA S'ÉLECTRIFIER QUAND LA LAME
cristalline émergea du bloc, et Laurel recula involontai-
rement d'un pas devant les torrents d'énergie qui
balayèrent la pièce. Elle sentit le torse de Tamani contre
ses épaules et ses mains sur ses coudes qui la stabili-
saient, et elle éprouva de la reconnaissance pour son
soutien. David restait debout, immobile, fixant l'épée
dans son poing avec une expression interrogatrice.

Jamison haleta et ils se tournèrent tous pour voir le
sourire s'élargir sur son visage.

— Je n'ai pas honte d'admettre que je n'étais pas
complètement convaincu que cela allait marcher. Après
toutes ces années, c'est un peu comme un rêve devenant réalité pour moi.

Puis, il s'éclaircit la gorge et reprit son sérieux.

— Nous devons agir vite. La reine arrivera d'un
instant à l'autre. Tamani, tu voudras prendre quelque
chose aussi.

Jamison fit un geste d'invite vers une petite sélection d'armes scintillantes suspendues sur le mur est de la salle où le bloc de granite maintenant nu se tenait.

— Elles sont belles, dit Tamani dans un souffle, si bas que Laurel douta que quelqu'un d'autre l'eût entendu.

Il marcha vers une longue lance à tête double et la souleva ; les lames de chaque côté paraissaient coupantes comme des lames de rasoir. Laurel ne ressentait pas tout à fait la même impression de nausée que lorsqu'elle se trouvait en présence de fusils, mais c'était proche. Tamani se retourna et tint le bâton en équilibre dans sa main droite, la levant et l'abaissant quelques fois avant de hocher la tête.

— C'est un bon poids pour moi, dit-il d'une voix sérieuse.

Il s'agissait de sa voix de sentinelle ; un signe qu'il était officiellement en mode combat. Et cela effraya Laurel autant que la lance elle-même.

— Monsieur ?

Tout le monde se tourna pour regarder David. Malgré la puissance inhumaine qui exsudait de lui, il paraissait plutôt perdu.

— Oui, David ? répondit Jamison.

— Je ne… je ne comprends pas. Que dois-je faire ?

Jamison s'avança pour poser une main sur l'épaule de David, mais elle glissa. Le garçon jeta un regard intrigué à la main et Jamison la retira, souriant comme s'il venait tout juste de découvrir quelque chose de merveilleux.

— Crois-moi quand je dis que c'est aussi simple que de brandir l'épée. Elle te guidera et elle compensera tes faiblesses, s'il y a lieu. Mais comme Arthur avant toi, tu dois avoir le courage d'avancer et la force de rester debout.

Il marqua une pause.

— Je te demande *vraiment* d'accomplir un acte difficile, mais c'est tout à fait dans tes cordes. Je te le promets. Maintenant, venez, dit-il en s'adressant de nouveau à tout le monde. Nous devons nous mettre en route.

Personne ne parla pendant qu'ils traversèrent les salles supérieures, descendirent dans le hall d'entrée et s'engagèrent sur les terres du palais. Ce fut Jamison qui rompit enfin le silence quand ils atteignirent la voûte en marbre blanc au début du sentier.

— Si nous y retournons par où nous sommes venus, dit-il en tournant la tête en arrière vers le groupe, le vent portant sa voix, il se peut que nous évitions la reine.

— Et pourquoi souhaiterais-tu cela, Jamison ?

La voix de la reine Marion était douce, mais bouillante de rage alors qu'elle passait l'entrée en arche blanche. Par-dessus son épaule, Laurel aperçut une longue file de sentinelles habillées en vert, armes à l'épaule, mêlées à son *Am Fear-faire*.

Jamison s'arrêta net, son attitude assurée le fuyant un très bref instant avant qu'il ne reprenne ses esprits.

— Parce que tu seras très en colère contre moi, dit-il simplement. Et nous n'avons pas le temps pour cela.

Laurel pouvait voir la question sur les lèvres de la souveraine, mais elle ne la posa pas, scrutant plutôt chaque membre du groupe. Quand son regard tomba sur Excalibur, son expression trahit le choc.

— Jamison, qu'as-tu fait?

— Ce que les Silencieux savaient que tu ne ferais pas, répondit Jamison d'un ton calme.

— Tu dois réaliser les conséquences de ce geste.

— Je suis conscient de ce qu'elles ont été dans le passé, mais je sais aussi que le passé ne doit pas dicter le présent.

— Tu entraîneras la mort d'Avalon un jour, Jamison.

— Seulement si je t'empêche de la tuer en premier, rétorqua Jamison d'une voix résonnante de fureur contenue.

Les yeux de la reine brillèrent de colère, puis d'un sentiment qui selon Laurel ressemblait à de la pitié.

— Tu es tellement inflexible, lança-t-elle. Cora elle-même disait à quel point tu étais inébranlable quand tu te fixais un but. Bien, fais comme tu le souhaites. Mais rappelle-toi que la branche qui ne plie pas est la première à tomber pendant la tempête. Je refuse de porter la moindre responsabilité pour ta mort. Viens, Yasmine.

La jeune fée d'hiver s'écarta, prenant les mains de Jamison dans les siennes.

— Je veux rester avec toi, dit-elle avec de la détermination dans les yeux.

Toutefois, Jamison secouait déjà la tête.

— Tu ne peux pas.

Après un bref regard vers Marion, il se pencha près de l'oreille de Yasmine.

— Si nous étions là tous les deux pour te protéger, peut-être. Mais je n'ai pas confiance d'y arriver seul.

— Ce n'est pas nécessaire, répondit farouchement Yasmine. Je peux aider.

— Je ne peux pas risquer ta sécurité, reprit Jamison en secouant la tête.

— Tu ne mourras pas, n'est-ce pas ? demanda Yasmine en lançant un regard de reproches à la reine.

— Je n'en ai certainement pas l'intention.

Yasmine regarda brièvement Laurel et Tamani avant de baisser la voix.

— Je peux accomplir de grandes choses, affirmat-elle si bas que Laurel l'entendit à peine. Tu me le dis depuis des années — que je peux et que je ferai de *grandes choses*.

— C'est précisément pourquoi tu dois rester ici, déclara Jamison en levant une main pour caresser son visage. Ce que nous devons faire maintenant n'est pas remarquable — c'est seulement nécessaire. Il importe plus aujourd'hui que n'importe quand auparavant que tu restes en vie afin que tu puisses réaliser ces *grandes choses*. Avalon ne peut pas te perdre, sinon tous nos efforts auront été vains au moment même où ils sont sur le point de porter leurs fruits.

Qu'elle comprît ou non le discours énigmatique de Jamison, Yasmine hocha la tête pour marquer son accord, puis elle se retourna pour rattraper Marion, qui ne l'avait pas attendue. Les yeux de Jamison suivirent les deux fées d'hiver jusqu'à ce qu'elles atteignent le palais et fussent en sécurité à l'intérieur avec leur *Am Fear-faire*. Seulement à ce moment-là se tourna-t-il vers le groupe.

— Venez, dit-il d'une voix tendue en les guidant vers le bas.

— Elles sont… tellement nombreuses, dit Laurel à Tamani pendant qu'ils suivaient Jamison, dépassant des rangs de sentinelles marchant encore vers le haut sur le sentier menant au palais d'hiver.

— Plus ou moins deux cents, gronda Tamani.

— Deux *cents*? s'exclama Laurel, le souffle coincé dans sa gorge. En a-t-elle vraiment besoin d'autant?

— Bien sûr que non, répondit Tamani.

Laurel hésita.

— Avalon peut-elle se passer d'autant de sentinelles?

— Bien sûr que non, répéta-t-il les yeux vides. Allons-y.

Il lui prit la main, et ils suivirent Jamison, David et Chelsea. Les pieds de Laurel semblaient avancer de leur propre chef alors que la gravité la tirait en bas de la colline sur le sentier qui menait au portail du Jardin. La file de sentinelles se termina enfin, et sous peu, même le bruit de leur marche cadencée s'évanouit, ne laissant que le son de leurs propres respirations et de leurs pas traînants.

Laurel releva brusquement la tête lorsque le silence fut déchiré par un coup de feu assourdissant.

— Nous arrivons trop tard, grogna Tamani.

— Ils sont ici? demanda Laurel. *C'était trop tôt!*

— Et ils ont des fusils, dit David, le visage pâle.

— Ce n'est pas grave, intervint Jamison. Nous avons quelque chose de mieux. Vous, les jeunes, devriez peut-être courir devant. J'ai bien peur que mes vieilles tiges vous ralentissent.

Les autres se tournèrent pour regarder l'épée scintillante, et le visage de David blêmit. Toutefois, la prise de Tamani se resserra sur sa lance.

— Allons tuer quelques trolls.

Ils coururent tous les quatre le reste du trajet jusqu'au portail du Jardin où régnait le tumulte. Le dessus des murs était occupé par des rangées de sentinelles maniant des arcs et des frondes; d'autres passaient des couteaux et des lances. La plupart des sentinelles semblaient sur le point de paniquer et toute l'opération affichait un air de désorganisation.

Laurel entendit l'une des sentinelles armées crier à une fée de printemps vêtue ordinairement et trimballant une brouette pleine de potions:

— Le caesafum ne fonctionne pas! *Aucun* des trucs de Mélangeuses ne fonctionne! Retourne en territoire du printemps et dis-leur que nous avons besoin de plus d'*armes*!

— Je...

Cependant, la réponse de la fée anonyme fut couverte par le rugissement de la pierre qui tombait à quelque vingt mètres de l'entrée du Jardin. Immédiatement, un cri s'éleva :

— Brèche dans le mur!

— Nous devons refermer la brèche, déclara Tamani. Le Jardin forme un goulot d'étranglement secondaire, après les portails. Nous devons contenir la menace jusqu'à ce que Jamison nous rattrape. David, je veux que tu te places à la pointe.

David cligna des yeux.

— Cela signifie que je veux que tu prennes la tête. Rien ne peut te blesser.

— En es-tu sûr? demanda David, la voix tremblante sur le premier mot avant d'en reprendre le contrôle.

Tamani fixa un regard déterminé sur David.

— J'en suis *sûr*. Ne lâche pas l'épée, c'est tout, dit-il sérieusement. D'après les dires de Jamison, je ne pense pas que quiconque puisse te l'enlever ni te l'arracher des mains. Mais tout de même, quoi que tu fasses, *ne la lâche pas*. Tant que tes mains restent sur cette poignée, tu iras bien.

David hocha la tête et Laurel reconnut son expression de marbre. C'était l'air qu'il avait affiché lorsqu'il l'avait tirée de la rivière Chetco ; quand il l'avait portée dans la mer jusqu'au phare pour sauver Chelsea ; quand il avait insisté pour revenir garder Yuki la nuit précédente.

C'était le David qui pouvait vaincre n'importe quoi.

Il plongea le bout de son épée dans la terre et il s'essuya les mains sur son jean. Chelsea sautilla d'un pied sur l'autre à côté de Laurel jusqu'à ce que cette dernière ait envie de lui attraper le bras pour la river sur place. Après une profonde respiration, David fit craquer ses jointures — combien de fois Laurel l'avait-elle regardé faire ce geste ? — et il tendit la main vers Excalibur.

— Tant pis, marmonna Chelsea dans sa barbe en s'immobilisant enfin. Je ne vais *pas* mourir aujourd'hui sans le faire. Attends ! cria-t-elle avant qu'il ne puisse toucher l'épée.

David eut à peine le temps de se retourner avant que Chelsea lui enserre le visage et l'attire vers le bas, pressant fermement ses lèvres sur les siennes. Laurel vit l'instant davantage comme une photo instantanée que comme un événement réel. Chelsea. Embrassant David. Pas un acte romantique ni de séduction — plutôt un geste de désespoir et de bravade. Néanmoins, Chelsea *embrassait* le petit ami de Laurel.

Il n'est pas mon petit ami, se dit Laurel. Elle baissa les paupières et repoussa son étrange jalousie. Quand elle releva les yeux, le sentiment avait disparu.

Le visage brûlant, Chelsea se détourna brusquement de David, évitant le regard des autres — particulièrement celui de Laurel.

David resta bouche bée un moment avant de reprendre ses esprits et de s'emparer d'Excalibur ; il la posa sur son épaule et il se tourna pour suivre Tamani.

Lui aussi se déroba au regard de Laurel.

La poussière retombait déjà quand ils arrivèrent à la brèche, et les trolls qu'ils purent apercevoir étaient lourdement armés. Laurel avait anticipé que les soldats de Klea porteraient des fusils, mais ce terme était beaucoup trop simple pour ces armes. Il s'agissait de semi-automatiques, de fusils d'assaut, de mitraillettes, le genre de fusils que Laurel avait vus seulement dans les films. Des sentinelles avaient immobilisé certains des trolls dans le trou pendant qu'ils essayaient de s'enfuir — des corps criblés de flèches gisaient de l'autre côté du mur, témoignage de la vigilance des archers —, mais le reste des trolls attendaient que les fées abandonnent leur couverture, qu'elles s'éloignent de la sécurité des murs de pierres et qu'elles transportent la bataille plus près d'eux.

David sembla à peine hésiter avant de faire exactement ce que les trolls désiraient à l'évidence ; il souleva Excalibur et traversa le trou dans le mur d'une grande enjambée. Le premier troll porteur de fusils le repéra et il ouvrit le feu pendant que Tamani faisait accroupir Chelsea et Laurel derrière un tremble à l'écorce lisse, mais pas avant que Laurel n'eut le temps de voir David baisser la tête et lever un bras par réflexe comme pour se protéger de l'attaque. Le fusil d'un second troll se joignit au premier, des coups tirés en staccato comme une série de feux d'artifice attaquant les oreilles de Laurel encore plus fortement que le cri s'échappant de ses lèvres.

Elle s'obligea à jeter un coup d'œil au détour de l'arbre sur David, qui, constata-t-elle avec soulagement, était encore debout. Il examina ses membres et toucha son visage avant de pointer Excalibur devant lui et de la détailler de la pointe à la poignée. Puis, il tendit la main vers le sol et ramassa quelque chose.

Laurel mit un moment à comprendre que la perle en métal vaguement oblongue dans la main de David était une balle. Il resta là, sourd au combat, fixant le bout de métal déformé, l'émerveillement apparaissant lentement sur son visage.

— Oui, l'épée fonctionne! cria Tamani par-dessus les coups de feu, reculant en tressaillant quand une balle entailla l'arbre près de son visage. Maintenant, peux-tu s'il te plaît *tuer quelques trolls*?

Secouant la tête comme pour s'éclaircir les idées, David se tourna et chargea ses assaillants. Plusieurs d'entre eux sourirent d'un air menaçant; David ressemblait à un enfant avec un bâton se préparant à battre un train de marchandises.

Cependant, quand il brandit maladroitement sa lame enchantée, elle pourfendit le troll le plus près.

Laurel ne savait pas trop à quoi elle s'était attendue, mais certainement *pas* à ce que le troll tombe au sol en deux morceaux nettement tranchés.

Cela ne semblait pas non plus tout à fait ce que David avait prévu. Il s'arrêta et fixa le cadavre ensanglanté à ses pieds. Les autres trolls hurlèrent et attaquèrent, leurs poings, leurs couteaux et leurs gourdins ne réussissant même pas à bousculer David. Avec un geste saccadé qui semblait plus mû par le réflexe que par la volonté, David abaissa encore une fois l'épée et un second troll s'écroula en fragments couverts de sang.

— C'est l'heure de la collation, murmura Chelsea, impressionnée.

Devant les cadavres de *deux* trolls à ses pieds, David resta une nouvelle fois inactif, stoppé par la stupéfaction. Laurel pouvait voir son torse se soulever et s'abaisser pendant qu'il fixait le carnage.

— David !

La voix de Tamani était tranchante, mais Laurel pensa y déceler de l'inquiétude aussi. Les autres trolls s'étaient remis de leur choc et relevaient leurs armes.

Reprenant ses sens, David fronça les sourcils. Il plongea en avant, tranchant en deux l'énorme fusil d'un troll, puis en séparant un autre de son arme en lui coupant les mains. Ses coups d'épée devinrent plus féroces, fendant sans distinction le métal et la chair avec le seul effort nécessaire pour découper de la gélatine avec un couteau à steak.

Alors que David faisait une percée parmi les attaquants, Tamani quitta le couvert des arbres.

— Faites passer des sentinelles dans cette brèche ! hurla-t-il. Ceux qui n'ont pas d'armes, je veux que vous empiliez des pierres !

Les sentinelles réussirent à tuer plusieurs des trolls qui se déversaient par le portail, mais *plusieurs* n'étaient pas suffisants ; les sentinelles perdaient du terrain. Des batailles avaient éclaté dans une douzaine d'endroits disséminés dans le Jardin et les archers sur les murs marchaient de long en large dans un effort pour contenir les trolls sans blesser les sentinelles au sol.

— Il y en a trop, cria David en secouant la tête. Je ne pourrai pas les faire tomber tous avant qu'ils démolissent une plus grande partie du mur.

— Alors, endiguons au moins le flot, répondit Tamani. Si nous pouvons empêcher d'autres trolls de traverser le portail, peut-être…

Ses paroles furent cependant interrompues alors qu'un groupe de six ou sept trolls émergea des arbres, filant vers la brèche. Avant que quiconque sur le mur puisse réagir, toutefois, de grosses racines surgirent du sol, faisant gicler de la terre noire dans les airs. Elles ondulèrent d'une manière menaçante et pendant un moment, Laurel eut peur que Yuki fût arrivée pour en finir avec eux, mais les racines reculèrent, lançant les trolls contre les arbres où leurs hurlements de colère se transformèrent en cris de douleur.

— Je suis d'accord, dit Jamison en venant de l'entrée du Jardin

À un moment donné, il avait rejoint son *Am Fear-faire* qui à l'évidence était prêt à se battre à ses côtés.

— Si David peut défendre le portail lui-même, je crois que les sentinelles peuvent nettoyer le Jardin.

Laurel ne comprenait pas comment Jamison pouvait conserver un calme si optimiste au milieu d'un tel chaos, mais les sentinelles assez près pour entendre la déclaration de Jamison furent visiblement encouragées par ses mots, et Laurel réalisa que c'était voulu.

— La plupart de ces sentinelles n'ont jamais vu un troll, elles en ont encore moins tué un, murmura Jamison à Tamani et à David, confirmant la conclusion de Laurel. Tamani, ton expérience n'a pas de prix ici. Si tu me permets de surveiller ta protégée, je te promets de te la rendre saine et sauve. Je souhaite que tu rejoignes David au portail.

Tamani hocha la tête, bien que sa mâchoire fût serrée ; Laurel savait qu'il n'aimait pas la quitter, mais il n'allait pas discuter avec Jamison. David ne dit rien non plus — bien qu'il réservât un bref regard à Laurel et Chelsea avant de suivre Tamani dans les arbres.

— Restez près, leur dit Jamison sans les regarder, son attention totalement centrée sur le combat.

Avec un hochement de tête, deux des *Am Fear-faire* se déplacèrent pour inclure Laurel et Chelsea dans leur cercle de protection.

Jamison partit vers le périmètre intérieur du portail du Jardin comme s'il se promenait nonchalamment le soir. Quand ils tombèrent sur deux trolls habillés en noir démolissant de gros morceaux du mur de pierres, Jamison se pencha en étirant ses bras vers l'avant. Imitant sa posture, deux énormes chênes s'inclinèrent aussi ; leurs puissantes branches craquèrent et gémirent en s'enroulant autour des trolls, puis elles se redressèrent, lançant les bêtes à une telle hauteur que Laurel sut qu'elles ne survivraient pas à la chute.

Avant que Laurel ait le temps de s'appesantir trop longtemps sur ce qu'elle ressentirait si elle était lancée vers une mort certaine par un chêne, ils rencontrèrent une petite troupe de sentinelles se battant désespérément contre plusieurs trolls, qui s'étaient armés de grosses branches d'arbre et qu'ils maniaient comme des gourdins. Laurel supposa qu'ils étaient sur le point de voir leurs armes de bois se retourner contre eux ; mais à la place, quand l'un des trolls chargea Jamison, il s'enfonça dans le sol, griffant la terre comme un fou quand elle se referma au-dessus de sa tête.

Un par un, les trolls disparurent comme s'ils avaient marché sur du sable mouvant. Lorsque le dernier se retourna pour fuir, Laurel vit les racines que Jamison appelait du sol afin qu'elles traînent le troll sous la terre, l'enterrant vivant dans le sol fertile d'Avalon.

Laurel tenta de garder un œil sur les gars pendant que Jamison faisait le tour du Jardin, assistant les sentinelles. Il était presque impossible de rater les arcs de sang dessinés pratiquement par chaque coup de l'arme magique de David. Il ressemblait moins à un épéiste qu'à un fermier en pleine récolte printanière, cueillant sans fin des monstres hurlants. Il était réellement intouchable. Peu importe qu'il change de direction ou qu'il vise un troll, chaque mouvement de son épée faisait tomber des corps.

À l'occasion, Tamani sortait de la bataille pour crier un ordre à quelqu'un, mais même s'il portait le t-shirt de son père, Laurel avait de la difficulté à le suivre alors qu'il se mêlait aux autres sentinelles, balançant toutes leurs armes, se protégeant l'une l'autre et se battant pour éloigner les trolls.

Tout d'abord, quand ils avaient pénétré dans le Jardin, Laurel avait pensé qu'il était impossible que cette force de combat simple puisse vaincre les hordes folles de bataille se déversant du portail. Mais maintenant — avec l'aide de Jamison et d'Excalibur —, les fées *repoussaient* lentement, lentement les trolls par le portail.

Elles gagnaient.

Puis, aussi brusquement qu'elle avait commencé, la guerre pour le portail cessa. Les cris des sentinelles furent assourdissants quand elles refermèrent les rangs sur une poignée de trolls restants. Le dernier troll vaincu, tous les regards se portèrent sur le portail.

Mais il n'en vint plus rien.

ONZE

Après la fureur du combat, le silence était assourdissant. Les oreilles de Laurel s'ajustèrent graduellement et sous peu elle put percevoir des gémissements et des murmures de douleur venant des fées blessées, et le bourdonnement de celles sur les murs qui répandaient les nouvelles à celles qui n'en avaient pas été témoins.

Tamani protégeait l'une de ses épaules, et son regard restait prudent alors que lui et David s'approchaient du cercle d'*Am Fear-faire* de Jamison.

— Ce n'est pas terminé, déclara-t-il doucement. Si c'était le cas, mes sentinelles seraient entrées immédiatement pour nous le confirmer.

Il serra les dents.

— Klea et Yuki se trouvent toujours de l'autre côté.

— Néanmoins, dit Jamison avec un geste englobant Tamani et David. Si nous ne transportons pas la bataille jusqu'à elles, elles viendront certainement à nous avec le temps.

— Nous avons une force correcte assemblée ici. Je vais les mener par l'ouverture, dit Tamani.

— Laisse-moi le faire, intervint doucement David en levant son épée.

Tamani hésita. Laurel voyait le combat entre la fierté et le bon sens faire rage dans ses yeux. Cependant, la prudence l'emporta ; Tamani hocha la tête et commença à crier des ordres aux sentinelles rassemblées, qui épaulèrent de nouveau leurs armes et se mirent en formation.

Toutefois, le regard de Laurel restait sur le portail. Elle pouvait voir les séquoias californiens à travers, ceux qui encerclaient la clairière — qui semblait *vide*. Où étaient les sentinelles ? Et le reste des trolls ? Elle pensa voir briller l'éclat du cuir noir, mais elle se convainquit qu'elle sursautait devant des ombres.

Puis, quelque chose de petit et jaune roula à travers le portail.

Elle fut immédiatement avalée par la terre — l'œuvre de Jamison, Laurel n'en douta pas — alors même que plusieurs autres boîtes semblables apparaissaient dans un sifflement par le portail, vomissant des nuages de gaz vert nauséeux qui s'élevèrent et se propagèrent à une vitesse incroyable.

Laurel réussit à retenir son souffle juste avant que la fumée ne l'enveloppe. D'autres boîtes entrèrent à flots, et Laurel cligna des paupières et plissa le nez dans l'obscurité. Elle regarda avec horreur Jamison chanceler, puis s'écrouler sur la pelouse émeraude à côté de son *Am Fear-faire*. Les sentinelles encore debout virent la fée d'hiver tomber, puis elles se tournèrent en panique pour fuir le brouillard qui gagnait du terrain. Cependant, il s'étendait plus vite qu'elles ne pouvaient courir. Une recette spéciale de Klea, sans aucun doute.

Combattant le flot de sentinelles battant en retraite, Laurel pivota en essayant de trouver ses amis. Elle repéra David, qui se tenait debout, immobile comme une pierre au milieu de la rivière tumultueuse de sentinelles ; Excalibur était dans sa main et il la fixait comme pour demander : *Que suis-je censé faire maintenant ?* À la vitesse à laquelle le gaz gagnait du terrain, il avait peu d'autres choix que de courir avec elles. Même avec Excalibur, il lui était certainement nécessaire de respirer.

Laurel ne mit qu'un instant à réaliser qu'elle pouvait le sauver.

De la même manière qu'il lui avait porté secours une fois auparavant.

Laurel se précipita sur David, l'agrippant par le devant de son chandail trempé de sang. Sa main glissa, comme si elle avait attrapé un fantôme ; trop tard, elle se souvint que tant qu'il tenait Excalibur, elle ne pouvait pas le toucher. Elle se sentit repoussée par la foule paniquée et elle résista à l'envie de hurler.

Puis, la main de David se posa sur son poignet et il l'attira vers lui. Son regard était dur et sa prise sur son bras était solide quand il plaça une main sur le côté de son cou, comme il avait l'habitude de le faire avant. Elle pouvait sentir le cœur de David battre à toute vitesse dans sa poitrine alors qu'elle rapprochait son visage, puis qu'elle appuyait fortement sa bouche contre la sienne.

Laurel entendit un son étrange et elle ouvrit les yeux pour découvrir Chelsea à quelques mètres seulement, la main pressée sur sa bouche, les observant. Derrière Chelsea, Tamani avait interrompu sa tâche de traîner un Jamison inconscient pour les fixer d'un air perplexe.

Laurel inspira et elle les regarda par-dessus l'épaule de David, attirant leurs regards.

— Respirez! ordonna-t-elle, s'assurant de ne pas laisser entrer d'air humide dans sa bouche.

La compréhension illumina le regard de Chelsea et elle pivota brusquement vers Tamani avec un petit sourire narquois. Elle s'agrippa fermement à ses oreilles et elle pressa ses lèvres contre les siennes.

Et ils se tinrent ainsi, quatre silhouettes abandonnées par les vivants, entourées par les morts, s'accrochant les unes aux autres. D'après leur expérience au fond de la Chetco, Laurel et David savaient qu'ils pouvaient partager leurs respirations pendant longtemps. S'ils procédaient avec prudence, ils pourraient fuir la fumée, peu importe jusqu'où elle avancerait. Et David pouvait toujours porter l'épée entre deux respirations.

Mais que ferons-nous sans Jamison ?

Laurel s'écarta de David et s'agenouilla à côté de la fée d'hiver. Elle posa les deux mains sur son torse et — à sa grande surprise — elles se soulevèrent quand la fée respira. Laurel s'était presque convaincue que c'était du pur désir de sa part lorsqu'il recommença.

Jamison était en vie !

Laurel se retourna et attrapa Tamani par le bras. Elle lui prit la main et la posa sur le torse de Jamison, qui bougeait lentement de haut en bas avec chaque respiration superficielle, fixant un regard entendu sur lui. Les épaules de Tamani retombèrent, probablement de soulagement, quand il comprit.

Cela signifiait que le gaz n'était pas instantanément mortel et que la plupart des fées autour d'eux étaient encore vivantes — mais pour combien de temps ?

Un bruit de pas bruissant dans l'herbe épaisse indiquait que leur temps était limité. Laurel marqua une pause, scrutant la brume. Elle distinguait seulement des ombres, mais les formes imposantes n'appartenaient manifestement pas à des fées, et ce fut la seule confirmation dont Laurel eut besoin. L'assaut était sur le point de reprendre. Peu importe ce qu'était ce gaz soporifique, il ne visait qu'à leur redonner le dessus.

Après avoir rapidement mimé une demande d'aide à Chelsea, Tamani tira Jamison sur le dos et ils commencèrent à le traîner vers les portails en bois devant le Jardin. Alors qu'ils approchaient du mur, la fumée sembla se dissiper, et quand ils émergèrent de la lourde entrée en bois, l'air était sain et respirable.

— Visez !

L'appel fut lancé à voix basse — les fées avaient découvert les trolls et elles espéraient les prendre par surprise. Sur son tout premier souffle, Tamani cria :

— Pas de flèches !

La sentinelle qui donnait des ordres aux archers en haut du mur du jardin regarda en bas depuis les remparts.

— Nous ne pouvons pas les combattre là-dedans ! Nous ne les voyons même pas. Ils perceront certainement le mur cette fois. Tout ce que nous pouvons faire est de faire pleuvoir des flèches d'ici aussi vite que nous sommes capables.

— C'est un gaz soporifique, répliqua Tamani. Tout le monde qui en a respiré est sans défense, mais *en vie* ; si vous tirez maintenant — particulièrement à l'aveugle —, vous tuerez autant de fées que de trolls. Nous devons battre en retraite. Prendre une position plus défendable.

La sentinelle-commandante ferma les yeux un instant, sa bouche formant une mince ligne.

— Nous n'abandonnerons pas notre poste, dit-elle. Je vais trouver quelque chose.

Elle se hâta de rejoindre l'archer le plus près d'elle, à l'évidence activant un plan de rechange quelconque.

Laurel souhaitait qu'il soit bon.

— David ?

La voix de Chelsea était teintée d'inquiétude, et Laurel se retourna pour voir David fixer sa main libre — tachée de rouge —, la tournant d'un côté et de l'autre. Ses vêtements étaient aussi ensanglantés et il tâta délicatement son visage, qui était strié de sang rouge-brun en train de sécher.

— David? répéta Chelsea quand les yeux de son ami semblèrent devenir flous lorsqu'il posa une main sur son front.

Il ne donna aucun signe de l'avoir entendue.

— David! dit Laurel aussi sèchement qu'elle osa.

Cette fois, il leva les yeux, et l'estomac de Laurel se retourna devant l'horreur sans fond dans son regard.

— Laurel, je... je ne...

Laurel prit son visage entre ses mains, l'obligeant à la regarder.

— Ça va. Tu iras bien, déclara-t-elle.

Il venait sûrement juste de comprendre ce qu'il avait fait. Cela prit encore quelques secondes, mais ses yeux se calmèrent enfin. Laurel savait qu'il repoussait son désarroi — il devrait l'affronter plus tard —, mais pour l'instant cela devrait aller. Respirant profondément une fois, il reprit l'épée et se repositionna devant l'entrée du Jardin.

Laurel reporta son attention sur Tamani, qui avait allongé Jamison sur le sol et écoutait aux lèvres de la vieille fée d'hiver.

— Il est vraiment sonné. Nous devons trouver une façon de le réveiller.

— Nous devons aller à l'Académie, dit Laurel.

Quelqu'un là-bas pouvait certainement réveiller Jamison. *J'aurais dû amener ma trousse*, songea-t-elle avec regret. Puis, elle comprit quelque chose.

— Ils ne sont pas au courant de l'immunisation ! Ils seront impuissants si les trolls réussissent à passer.

Penser aux dommages que même un seul des trolls immunisés peut causer à l'Académie était assez effrayant. En ce qui concerne tout un groupe...

— Ils ne sont pas les seuls, déclara Tamani d'un air sombre.

— Nous devons y aller *maintenant*, reprit Laurel en serrant la manche de Tamani. Nous devons nous rendre à l'Académie et les prévenir ! Elles pourront réveiller Jamison, j'en suis certaine.

— Nous n'avons pas le *temps* ! gronda Tamani. Et aucune couverture. Si nous portions Jamison en montant la colline, nous serions comme un fruit mûr prêt à être cueilli pour les trolls qui entreront. Même si nous atteignons l'Académie, tu as raison — elles sont impuissantes. Nous ne pouvons pas risquer de perdre Jamison. Il sera davantage en sécurité si nous l'amenons en territoire du printemps. Il y a des sentinelles là-bas et des ingrédients en abondance pour que tu tentes de...

— Je suis sensible à ta confiance, dit calmement Laurel en se demandant si Tamani essayait trop de *la* protéger. Mais si quelqu'un peut réveiller Jamison, c'est Yeardley. Et même s'il ne le peut pas, quelqu'un doit le prévenir !

— Tous mes hommes se trouvent là-bas ! s'exclama sèchement Tamani en pointant la brume verte qui emplissait le Jardin emmuré. Et les sentinelles ici refusent de battre en retraite. Nous n'avons personne à dépêcher. À moins...

Sa voix s'estompa et il observa Chelsea.

— Tu es rapide, dit-il.

— Non, dit Laurel tout bas.

— Chelsea, reprit Tamani en se tournant pour la regarder complètement en face. J'ai besoin que tu coures.

Chelsea hocha la tête.

— Je suis bonne à ce jeu.

— En haut de ce sentier, il y a une immense structure grise à ta droite — couverte de lierres en fleur, tu ne peux pas la rater ; entre par les grilles d'entrée et va jusqu'aux portes principales. Si tu es rapide — plus rapide que jamais auparavant dans ta vie —, tu peux les sauver.

— Non, répéta Laurel, plus fort cette fois.

— Informe-les à propos de l'immunisation, fais-leur ériger une barricade devant toutes les entrées. Aussi haute et solide que possible. Et les fenêtres ; barricadez-les d'une manière ou d'une autre. Elles sont intelligentes — comme toi —, elles trouveront quelque chose.

— Je suis partie, affirma Chelsea en se relevant de sa position à genoux.

— Non ! s'exclama Laurel, et elle sentit que David s'approchait derrière elle.

— Elle ne peut pas y aller seule, dit-il en brandissant son épée.

— Il le faut, rétorqua Tamani. J'ai besoin que tu m'aides à protéger Jamison et j'ai besoin que Laurel tente de le réveiller. La reine n'aidera pas avant qu'il soit trop tard, alors il constitue encore notre meilleure chance de vaincre. Nous ne pouvons pas le laisser mourir.

— Je le fais, intervint Chelsea en serrant la mâchoire tout en affrontant Laurel et David. Si vous voulez proposer quelque chose d'utile, allez-y maintenant. Je pars dans dix secondes.

— Trouve Yeardley, dit Laurel en croyant à peine les mots qui sortaient de sa bouche. Et Katya. Dis-leur que je t'envoie ; ils écouteront.

Elle hésita.

— Ne leur dis pas que tu es humaine, ajouta-t-elle doucement, détestant le fait de savoir que cela aiderait.

Avec de la chance, ils ne le constateraient pas d'eux-mêmes dans la cohue.

Chelsea opina, puis elle tourna les yeux vers le sommet de la colline.

— Coureurs, en position, murmura-t-elle. Go.

Le menton de Laurel trembla en regardant sa meilleure amie, l'air extrêmement seule à flanc de coteau.

— Je ne sais pas si je pourrai te le pardonner si elle meurt, dit Laurel.

Tamani garda le silence un long moment.

— Je le sais.

DOUZE

— JE VAIS PRENDRE JAMISON, dit TAMANI.

Chelsea *était* réellement rapide et cela lui donnait de l'espoir — mais il ne pouvait pas perdre un autre instant à s'inquiéter pour elle.

— Nous contournerons le territoire du printemps par les arbres. Cela nous dissimulera assez longtemps pour rejoindre ma mère. Avec de la chance, entre son expérience en jardinage et celle de Laurel en mélanges, nous pourrons faire *quelque chose* pour lui.

Avec un peu d'aide de Laurel, il manœuvra de manière à installer Jamison sur ses épaules.

— Laurel, suis-moi. David, surveille nos arrières.

En se mettant en route pour le territoire du printemps, Tamani se demanda — non pour la première fois — s'ils devaient rester sur la route principale. Toutefois, ils avaient vu à quelle vitesse les trolls pouvaient envahir le portail du Jardin; cette fois, il n'y aurait personne pour les repousser. Les sentinelles restantes pourraient les contenir un temps, mais Tamani

n'était pas optimiste, et une fois que le Jardin tomberait, sécuriser la route principale serait sûrement la
priorité suivante de Klea. Tant qu'il portait Jamison, il
ne pouvait pas vraiment courir, ce qui signifiait se
frayer un chemin en bas sur les sentiers à peine visibles
où il avait joué quand il était un jeune plant.

Il tenta de ne pas penser aux sentinelles qu'il aban-
donnait à leur mort.

Elles se sacrifient pour le bien commun, se répéta-t-il,
encore et encore, pendant qu'ils avançaient péniblement dans les bois, progressant lentement, mais régulièrement vers le pied de la colline. Pendant des années,
Shar avait enfoncé ce concept dans sa tête — *le bien
commun* —, mais il ne l'avait pas vraiment compris
avant cet instant.

Shar.

Il ne pouvait pas songer à lui maintenant.

Ils mirent moins d'une heure à atteindre la clairière
à l'arrière de la demeure de sa mère, bien que chaque
pas leur parut durer une éternité ; Jamison n'était pas
une grosse fée, mais il semblait devenir de plus en plus
lourd à mesure que leur voyage progressait, et Tamani
combattait l'épuisement. Il fonctionnait avec trop peu
de réserve de sommeil.

— Restez accroupis, murmura Tamani en survolant du regard l'étendue herbeuse entre eux et la
maison.

Les rues étaient désertes et les trolls ne paraissaient
pas avoir rejoint cette partie des quartiers du territoire

du printemps, mais Tamani était plus avisé que de laisser tomber sa garde pour autant. À son signal, ils s'élancèrent tous les trois dans la clairière à découvert et volèrent pratiquement jusqu'à l'arbre arrondi où demeurait la mère de Tamani. Quand ils atteignirent le mur arrière, il tourna le loquet artistiquement dissimulé et poussa, mais rien ne bougea. Il poussa encore, en vain. Avec un grondement, il leva un pied et donna un coup aussi fort que possible, et la porte cachée se balança violemment sur ses gonds lorsqu'elle céda.

Il s'avança et il eut à peine le temps de s'arrêter avant que le couteau sur sa gorge ne lui perce la peau.

— Par le berceau de la Déesse, Tam !

Sa mère retira le couteau et s'écarta pour leur libérer le passage. Dès qu'ils furent entrés, elle jeta un bref coup d'œil sur le champ et elle referma la porte.

— Je croyais que vous étiez des trolls. La jeune Sora vient juste de passer ici pour dire que des trolls progressent vers le territoire du printemps. Je pensais aller me joindre aux sentinelles protégeant les barricades.

— J'ai un travail plus important pour toi pour l'instant, dit Tamani en marchant à grandes enjambées vers la chambre à coucher de sa mère pour allonger Jamison sur son lit.

— Par le ciel et la terre, est-ce… Jamison ? s'exclama-t-elle en retirant déjà ses protège-bras, tombant à genoux à côté de sa couche. Que lui est-il arrivé ?

Tamani le lui expliqua aussi vite que possible.

— Nous devons le réveiller. J'ai pensé que tu pourrais assister Laurel pour cela.

— Bien sûr, acquiesça-t-elle en ôtant le reste de son armure. C'est dommage que le vieux Tanzer se soit joint aux Silencieux, il saurait exactement quoi faire.

— Je n'avais pas entendu cette nouvelle, dit Tamani, ses épaules s'affaissant sous la déception.

Il avait osé espérer… Mais Laurel s'en sortirait. Il le fallait !

Voyant la perplexité sur son visage, il expliqua :

— Tanzer était un ami de ma mère. Il… vivait près d'ici.

— Le meilleur Mélangeur que j'aie jamais connu, déclara celle-ci en pressant ses mains sur les joues couleur de cendre de Jamison. À une époque, je les connaissais tous. Peu de Mélangeuses viennent vivre sur le territoire du printemps, par contre.

— Tu as parlé de barricades ? demanda Tamani.

Sa mère hocha la tête.

— La route principale ; près des huttes pour la lessive. Quand les trolls réussiront à y percer une brèche, nous combattrons dans les rues.

Pas si, mais quand. Le désespoir menaçait de le consumer ; la reine leur avait tourné le dos, Jamison était invalide, le portail du Jardin était tombé.

Au moins, ils avaient encore David.

Et David avait toujours l'épée.

— Fais ce que tu peux pour Jamison, dit Tamani en croisant le regard de Laurel. Tous les trucs de

Mélangeuse auxquels tu peux penser — vas-y. Nous devons nous rendre aux barricades — faire ce que nous pouvons.

La mère de Tamani le regarda en fronçant les sourcils, puis elle se leva et l'attira à l'écart, là où Laurel et David ne pouvaient pas l'entendre.

— Je sais qui il est, dit-elle de son ton de mère en inclinant la tête vers David. Ne l'amène pas là-bas pour qu'il s'y fasse tuer afin de servir ta propre cause, Tam. Une victoire sans honneur n'est pas une victoire du tout.

Cependant, Tamani secouait déjà la tête.

— Ce n'est pas comme tu crois. Il a l'épée, maman. Celle dont Shar parlait en murmurant. Elle est réelle et je l'ai vu l'utiliser.

Il jeta un coup d'œil à David.

— Avec Jamison hors de combat, il constitue notre seul espoir.

Sa mère garda le silence un moment.

— Est-elle vraiment aussi terrible ?

Tamani lui pressa la main.

— Alors, vas-y, dit-elle. Que la Déesse vous protège tous les deux.

Elle s'apprêta à s'éloigner, puis elle tendit la main vers son bras et elle l'attira près d'elle et lui pressa une main sur la joue.

— Je t'aime, mon fils. Peu importe ce qui se passera aujourd'hui, souviens-t'en.

Tamani ravala difficilement sa salive et il hocha la tête. Il se tourna vers Laurel, et elle lui donna l'impression de vouloir dire quelque chose, mais Tamani ne savait pas trop s'il pourrait le supporter. Il s'éloigna doucement d'elle pour regarder David en face.

— Es-tu prêt ?

Ils étaient presque arrivés à la porte avant que Laurel ne s'écrie :

— Tam, David !

Tamani ferma les paupières et s'arma de courage pour résister à ses protestations, mais pendant un moment elle ne dit rien. Puis, à son étonnement, elle murmura seulement :

— Soyez prudents.

Reconnaissant pour sa compréhension, Tamani agita la main et il guida David vers le devant de la maison pour revenir sur la route principale. Les bruits de la bataille leur parvinrent rapidement aux oreilles.

— Ces espèces de trolls sont tellement rapides, marmonna Tamani dans sa barbe.

Ses doigts se resserrèrent sur sa lance ; il était à nouveau temps de combattre. Il s'était rarement battu — ou entraîné — avec une arme aussi bonne. Elle faisait tomber les trolls tellement plus facilement que les petits couteaux qu'il transportait habituellement. De bonnes armes signifiaient des trolls morts, et avec chaque troll abattu, il sentait que Laurel était d'autant plus en sécurité.

Et qu'est-ce qui pouvait être plus important ?

— Je veux que tu centres ton attention sur les trolls équipés de fusils, cria Tamani à David par-dessus son épaule. Si on se fie à la bataille au portail, il n'y en aura pas beaucoup, mais les fées ici ne sauront même pas ce qu'est un fusil et encore moins qu'il faut les craindre.

— D'accord, répondit David d'une voix tendue.

Tamani devait l'admettre, pour un civil sans entraînement, David réagissait bien à tout ce qui lui arrivait.

Tamani agita brièvement la main en signe de reconnaissance quand ils passèrent sous un toit rempli d'archers tirant des flèches au-dessus d'une barricade solidement construite. Des pieux aiguisés — pour la plupart des poteaux de clôture transformés — s'étiraient sur la route principale là où elle plongeait entre deux collines, en haut desquelles d'autres archers s'étaient rassemblés et faisaient pleuvoir des flèches et des pierres lancées à la fronde sur tous les trolls qui tentaient de venir par la route la plus longue. La majeure partie du combat se déroulait dans la petite vallée à l'embouchure de la route, mais quelques trolls s'étaient faufilés et s'activaient à démolir la barrière autant qu'ils le pouvaient.

Tamani leva sa lance, mais une flèche siffla dans les airs et frappa le troll qu'il voulait viser carrément dans la poitrine. Tamani poussa la bête déformée d'un côté et partit en courant, se faufilant à travers la barricade, David sur les talons.

Tous les côtés étaient maintenant entourés de Voûtes — et certains d'entre eux savaient même ce qu'ils faisaient, alors que des sentinelles à la retraite se battaient aux côtés de Soigneurs maniant des faux et de forgerons brandissant des marteaux. Néanmoins, il sembla à Tamani — alors qu'il poignardait un troll avant qu'il ne puisse assassiner une jeune fée du printemps qui donnait des coups à des trolls avec une pelle à long manche — qu'il y avait beaucoup trop de jeunes plants dans le groupe. Il ouvrit presque la bouche pour dire à l'enfant de rentrer chez eux, mais qu'y ferait-il? *Attendre* que les trolls viennent à eux et les tuent? Non, décida Tamani — il ne découragerait pas la bravoure. Même la bravoure stupide.

— David, par ici! cria Tamani en le dirigeant au milieu des trolls.

Ainsi cantonné avec les fées, il aurait de la difficulté à manier Excalibur; il valait mieux qu'il soit complètement entouré par l'ennemi.

— Nous y sommes presque, se murmura-t-il pour lui-même, poignardant un troll dans le cou alors qu'il tentait d'enrouler ses mains épaisses autour de lui.

Il avait perdu le compte du nombre de blessures superficielles et sans gravité qu'il avait reçues aujourd'hui; aucune ne le mettait en danger de mort, loin de là, mais elles commençaient sérieusement à jouer sur ses réflexes. À mesure que les trolls devenaient plus nombreux autour de lui, il lui fut de plus en plus difficile de les tuer aussi vite qu'ils arrivaient. David comblait un peu de ce manque, mais les trolls se déversaient par douzaines sur le coteau.

Ils se trouvaient bien au-delà des barricades quand Tamani entendit un sourd grondement et leva les yeux pour voir plusieurs fées debout sur les toits à l'entrée du quartier avec les mains étirées vers le ciel, avant qu'elles les ramènent gracieusement vers elles comme si elles tiraient sur des cordes invisibles.

Tamani mit quelques instants à comprendre ce qui s'en venait.

— David! le prévint-il. En haut de la colline!

La colline était trop à pic pour qu'ils l'escaladent très haut dans le peu de temps dont ils disposaient, alors David et Tamani se pressèrent à plat dans la poussière pendant que le grondement devenait un rugissement presque assourdissant. Plus loin sur la route, un énorme troupeau de bétail se ruait dans la vallée, écrasant les trolls pendant qu'il se déchaînait sur la route vers les barricades où leurs gardiens s'étaient rassemblés sur les toits. Au moment le plus fort de la ruée, Tamani avait dû s'aplatir davantage sur la colline herbeuse pour éviter les vaches paniquées et leurs longues cornes mortelles. Une fois le danger passé, Tamani avait presque ri de David quand il s'était à moitié levé, à demi assis sur le coteau escarpé, son épée tenue mollement dans ses mains, observant le spectacle.

— Que diable se passe-t-il avec les *vaches*? s'enquit David, estomaqué.

Tamani pointa les Voûtes sur les toits, qui faisaient à présent tourner leurs bêtes en un grand cercle.

David suivit son geste et — bien que Tamani aurait douté que cela fût possible —, ses yeux s'arrondirent encore plus.

— Un envoûtement sur les vaches ? demanda-t-il avec incrédulité.

Tamani hocha la tête, mais il ne souriait plus.

— Viens, dit-il à David, nous devons frapper pendant qu'ils sont en pleine confusion.

Les trolls étaient tout de même plus gros que la majorité des bovins et ils comprirent rapidement le plan, tournant leurs lames vers le troupeau. La distraction ne durerait pas longtemps.

— Pourquoi avez-vous des vaches à Avalon ? hurla David en tranchant un troll inférieur qui était couvert de plaies purulentes là où il n'était pas recouvert de grosse fourrure noire.

Tamani délogea sa lance du torse d'un troll avec un coup de pied sauvage. L'étiquette sur sa salopette indiquait le nom GREG et Tamani se demanda momentanément si le troll à l'allure humaine était Greg ou s'il avait seulement *mangé* Greg.

— On ne peut pas dépendre des Mélangeuses pour *tous* nos fertilisants, répondit-il platement.

Les trolls se raréfiaient de nouveau et David semblait avoir trouvé un rythme qui lui convenait, alors Tamani, sa lance toujours serrée dans une main, prit quelques minutes pour tirer avec précaution quelques fées blessées vers les barricades. Elles respiraient encore et si elles pouvaient seulement éviter d'être poignardées là où elles étaient allongées, on pourrait les soigner.

— Tamani!

C'était David. Il se tourna pour pousser son épée vers un troll qui essayait de sauter par-dessus son épaule.

— Ils ne descendent plus la colline, dit David, à bout de souffle.

Tamani se raidit. La dernière fois que les trolls avaient cessé d'avancer, c'était parce qu'ils se préparaient à lâcher quelque chose de pire. Il n'était certainement pas prêt à mettre sa confiance dans *cet* arrêt des hostilités. À tout le moins, même s'ils ne se déversaient plus dans le territoire du printemps, seule la Déesse savait combien d'entre eux ravageaient le territoire d'été ou l'Académie. Toutefois, Tamani ne voulait pas tuer l'espoir de David.

Il hésita.

— Continuons à nous battre ici jusqu'à ce que les Voûtes aient une meilleure prise sur la situation; ensuite, nous devons retourner chez ma mère.

Bien que, franchement, Tamani ignorait combien de temps cela prendrait. Les guerriers du territoire du printemps réussissaient à peine à tenir le coup en ce moment.

David hocha la tête, puis il sursauta quand quelque chose en verre éclata à ses pieds.

— Enfin, murmura Tamani, sentant sa poitrine se serrer un peu.

D'autres minuscules fioles tombèrent du ciel comme la pluie, éclatant sur le sol, éclaboussant le champ de bataille de leur contenu à l'odeur sucrée.

— Enfin quoi ? s'enquit David.

— Les gardiens des ruches ont rassemblé leurs essaims, répondit Tamani, un côté de sa bouche tressaillant pour former un sourire alors que le bruit caractéristique atteignait ses oreilles.

Il pointa le haut de la barricade, où des archers avaient cédé leurs places à un groupe de fées de printemps, chacune avec un souffleur dans une main et une fronde dans l'autre.

Un nuage sombre bourdonnant descendit dans le col, et les trolls commencèrent à hurler de douleur. Les insectes jaune et noir envahirent le champ de bataille, recouvrant les trolls et les piquant avec ferveur. Les corps minuscules tombaient au sol presque aussi vite qu'ils arrivaient, et Tamani ressentit une pointe de tristesse en songeant aux années qu'il faudrait pour rebâtir leurs ruches — mais, fidèles à leur nature, les abeilles défendaient leur maison, exactement comme les fées de printemps. Les trolls qui refusaient d'être vaincus par le venin étaient aveuglés, à la fois par la douleur et par les nuées d'insectes autour d'eux, et ils devenaient des cibles faciles pour les fées.

Un cri d'alarme de David incita Tamani à se retourner, arme levée.

Les abeilles grouillaient aussi autour de David. Grâce à Excalibur, il restait intouchable — et indiscernable —, mais les insectes l'avaient nettement énervé et il battait l'air avec son épée, la maniant comme un tue-mouche, essayant de les chasser.

— David, David! cria Tamani, mais si David l'entendit, il n'en montra rien. David! hurla enfin Tamani pour attirer son attention. Ça va; je ne crois pas qu'elles peuvent te piquer.

— Non, répondit David en se calmant enfin. Mais je peux les sentir. Et c'est...

David marqua une pause, puis il cracha, et Tamani comprit finalement l'étendue du malaise de David.

— Cela me *rend fou.*

Cela fit presque sourire Tamani.

— Je pense que les Voûtes peuvent se débrouiller à partir de maintenant, reprit Tamani en souhaitant en être plus convaincu. Nous devrions partir.

David marmonna quelque chose qui ressemblait à une approbation et il suivit Tamani à travers les barricades.

— Cours, ordonna ce dernier en se lançant dans un jogging. Dans quelque temps, elles devraient être attirées de nouveau par les potions sur la route et elles devraient te laisser tranquille.

Ils coururent ensemble dans les rues secondaires désertées que Tamani n'avait pas empruntées depuis qu'il était une jeune pousse. Tout d'abord, les abeilles se retirèrent lentement, mais après quelques minutes,

David ne fut plus accompagné que par quelques traî-
nardes têtues.

— Je pensais que la magie ne fonctionnait pas sur
les trolls, haleta David.

— Les abeilles ne sont pas magiques, répondit
Tamani en s'arrêtant brièvement pour s'orienter.

— Mais ce truc qu'elles ont lancé sur la place — le
truc en verre —, il s'agissait de potions, non ?

Tamani souriait largement à présent.

— Oui. Mais des potions pour les *abeilles* et pas
pour les trolls. Elles les incitent à attaquer les animaux.
Malheureusement, cela t'inclut.

David hocha la tête, se penchant en posant les
mains sur les genoux.

— Brillant, dit-il en prenant une dernière respiration avant de suivre Tamani, qui le devançait déjà de
quelques longues enjambées.

— Par l'œil d'Hécate, sursauta Tamani en se lançant contre un mur quand ils rejoignirent le coin en
face de la maison de sa mère pour se retrouver nez à
nez avec une douzaine de trolls se tenant debout au-
dessus des corps d'une poignée de sentinelles. Ils ont
dû arriver par un autre chemin, déclara-t-il en jetant
rapidement un petit coup d'œil.

Ils venaient vers lui — peut-être l'avaient-ils
entendu ? Ou...

— Ils nous sentent, dit Tamani en secouant la tête
et en baissant les yeux sur ses vêtements tachés de

sang, pestant contre sa négligence. Ils ont probablement suivi l'odeur du sang jusqu'ici.

Quand le premier troll arriva en vue — un énorme troll inférieur qui ressemblait à un grizzly sans fourrure avec un nez au lieu d'un museau —, il renifla l'air.

— C'est parti, déclara Tamani en tournant le coin pour aller au-devant de l'attaque.

Le plus gros courut vers eux en bondissant, se rapprochant si vite que Tamani eut à peine le temps de lever sa lance.

Dans un mouvement impeccable, David s'interposa et trancha nettement le bras du monstre. Devant le spectacle du sang rouge vif se déversant de l'épaule de leur camarade, les autres semblèrent pris d'un genre de frénésie, précipitant la lutte en avance accélérée mortelle. David, les bras s'affaiblissant à l'évidence sous le poids d'Excalibur, put à peine manier son épée assez vite pour repousser les attaques. Tamani fit ce qu'il put, frappant chaque arme et chaque membre qui s'approchaient de lui, tentant surtout de rester en vie jusqu'à ce que David réduise le nombre de trolls à un ratio raisonnable.

Et pourquoi pas trois contre un ? pensa Tamani d'un air piteux.

Quand il sentit quelque chose lui attraper la cheville, tirant sur ses jambes pour le faire tomber, Tamani eut peur que sa chance ne l'eut quitté. Il réussit à garder son équilibre, mais pas à temps pour éviter complètement le coup d'une méchante masse en fer. Il hurla à travers ses dents serrées lorsque les piques lui déchirèrent l'épaule droite et il sentit sa poigne se relâcher sur sa lance. Le troll dans son dos lui assena un coup de pied derrière les genoux, et bien qu'il tentât de se retenir, son bras blessé lâcha sous lui, incapable de soutenir son poids. Il roula à temps pour voir le premier troll relever sa masse, visant cette fois sa tête. Tamani était impuissant à l'arrêter.

Puis, les genoux du troll cédèrent sous lui et il plongea en avant, s'effondrant sur Tamani, remplissant sa bouche de chair de troll et lui brûlant les narines avec son odeur écœurante. Tamani poussa avec effort sur le poids écrasant avec son bras valide, mais ce ne fut que lorsqu'il sentit que David joignait sa force à la sienne que l'immense troll roula à côté de lui.

Tamani se remit sur ses pieds et David récupéra son épée là où il l'avait plongée dans les pavés ronds. Il arborait une expression étrange.

— Je te dois la vie, dit Tamani en ramassant sa lance. Encore, ajouta-t-il.

— Je n'ai rien fait. Je veux dire, c'est lui le responsable, dit David en pointant les deux moitiés du troll qui avait donné un coup de pied dans les jambes de Tamani pour le faire tomber. Mais je me suis tourné pour attaquer celui-ci et quand j'ai levé mon épée il s'est... simplement effondré.

— Il a dû recevoir un dard empoisonné, dit Tamani en examinant le cadavre du troll, puis en regardant dans la rue pour dénicher leur bienfaiteur caché.

N'en découvrant pas, il se contenta d'agiter la main en guise de remerciement vers les rues désertes.

Il ajusta son bras, essayant de trouver une posture moins douloureuse pour son épaule, abandonnant après un moment pour s'en accommoder.

— Nous ferions mieux de rejoindre la maison avant que d'autres trolls nous repèrent.

Quand ils jaillirent par la porte d'entrée, Laurel les accueillit en brandissant le même couteau avec lequel la mère de Tamani l'avait presque tué plus tôt. Quelque chose dans l'âme de Tamani s'effondra en voyant Laurel tenir un couteau. Elle avait dû être terrifiée pour manier une arme, même si elle ne savait pas comment infliger beaucoup de dommages avec elle.

— C'est toi! dit-elle, la voix lourde de soulagement alors qu'elle lançait le couteau loin d'elle de la façon dont Tamani aurait pu jeter un fruit pourri. Ils sont dehors depuis quelques minutes et tout ce que nous avons pu faire a été de rester aussi silencieuses que possible.

Elle lança ses bras autour des deux garçons, et Tamani ne put s'empêcher de souhaiter que l'étreinte eût été pour lui seul.

— Comment se porte Jamison? demanda Tamani, mais Laurel secoua la tête.

— Comment allez-vous les gars ? Êtes-vous blessés ?

— Ça n'a pas d'importance, répondit Tamani.

Il la dépassa et descendit le couloir. Il ne pouvait pas centrer son attention sur lui-même un seul instant, sinon il ne pourrait plus tenir la douleur à distance.

— Il remue, dit Laurel en le suivant. Mais c'est tout ce que nous avons pu réussir.

— Je craignais cela, dit doucement Tamani, debout dans l'embrasure de la porte de la chambre en regardant sa mère, qui était assise à côté de Jamison.

L'air de la pièce était lourd de tant d'odeurs que Tamani pouvait à peine respirer sans tousser.

— Désolée, dit sa mère. Laurel dit que les humains ont un élixir appelé les sels, et nous avons pensé à essayer quelque chose de semblable. Cela semble fonctionner, mais lentement.

Tamani hocha la tête.

— Continuez, alors. Nous avons gardé la route. Certains trolls ont réussi à entrer, mais il semble que la situation sera bientôt maîtrisée.

Il regarda Jamison d'un air triste et délaissé, ayant aimé qu'il soit plus réveillé. Cependant, le temps n'était pas aux regrets.

— J'imagine que nous devons nous rendre à l'Académie en fin de compte, dit-il en repoussant ses émotions. Je vais amener David. J'espère seulement…

Non. Exprimer l'espoir que l'Académie n'était pas tombée n'allait *pas* aider Laurel, particulièrement parce qu'il y avait dépêché Chelsea. Avait-il pris la mauvaise décision? Auraient-ils dû tenter d'atteindre l'Académie malgré le danger? Shar l'avait souvent mis en garde contre le doute envers lui-même, surtout au milieu d'une bataille, mais il ne pouvait pas s'empêcher de se demander si ses peurs pour la sécurité du territoire du printemps avaient influencé son sentiment que Jamison y serait davantage en sécurité.

— J'espère que nous y arriverons, termina-t-il enfin.

Puis, il se tourna et tomba directement sur Laurel.

— Je vous accompagne.

— Pas question.

— Tu ne peux pas m'arrêter.

Une vague d'impuissance le submergea. Il *pouvait* l'arrêter, mais elle savait qu'il n'en ferait rien.

— Tu es plus en sécurité ici. Et tu peux expliquer la situation si Jamison se réveille.

— J'ai déjà tout raconté à ta mère. Il est plus important que je vienne avec vous et que je rapporte ce qui se passe dans son système aux autres Mélangeuses. C'est sa meilleure chance, dit Laurel, le regard calme.

Tamani détesta le fait qu'elle avait raison.

TREIZE

Au début, ils restèrent parmi les arbres. Le feuillage les dissimulait et il donnait presque l'impression à Laurel d'être en sécurité, même si ce n'était qu'illusion. Tamani fit signe à ses compagnons d'avancer, pointant les ouvertures dentelées entre les feuilles.

— Nous pouvons filer directement en haut de la colline et probablement l'atteindre plus rapidement — bien que l'escalade sera ardue, affirma-t-il. Ou bien nous pouvons suivre la route à travers le territoire d'été, où les trolls sont certainement en train d'attaquer en force.

Il plissa le front comme s'il voulait ajouter autre chose, mais il garda le silence.

— Nous devrions passer par le territoire d'été, proposa David d'une voix ferme. Nous pouvons aider. Éliminer quelques trolls en passant.

Tamani hocha la tête et son visage se détendit complètement.

— Merci, dit-il.

Laurel réalisa qu'il s'était obligé à ne pas formuler la demande, remettant plutôt la question entre les mains de David.

— Les Diams ne sont pas des guerriers et ne bénéficient même pas de la solidité des murs de l'Académie pour les assister; leurs demeures sont surtout fabriquées en verre.

— Qu'en est-il des armes? demanda la jeune femme. Elles en possèdent un peu, n'est-ce pas?

— Des armes de scène, répondit sèchement Tamani. Le genre qui n'est *pas* destiné à blesser.

— Est-ce que... Rowen y est? s'enquit Laurel.

Tamani hocha la tête en regardant le sol.

— Et Dahlia et Jade, ajouta-t-il.

Laurel se souvint vaguement des noms de la sœur de Tamani et de son compagnon, même si elle ne les avait jamais rencontrés.

Ils mirent peu de temps à atteindre les limites du territoire d'été, mais ils entendirent du bruit avant de voir quoi que ce soit. Il y avait des explosions, l'éclat du verre se brisant et beaucoup de cris. Laurel s'arma de courage pour se préparer à l'horrible spectacle pendant qu'ils s'approchaient du haut de la pente.

Ils arrivèrent au sommet de la colline, et elle ralentit sous le choc; Tamani marqua aussi une pause. Ils étaient debout devant un immense château de pierres avec un fossé rempli de lave en fusion. Quand David réalisa qu'ils n'étaient plus avec lui, il était déjà sept mètres plus loin.

— Vous venez? demanda-t-il avec méfiance.

— Ce n'est pas à cela que devrait ressembler le territoire d'été, déclara Laurel.

— Loin de là, ajouta Tamani avec un respect mêlé d'admiration.

— Il s'agit d'une illusion! comprit Laurel. Pour intimider les trolls.

Pendant qu'ils regardaient l'immense structure, l'un des murs clignota et s'évanouit. Pendant un moment, Laurel put voir une enveloppe en soie rouge vif, le genre utilisé pour recouvrir les maisons de verre le soir. Puis, le mur revint dans un clignotement, bien qu'il n'ait pas l'air tout à fait pareil.

Quelqu'un venait-il de perdre sa concentration... ou de mourir?

— D'accord, dit Tamani. Les illusions n'ont aucune substance; nous devons donc passer au travers de tout ce que nous savons ne pas être le territoire d'été.

— Voilà qui est utile, marmonna David.

— Et si je te dis, commença Tamani, que si c'est fait de pierre, ce n'est probablement pas réel. Presque tout dans ce territoire est fabriqué avec du verre en sucre.

— Nous allons quand même tomber sur des choses, intervint Laurel, parce qu'il y *a* de vraies structures là-dedans. Alors, sois prudent.

Ils rejoignirent le fossé et David hésita.

— Y a-t-il une véritable inclinaison quelconque ici?

Tamani secoua la tête.

— Cela me paraît réel à moi, dit David en s'approchant lentement plus près pour regarder par-dessus le bord.

S'armant de courage, Laurel avança et tendit un orteil dans ce qui semblait le vide, mais son pied sentit la terre douce du sentier principal, exactement là où elle se le rappelait. Elle tenta quelques pas supplémentaires jusqu'à ce qu'il lui semble qu'elle ne marchait sur rien d'autre que de la roche en fusion fumante.

— Ça va, dit-elle en faisant signe à David de la suivre. Tu peux marcher de manière ordinaire...

Sa voix s'éteignit lorsqu'elle fut frappée par quelque chose, lui coupant le souffle et la lançant à travers le mur imaginaire du château.

Elle ne pouvait pas respirer assez pour hurler, et quand elle entra en collision avec une surface fraîche et lisse, celle-ci éclata sous son poids.

— Laurel !

Elle ne savait pas trop qui avait crié, mais dès qu'elle put bouger, elle se hâta de se remettre sur ses pieds, sentant le verre en sucre tranchant contre ses paumes alors qu'elle se redressait — seulement pour trébucher sur quelque chose qui, elle le devina, devait être un tabouret bas, rendu invisible par le sol de pavés ronds irréel.

— Je vais bien ! cria-t-elle à l'aveugle pour Tamani et David, espérant qu'ils pouvaient l'entendre par-dessus le rugissement de la bataille.

Elle prenait tout à coup douloureusement conscience de sa grande vulnérabilité — elle ne transportait pas d'arme, et même si elle avait amené sa trousse, ses potions auraient été sans effet contre ces trolls. Elle se fraya un chemin avec précaution jusqu'à une partie du mur qui s'écroulait qu'elle pouvait voir sans le toucher, puis elle s'accroupit derrière.

Scrutant l'espace au-dessus du faux mur, Laurel comprit que l'intérieur du « château » du territoire d'été était encore plus effrayant que l'extérieur. Des créatures sorties tout droit de légendes couraient partout, mais Laurel savait que la plupart ne pouvaient pas être réelles — à tout le moins, qu'elles n'étaient pas les créatures qu'elles paraissaient. Il y avait des dragons cracheurs de feu, des licornes vêtues d'armures et même d'énormes cyclopes. Il y avait également des trolls et des fées, certains d'exactes répliques d'autres que Laurel pouvait voir et un nombre plutôt impressionnant de gros rochers que Laurel savait n'avoir jamais vus auparavant. Il était impossible de distinguer celles qui étaient des fées ensorcelées et celles qui avaient été créées à partir du néant.

Elles tentent d'amener les trolls à se tuer entre eux, réalisa Laurel.

Et cela semblait fonctionner en majeure partie. Laurel tressaillit d'horreur lorsqu'un troll habillé en noir fusilla une fée aux cheveux orange — seulement pour soupirer de soulagement quand la « fée » miroita et changea de forme, adoptant celle d'un troll inférieur à la bouche munie de défenses d'éléphant. À l'opposé de la cour imaginaire, des trolls trébuchaient sur des clôtures cachées et fonçaient dans des maisons et des fées invisibles, tout en étant aveuglés par de soudains éclairs de lumière. Le chaos régnait, mais Laurel devait l'admettre, c'était efficace.

Néanmoins, cela ne pouvait pas durer toujours. Certaines des fées qui tombaient ne se transformaient *pas* en troll, et les illusions s'évanouissaient dans un clignotement là où les trolls frappaient à l'aveugle et avaient de la chance. Et avec la chute de chaque fée, ce que l'infortuné territoire d'été cachait se retrouvait soudainement exposé et vulnérable pendant aussi longtemps qu'il fallait à quelqu'un pour reprendre l'illusion.

Quand il apparut que Tamani et David n'avaient pas réussi à la rejoindre, Laurel essaya de revenir en arrière par où elle croyait être arrivée, son sens de l'orientation faussé par le chaos autour d'elle. En prenant soin d'éviter d'être repérée, elle tâtonna pour trouver une route avec prudence de faux rocher en faux rocher.

Elle comprit qu'elle devait aller dans le mauvais sens au moment où elle toucha la courbe d'une autre maison en bulle, déguisée sous l'apparence d'une écurie à moitié démolie. Ravalant sa peur et se demandant si elle pouvait se risquer à appeler les garçons à voix haute encore une fois, Laurel essaya de rebrousser

chemin, mais le paysage avait changé : l'illusion chan-
geante rendant la navigation à vue impossible.

Soudainement, la maison en bulle sous ses doigts
clignota et devint visible, sa coquille translucide drapée
aux trois quarts avec de la soie mauve éclatante, une
cible flagrante dans une mer de pierres grises artifi-
cielles. Un troll que Laurel n'avait pas vu tapi derrière
le mirage se tourna et lança dans le verre sa hache, qui
passa au travers — puis, il se précipita sur les fées
regroupées à l'intérieur.

Impuissante à stopper le troll, Laurel ne put que
s'abaisser vivement derrière un faux mur et se recroqueviller sur le sol, les mains fermement pressées sur
les oreilles pendant que les cris — si proches — lui
emplissaient la tête. Où était Tamani ? Où était David ?
Des larmes coulaient sur son visage, et sa poitrine se
soulevait convulsivement sous les sanglots alors que
les hurlements s'éteignaient un à un.

Laurel mit longtemps à cesser de trembler assez
pour se remuer. S'obligeant à retrouver un semblant de
maîtrise de soi, elle jeta un coup d'œil discret au coin.
Le troll s'était effondré à l'intérieur, ses yeux dépa-
reillés vitreux, ses lèvres recourbées en un dernier sourire sarcastique — mais quiconque l'avait tué restait
dissimulé aux regards. La maison était encore visible.
Il n'y avait plus personne pour la masquer.

— Aidez-moi !

C'était un petit cri, la voix d'une enfant — une
enfant qui attirait bien vite d'autres trolls en criant

ainsi. N'étant plus entravée par des obstacles invisibles, Laurel chercha des trolls autour d'elle, puis elle s'approcha d'une bulle de verre en sucre à moitié démolie, se préparant à affronter elle ne savait quoi à l'intérieur.

— Il y a quelqu'un? appela-t-elle aussi bas que possible.

Le crissement du verre en sucre sous ses pieds fut sa seule réponse.

L'ai-je imaginée? Elle ne croyait pas que les fées d'été pouvaient créer des sons avec leurs illusions, mais elle devait admettre qu'elle n'en était pas certaine.

— Au secours! lui parvint de nouveau la voix.

Laurel vola vers la source du bruit, où une main s'agitait sous un corps inerte et étêté suintant de sève épaisse et translucide. Laurel frissonna et tenta de ne pas trop y penser alors qu'elle arquait ses jambes et faisait rouler le cadavre d'une femme pour voir apparaître une minuscule fillette, serrée dans une étreinte protectrice dans les bras sans vie de la fée décédée.

Elle reconnut l'enfant en un instant.

— Rowen!

Laurel attira la nièce de Tamani contre sa poitrine, faisant attention à insérer la tête de la fillette derrière un de ses bras pour la protéger de l'horrible spectacle qui les entourait.

— Laurel? murmura Rowen.

Laurel ne pouvait pas imaginer la confusion qui devait habiter la petite.

— C'est moi, répondit-elle en retenant un sanglot de soulagement. Je suis ici. Tamani aussi ; quelque part.

— Où ? s'enquit Rowen pendant que Laurel continuait de cacher le visage de la fillette en se frayant un chemin à travers le verre brisé, puis se baissant très bas pour se dissimuler derrière un petit rocher qui était bien réel, mais trop petit pour offrir une couverture pendant longtemps.

— Je vais l'amener bientôt, dit Laurel en obligeant son visage à se détendre et sa bouche à sourire. Ta... ta mère était-elle avec toi ? demanda-t-elle doucement.

Rowen opina et fourra deux doigts dans sa bouche. L'ombre assombrissant ses yeux révéla à Laurel qu'elle savait qu'il s'était passé *quelque chose*, même si elle ne comprenait pas tout à fait ce que c'était.

— Et ton père ?

Elle secoua la tête.

— Il a dit qu'il partait combattre des méchants.

— Et c'est exactement ce qu'il fait, dit Laurel en parcourant du regard le désordre autour d'elles, cherchant une cachette.

Le château devenait un assemblage de pièces et de morceaux clignotants, avec des maisons démolies de fées d'été dispersées parmi de faux murs et des illusions à colombages, mais il y avait encore quelques endroits où se cacher.

— Nous devons partir, ma chérie, murmura-t-elle. Allons retrouver Tamani, d'accord ?

— Laurel!

Laurel n'avait jamais été plus soulagée d'entendre la voix de Tamani. Elle regarda par-dessus le mur et le découvrit qui se servait de sa lance comme un aveugle de sa canne, reconnaissant le terrain par le toucher tout en guidant David. Relevé de la tâche de trouver dans quelle direction marcher, David balançait son épée librement puisqu'elle ne pouvait pas blesser les fées.

— Tamani! J'ai Rowen.

Instantanément, Tamani courait vers elles. Ses pieds rencontrèrent quelque chose qu'il ne pouvait pas voir et il trébucha, s'étalant au sol sur le ventre, David le suivant de près.

— Fais attention à cette... chose... dit Tamani d'un air contrit en se remettant debout tant bien que mal.

Il parcourut la distance restante rapidement et lança ses bras autour de Rowen et de Laurel, enfouissant son visage dans les soyeuses boucles brunes de sa nièce.

— Merci ma Déesse, murmura-t-il.

David jetait un œil méfiant sur leur environnement.

— Que faisons-nous maintenant?

Tamani survola du regard le désordre et la destruction, et il secoua la tête.

— Nous ne sommes même pas encore à moitié chemin, déclara-t-il. J'ai sous-estimé les Diams. Largement. Si nous tentons de continuer, nous n'arriverons jamais à temps à l'Académie et je ne suis pas convaincu que nous ferons beaucoup de bien ici.

Il hésita.

— Je propose que nous rebroussions chemin. Vers les bois. Nous les suivrons pour nous rapprocher autant que possible de l'Académie.

— Mais tout change continuellement, dit Laurel. Comment sais-tu de quel côté sortir ?

— Par là, intervint Rowen en pointant un doigt minuscule.

Tamani sourit.

— Je me fiais uniquement au soleil, mais à présent nous avons une Diam. La mémoire visuelle parfaite est excellente pour autre chose que les illusions, vous savez.

Laurel et David hochèrent la tête, et Tamani ramassa sa lance, la tenant encore une fois devant lui comme une canne, juste au cas.

— Est-ce que ça ira avec Rowen ?

Laurel acquiesça d'un hochement de tête. La petite fille pesait à peine plus qu'un bébé, ce qui suscitait encore davantage l'admiration qu'elle puisse sembler avoir mémorisé la disposition du hameau. Laurel se demanda si cela faisait partie de la formation des fées d'été ou si c'était inné chez elles. Avec l'aide de Rowen, ils mirent seulement quelques minutes à parcourir la courte distance sur laquelle ils avaient voyagé dans le territoire d'été, mais Laurel fut plus soulagée d'apercevoir le fossé rempli de lave qu'elle ne l'aurait cru possible. Sans hésitation, elle courut droit par-dessus et, s'accrochant à Rowen, sprinta vers les arbres. Elle n'aurait jamais imaginé que les belles illusions qu'elle avait vues au festival Samhain ou les mignons animaux de compagnie que Rowen avait créés l'été dernier pouvaient transformer son hameau préféré en ce cauchemar inspirant la terreur.

Alors qu'ils cherchaient tous leur souffle, Tamani prit la petite fée dans ses bras, la serrant comme si elle était sa corde de sécurité.

— Maintenant, écoute-moi, Rowen, dit-il en s'écartant et en tenant fermement son visage entre ses mains. Je sais que tu as travaillé à modifier ton apparence.

Rowen hocha sobrement la tête.

— As-tu réussi à bien voir un des méchants qui sont venus ici aujourd'hui ?

Elle opina de nouveau.

— Peux-tu me montrer ?

Le petit menton de Rowen trembla un moment. Puis, elle inclina la tête et sembla s'élargir devant eux, devenant vingt fois plus grosse que la minuscule fillette qu'elle était, se transformant en un homme déformé habillé d'un jean noir et d'une chemise blanche en loques. Un homme avec une immense hache.

— Nom d'un chien, dit David en reculant d'un bond, renversant presque Laurel.

Cette dernière cligna des paupières pour chasser des larmes — Rowen avait vu le troll qui avait tué sa mère. Elle l'avait suffisamment bien vu pour l'imiter à la perfection.

— Bonne fille, dit Tamani en serrant toujours sa petite main, à présent dissimulée sous les doigts énormes d'un troll. Je veux que tu descendes le long de ce sentier jusqu'à ce que tu atteignes la maison de Rhoslyn. Reste parmi les arbres. Essaie de ne pas te faire repérer — même par une autre fée. Personne. Transforme-toi en buisson ou en rocher s'il le faut. Quand tu arriveras là-bas, cogne à la porte arrière masquée que je t'ai montrée l'été dernier, compris ?

— Porte arrière, répéta Rowen, le mince filet de voix tellement étrange venant de ce corps imposant.

— Dès que la porte s'ouvre, montre à Rhoslyn qui tu es véritablement avant qu'elle ne puisse te blesser.

Rowen hocha la tête.

Tamani l'étreignit de nouveau, son corps s'enfonçant dans l'illusion, créant un hybride grotesque entre Tamani et un troll.

— Maintenant, cours, dit Tamani en tournant la petite fée dans la bonne direction. Cours vite.

Le troll-Rowen hocha la tête et il commença à se frayer un chemin sur le sentier tortueux avec la rapidité d'une très jeune fée.

— Que s'est-il passé ? demanda Tamani à Laurel d'une voix neutre, les yeux fixés sur la forme disparaissant vitement.

— Quelqu'un devrait l'accompagner, répondit Laurel en évitant la question.

— Elle s'en tirera bien, dit Tamani, même s'il n'en paraissait pas sûr du tout.

Il semblait surtout peiné.

— Elle connaît le chemin et nous avons déjà perdu trop de temps. C'est le mieux que nous puissions faire pour elle.

Laurel hocha la tête.

— Je l'ai trouvée dans... les bras de... quelqu'un. Les trolls...

Elle ne put cependant supporter de terminer sa phrase. *Tellement de morts.*

— Dahlia a sauvé Rowen, dit Tamani d'une voix sans timbre. Elle aurait été fière de mourir de cette façon.

Il se tourna et lança un dernier regard au faux château à travers la toile de branches.

— Allons-y.

QUATORZE

PENDANT QU'ELLE SUIVAIT DAVID ET TAMANI DANS LA FORÊT près de l'Académie, la respiration de Laurel prit un rythme irrégulier et saccadé. Ils atteignirent un boqueteau d'arbres à portée de vue de l'Académie, et Tamani pila net, Laurel réussissant tout juste à s'arrêter avant de lui rentrer dedans. À travers les ouvertures dans le haut mur entourant l'école, ils pouvaient apercevoir au moins une centaine de trolls, causant des ravages sur le terrain autrefois impeccable, démolissant tout, d'après ce que Laurel pouvait constater, pour le simple plaisir.

— J'ai vu quelques sentinelles se battre là, dit Tamani en plissant les yeux pour regarder par les petits interstices dans le mur extérieur. Mais il y a surtout beaucoup de corps. Une fois les sentinelles vaincues, les barricades ne tiendront pas longtemps. Pas contre ce groupe.

— Quoi? Alors, pourquoi as-tu envoyé Chelsea? demanda David. Je pensais…

— J'avais espéré leur gagner du temps pendant que nous transportions Jamison dans un lieu sûr. J'aurais dû écouter, dit Tamani en secouant la tête. Tu avais raison, Laurel. Nous aurions dû venir d'abord ici.

— Nous ne pouvons pas en être certains, dit-elle.

Ce qui est fait est fait. Et ils avaient sauvé Rowen — cela comptait certainement pour quelque chose.

— Comment pouvons-nous entrer ?

— Nous pouvons faire le tour, suggéra David. Il y en a peut-être moins à l'arrière ?

— Possible. Mais, ces entrées seront également barricadées et je crains davantage qu'ils réussissent à se frayer un chemin à l'intérieur en démolissant tout ici, répondit Tamani.

En effet, Laurel vit que quelques trolls commençaient à attaquer l'Académie elle-même, délogeant des planches qui avaient été clouées sur les fenêtres, arrachant le lierre qui grimpait sur la structure, écrasant leurs poings sur les épais murs de pierres. Il y avait une poignée de sentinelles vêtues d'armures bleues qui se battaient pour conserver les portes d'entrée ; bien qu'en mauvais état et craquées, elles restaient fermées. Cependant, elles étaient largement dépassées par le nombre et ce n'était qu'une question de temps avant que l'Académie soit complètement envahie.

— Nous allons devoir nous lancer à l'attaque. David mène le groupe — si nous restons près de lui, je pourrai protéger Laurel par l'arrière.

Se déplaçant comme un seul homme, ils s'avancèrent sur le sentier. Quand ils passèrent les portails de l'Académie, Laurel put sentir la forte odeur piquante du sang sur sa langue ; c'était différent lorsqu'ils avaient combattu dans le Jardin — malgré les morts —, car à ce moment-là, ils gagnaient. La pelouse de l'Académie était parsemée de cadavres de trolls comme de fées, leur sang formant des flaques communes.

Les trolls furent près d'eux en un instant, arrivant de tous les côtés en direction de leur toute nouvelle proie.

— Continuez à courir ! cria Tamani pendant qu'il poussait sa lance sur des bras qui tentaient de les intercepter.

David balançait sauvagement son épée, dégageant la voie. Chaque coup faisait tomber davantage de trolls, et sous peu, ils se frayaient un chemin par-dessus des corps sans vie à mesure que David s'approchait des portes d'entrée. Les trolls affluaient toujours vers eux. Quand Laurel marcha sur des corps encore chauds et perdant du sang, elle dut détourner les yeux et retenir sa respiration pour s'empêcher de vomir. Il était utile de se concentrer sur les portes d'entrée et de chercher une occasion raisonnable de tenter un sprint pour les atteindre. Alors qu'elle, Tamani et David s'approchaient, deux sentinelles réussirent à repousser un groupe de trolls et à lui faire redescendre les marches en pierres.

— J'ai la voie libre ! cria Laurel à Tamani.

Il se tourna pour jeter un très bref coup d'œil à l'entrée.

— Je vais te couvrir. Vas-y *maintenant* !

Laurel se projeta hors de la sphère protectrice formée par David et Tamani et courut vers l'entrée, s'attendant à moitié à sentir les griffes d'un troll lui percer le dos à tout moment. Quand elle atteignit les lourdes portes, elle se lança contre elles en les frappant de ses poings et en criant :

— C'est Laurel ! Laissez-moi entrer ! S'il vous plaît ! C'est Laurel ! Nous avons besoin de votre aide !

Elle se retourna pour voir Tamani et David tout près derrière elle. D'autres trolls se resserraient autour d'eux sur les trois côtés, gagnant du terrain chaque seconde, comme des vagues.

— S'il vous plaît ! cria encore Laurel. Laissez-nous entrer !

Elle n'osait pas regarder de nouveau en arrière, se contentant de continuer à frapper le bois éclaté, essayant d'ignorer la douleur des ecchymoses se formant sur ses mains.

Une minuscule fente apparut entre les portes, si petite qu'elle aurait pu l'imaginer. Puis, l'ouverture s'élargit, des doigts s'y infiltrant, tirant sur le bois épais jusqu'à ce qu'il y ait suffisamment d'espace pour qu'ils passent au travers. Puis, les portes se refermèrent, les coupant de la bataille sur un claquement sinistre.

Laurel resta allongée sur le sol, haletante, vaguement consciente de mains et de corps autour d'elle repoussant des meubles et des bibliothèques contre les portes — réparant leur barricade. Laurel leva sa joue du sol de pierres froid, tâtant délicatement l'égratignure dessus.

Ensuite, les mains de Tamani la soulevèrent doucement et l'examinèrent pour découvrir des blessures ; il soupira de soulagement quand il n'en trouva pas.

— Est-ce que tu vas bien ?

Laurel hocha la tête, même si le mot *bien* n'était pas vraiment celui qu'elle aurait utilisé pour se décrire en ce moment. Elle jeta un coup d'œil autour d'elle.

— David. Où est David ?

— Calme-toi, répondit Tamani, une main sur chacun de ses bras.

— Je ne me calmerai *pas*, dit Laurel en s'écartant. Où est-il ?

— Dehors, en train de se battre, dit-il en tendant encore la main vers son bras.

— Non, dit Laurel en essayant de l'éviter en se tortillant. Nous ne pouvons pas le laisser seul ! Pas pour affronter tout cela.

Elle se lança de nouveau sur la barricade.

— Tu l'as abandonné à sa mort !

Tamani l'attrapa par la taille, la tirant en arrière.

— Il ne va pas mourir ! affirma-t-il d'une voix si sèche que Laurel cessa un instant de paniquer. Il a

Excalibur et il ne la lâche pas. Je sais que c'est effrayant —
j'ai peur aussi. Mais...

— Tu t'en fous ! hurla Laurel, la panique reprenant
le dessus. Tu ne peux pas tout lui mettre sur les épaules.
Il a besoin de nous, Tam !

— Je ne laisserai jamais rien lui arriver ! cria-t-il à
son tour, son nez touchant presque celui de la jeune
femme.

Il marqua une pause, ses mains se resserrant légèrement sur les bras de Laurel.

— Mais s'il n'était pas dehors à combattre des
trolls, nous n'aurions jamais pu refermer ces portes.
Les trolls sont trop forts. Il nous a fait entrer et à présent il nous gagne le temps dont nous avons besoin. Si
tu ne peux pas *me* faire confiance en ce moment, fais
confiance à Jamison. David ira bien.

Quelque chose dans ses mots ramena Laurel à la
réalité. Elle regarda son compagnon et s'obligea à
prendre quelques longues et lentes respirations.

— Je n'ai pas besoin de faire confiance à Jamison,
dit-elle enfin. J'ai confiance en toi.

— D'accord, dit-il.

Il lui caressa les cheveux sans jamais la quitter des
yeux.

— La meilleure chose que nous pouvons faire est
de centrer nos efforts sur notre travail ici — dès que
nous le pourrons, nous irons le chercher ; je te le
promets.

Laurel s'efforça de se rappeler la puissance d'Excalibur — à quel point David était invincible avec elle — et à quel point Tamani s'engageait lorsqu'il faisait une promesse.

— Continuez à empiler ! hurla une voix alors qu'une main douce se glissait sur l'épaule de Laurel.

— Chelsea !

Laurel lança ses bras autour de son amie.

— Je n'étais pas certaine de te revoir un jour.

— Mince, j'ai couru tellement vite ! s'exclama-t-elle. Je pense que j'aurais pu gagner la compétition au niveau de l'État aujourd'hui. Apparemment, on lance un troll à mes trousses, et je me transforme en héroïne.

Laurel lui pressa la main et se tourna pour examiner la situation. Elle devait l'admettre, les choses paraissaient mieux qu'elle ne l'avait craint. Les portes étaient barrées avec une grosse poutre et fortifiées par une immense pile de meubles. Un groupe de fées était aligné pour réparer la partie qu'elles avaient défaite pour la laisser entrer, et la barricade était tellement imposante que Laurel fut étonnée qu'elles aient pu la faire passer.

Les fenêtres étaient plus compliquées, mais elles avaient accompli un très bon boulot, se servant de tables au dessus en pierre, les attachant solidement aux châssis à guillotine des fenêtres en chêne avec des planches épaisses. Les trolls anormalement forts ne seraient que légèrement ralentis par cette installation, mais des fées de chaque côté de la grande barricade s'étaient rassemblées autour de deux énormes fusils dirigés vers les fenêtres bordant l'entrée.

Des fusils ?

Une grande fée plus âgée qui semblait mener les opérations cria un ordre aux fées réunies, puis il tourna sa tête aux cheveux blond roux vers elle. De la sève s'était coagulée sur une coupure inégale d'un côté de son visage.

— Yeardley ! dit Laurel en courant vers son professeur et en lançant ses bras autour de lui sans se soucier de bienséance.

— Laurel, merci ma Déesse, tu es saine et sauve. Et tu nous as amené une autre sentinelle, dit-il, la voix lourde de soulagement non dissimulé.

— Yeardley, Tamani. Tu l'as rencontré la dernière fois que j'étais ici.

— Je vois que Chelsea a fait le message, dit Tamani en observant la barricade — et les fusils — d'un regard approbateur.

— Nous avons fait de notre mieux. Merci de nous avoir dépêché ton amie, Laurel. Elle nous a raconté les événements du Jardin. Avant que les trolls n'arrivent ici, nous avons pu faire entrer tous les étudiants qui travaillaient dehors et rassembler les jeunes pousses dans une chambre intérieure.

Il hésita.

— Quelques trolls sont quand même entrés, mais nous pensons les avoir tous tués. Les laboratoires sont sens dessus dessous et... et nous avons eu plusieurs morts et encore plus de blessures. Cependant, tu es ici maintenant. As-tu réussi à réveiller Jamison?

Avant que Laurel puisse répondre, un puissant coup sur le recouvrement d'une des fenêtres résonna à travers l'atrium.

— Préparez-vous! hurla Yeardley.

Un autre coup de poing envoya la table en pierre valser de travers, et une immense main passa, suivie par un visage couvert de barbe.

— Maintenant! hurla Yeardley.

Le son d'un coup de fusil et l'odeur âcre de la poudre emplirent l'atrium alors que le troll trébuchait en arrière en faisant gicler du sang. Plusieurs fées se précipitèrent en avant pour repositionner solidement la table.

La fée maniant la détente éclata en sanglots, et une autre lui prit l'arme et se faufila à sa place.

— L'idée de ton amie, dit Yeardley en répondant à la question non formulée de Laurel. Les trolls que nous avons tués avaient ces... armes. Chelsea a suggéré que nous les retournions contre eux. Brillant, vraiment.

Il marqua une pause.

— Difficile pour nos pauvres étudiants. Ce ne sont pas des tueurs.

— Et je ne voudrais pas qu'ils le soient, intervint Tamani. Je leur conseille de porter des gants lorsqu'ils manipulent du métal froid comme celui-là, par contre.

Yeardley hocha la tête et Laurel réalisa qu'elle avait rarement vu Klea sans gants. Ce devait être ainsi qu'elle se débrouillait.

Un fort bruit d'éclat retentit à la porte avant et Tamani jura.

— On dirait qu'ils se servent d'un bélier, gronda-t-il. Ce ne sera plus long maintenant. Yeardley, nous avons besoin de ton aide pour ranimer Jamison. Il est en sécurité, mais dans le quartier du printemps.

— Je suis heureux de collaborer, répondit Yeardley, mais me rendre au quartier du printemps en partant d'ici ne sera pas une tâche facile.

— Nous pouvons y arriver — nous avons David. Enfin, nous l'aurons bientôt. Y a-t-il une fenêtre haute faisant face à l'entrée et en surplomb ou quelque chose de semblable ?

Une ombre de sourire passa sur le visage de Yeardley.

— Oui. Nous avons un balcon d'où nous attaquons les trolls ; je t'y amène tout de suite.

— J'ai besoin d'un peu de corde, même des draps, pour tirer David en haut.

Yeardley transmit la demande à l'une des fées attendant des ordres.

— Il va nous rencontrer là-bas, dit Yeardley en se tournant déjà. Viens.

— Avez-vous des arcs et des flèches ? demanda Tamani alors que Laurel et Chelsea les suivaient en haut d'un escalier tournant.

— Pourquoi en aurions-nous ? s'enquit Yeardley, une trace de désespoir dans la voix. Nous sommes une école et non une armée.

— Comment combattez-vous les trolls, alors ? Ils sont immunisés contre la magie d'automne.

— Comme votre charmante amie nous l'a dit, répondit Yeardley, la mâchoire serrée. Néanmoins, il y a beaucoup de choses que nous pouvons leur lancer qui ne requièrent aucune magie. De l'acide. De l'huile bouillante.

Il marqua une pause.

— Des bibliothèques.

La porte en haut des marches était déjà ouverte et donnait sur un grand balcon deux étages plus haut, un peu en retrait des portes principales. Quand ils sortirent, Laurel vit plusieurs fées traînant une armoire sur le plancher de l'autre côté du palier. Elle les regarda avec horreur et fascination s'efforcer d'atteindre la balustrade avec le beau meuble sculpté, s'arrêter et ensuite, quand quelqu'un cria « Maintenant ! », le pousser en bas.

Une petite fée blonde épousseta la poussière sur ses mains avec satisfaction en se détournant de la balustrade.

— Katya ! s'exclama Laurel en courant vers elle.

— Par les pétales d'Hécate, tu es ici ! dit Katya.

Elle s'écarta, agrippée aux épaules de Laurel, puis elle l'attira de nouveau à elle.

— Tu ne le devrais *pas*! C'est tellement dangereux. Oh, mais je suis tellement contente que tu le sois!

Laurel s'attarda dans les bras de son amie un moment de plus. L'été précédent, quand Avalon lui avait paru si isolé sans Tamani, Katya avait été le pilier personnel de Laurel. Elle n'avait pas exigé de connaître les détails, mais elle avait senti intuitivement que Laurel avait besoin de *quelqu'un* et elle avait mis beaucoup d'effort à la tenir occupée et amusée.

Katya pressa les épaules de Laurel une dernière fois, puis elle leva les yeux vers Tamani. Ses prunelles s'illuminèrent en le reconnaissant.

— C'est ton ami la sentinelle. Tim... non, Tam?

— Oui, répondit Laurel.

Sans hésitation, Katya lança ses bras autour de lui et lui embrassa la joue.

— Merci, dit-elle. Merci de tout cœur de nous l'avoir ramenée saine et sauve.

— Nous sommes loin d'en avoir fini, grogna Tamani, mais Laurel voyait qu'il était content.

Elle se tourna et étreignit encore une fois Katya, heureuse qu'elle soit en vie. C'était une réunion douce-amère, mais Laurel comprenait seulement maintenant à quel point elle l'avait attendue. Elle s'accorda même un instant pour rire de leurs blouses roses assorties de style paysan qui semblaient avoir été cousues par la même fée de printemps.

Les yeux de Katya tombèrent sur Chelsea, debout juste derrière l'épaule de Laurel. Celle-ci les regarda toutes les deux et sourit largement. Elle avait tellement parlé de l'une à l'autre et inversement, cela lui paraissait capital qu'elles soient enfin réunies. Faisant un signe à chacune, Laurel les nomma tout simplement, contente de voir leurs visages s'illuminer quand elle le fit.

— Chelsea, Katya.

— Laurel, cria Tamani, interrompant leur bref moment de répit.

Il se tenait à l'extrémité opposée de la balustrade, pointant en bas.

Se détournant de ses amies, Laurel courut vers lui, et son regard suivit son doigt. Les trolls avaient fait tomber un arbre quelque part, l'avaient ébranché, et ils s'en servaient à présent comme bélier rudimentaire. David avait dû comprendre que le bélier constituait la plus grande menace et il se tenait d'un côté, frappant n'importe quel troll qui tentait de le soulever. Il semblait que les trolls n'avaient pas encore réalisé à quel point David était dangereux, par contre ; ils se déversaient sur lui comme l'eau qui tombe sur des feuilles d'automne.

— David ! cria Laurel, n'osant presque pas rompre sa concentration, mue toutefois par le besoin de savoir s'il se portait bien.

— David ? murmura Katya à côté d'elle. Ton humain ?

Laurel hocha la tête, sans croiser le regard de Chelsea et sans se donner la peine de mettre Katya au courant des derniers détails.

— Il est sensationnel, dit Katya avec admiration.

— Ça, il l'est, murmura Chelsea.

Laurel dut admettre que c'était vrai. Les trolls tombaient si vite qu'il y en avait une pile autour de lui et il était obligé de pousser les cadavres en bas des marches avec ses pieds pour éviter d'être enseveli. Partout où il allait, il changeait le cours de la bataille et pourtant, le voir faire ne faisait que raviver la tristesse de Laurel.

— David ! cria-t-elle encore, et enfin, il l'entendit.

Il leva les yeux vers elle, puis il plissa le front sous la concentration et il balança l'épée dans un arc particulièrement grand, se frayant un chemin à travers les corps empilés tout en gardant son épée devant lui. Il arriva lentement en dessous d'eux, et Katya ordonna aux fées propulsant des objets en bas du balcon de s'arrêter pour ne pas frapper David.

— Ça va, dit Chelsea, une pointe de fierté dans la voix. Il est invincible. Continuez à lancer vos trucs.

— Hé, haleta David quand il se fut approché. Je ne vais plus y arriver encore très longtemps. Mes bras...

Il inspira et s'arrêta pour lancer son épée sur un autre troll.

— Mes bras sont sur le point de lâcher.

— Où est cette corde ? demanda Tamani, une trace de panique dans la voix.

Laurel fouilla le balcon du regard et repéra deux fées courant vers eux, nouant des draps ensemble tout en avançant. Elle se pencha par-dessus la balustrade.

— Nous...

Elle marqua une pause, sentant que sa voix était sur le point de se casser.

— Nous sommes ici, David. Nous sommes presque prêts.

Tamani attrapa le premier drap dans les mains de la fée et sortit son couteau, coupant le bout en deux morceaux qu'il attacha comme un étrier. Il croisa les regards de Laurel et Chelsea avec sérieux.

— Nous abaissons ceci, et David doit l'atteindre le premier sinon les trolls le tireront en bas et nous le perdrons. Il met un pied dans la boucle et nous le tirons vers nous. Compris ?

Laurel hocha la tête alors que Tamani lui tendait l'étrier. Elle se pencha sur la balustrade et répéta les instructions de Tamani, et David — sans la regarder — hocha la tête en signe de compréhension. Elle s'inquiéta de lui dire quoi faire quand les trolls pouvaient l'entendre, mais il les tuait si rapidement qu'elle se doutât qu'aucun à portée de voix ne serait encore en vie lorsque la boucle descendrait.

— Tenez-la ! cria Tamani en faisant signe à une poignée de fées qui l'entouraient.

Tout le monde tint un bout des draps attachés et Chelsea s'avança aussi, serrant le drap juste derrière Tamani.

— Vise bien, dit-il à Laurel, puis il enroula fortement les doigts autour du tissu et planta ses pieds dans le sol.

— David ! hurla Laurel, et il leva les yeux vers elle.

— Je suis prêt, répondit-il faiblement.

Laurel ferma les paupières, prit une respiration, puis elle les ouvrit et tenta d'appliquer chaque concept qu'elle avait déjà appris à la balle molle lorsqu'elle lança le tissu noué vers David.

Retirant une main de l'épée, il la leva et attrapa le drap dans les airs, le tirant en bas contre son torse. Après s'être accordé un instant pour rétablir son équilibre, il se pencha en avant et poussa son pied dans la boucle.

Les trolls, constatant un moment de faiblesse, s'élancèrent en avant. S'ils réussissaient à s'empiler sur lui…

— Tirez ! cria Laurel à l'instant où David fut prêt.

Quand la corde de tissu fut tendue, David s'accrocha follement à elle, ne se défendant pas lui-même, mais bien sa fragile corde de sauvetage.

— Nous l'avons ! cria Laurel.

Plusieurs trolls hurlant tentèrent d'attraper les jambes de David ; chaque fois, leurs mains glissaient, incapables de le toucher. L'un d'eux eut finalement une idée intelligente, juste avant que David ne soit hors de sa portée, et il sauta et agrippa le drap et commença à lancer sa masse contre le garçon.

L'arme ne posait pas de danger direct, mais elle fit perdre l'équilibre à David et menaça son emprise sur le tissu. Il tenta de donner un coup au troll avec Excalibur, mais il était épuisé et son angle était mauvais. Laurel pouvait voir ses jointures blanches, la tension sur son visage pendant qu'il s'efforçait de tenir le drap et Excalibur. La possibilité que David puisse lâcher l'épée semblait faible, mais c'était maintenant la chose que Laurel craignait le plus. Sans Excalibur, David était bon pour la mort.

Brusquement, le troll relâcha sa prise sur le drap et il tomba au sol en tas, où il resta allongé.

Laurel n'avait pas le temps de se questionner là-dessus ; avec plus de la moitié du poids soudainement disparu, David vola presque par-dessus la balustrade.

Tamani lâcha la corde d'une main et se pencha en avant pour tendre l'autre à David. Cependant, leurs mains se rencontrèrent, puis glissèrent loin l'une de l'autre et David retomba.

David prit deux respirations, puis il leva les yeux et lança l'épée, la libérant dans les airs. Laurel l'entendit tomber avec fracas sur le plancher du balcon derrière elle, et quand elle tendit la main pour saisir son bras, ses mains réussirent cette fois à le toucher. Tamani tenait fermement son autre bras et ensemble, ils tirèrent David par-dessus la balustrade avant qu'ils ne s'étendent tous les trois de tout leur long sur la pierre froide.

QUINZE

Ils restèrent un moment allongés, haletants, sur le plancher du balcon avant que David ne tende instinctivement la main vers l'épée tombée et l'attire à lui, la serrant contre son torse. Quand il tourna le visage vers Laurel, elle eut peine à le reconnaître. De la sueur mêlée de sang striait ses tempes jusqu'à son menton, et ses bras étaient tachés de rouge rouillé. Le reste de son corps était recouvert d'un gâchis de sang sans véritable motif.

— Est-ce que ça va ? demanda-t-elle en repoussant son ventre du sol au moment où Chelsea tombait à genoux à côté de David.

— Je suis fatigué, dit-il d'une voix râpeuse. J'ai besoin d'un peu d'eau. Et de repos, ajouta-t-il. Je dois me reposer.

— Y a-t-il un endroit où nous pouvons l'amener ? s'enquit Tamani en se tournant vers Katya pendant que les autres fées reprenaient leur tâche d'arrêter les trolls depuis le haut du bâtiment.

— La salle à manger, dit Katya. On y a apporté quelques fournitures médicales pour... pour les fées que les trolls ont touchées plus tôt, termina-t-elle, les cils baissés.

— Je vais l'y conduire, dit Laurel en se levant et en aidant Chelsea à faire de même.

Elles baissèrent les yeux sur David, qui s'était mis à genoux. Il semblait trop fatigué pour se tenir debout par lui-même, mais il s'accrochait à l'épée, et ni Chelsea ni Laurel ne pouvaient l'assister tant qu'il la tiendrait.

Chelsea se pencha près de lui, à un poil de son oreille.

— David, dit-elle doucement. Laisse-moi la porter pour toi.

David la regarda en clignant des yeux comme si elle parlait une langue étrangère. Puis, il comprit.

— Merci, murmura-t-il en déposant l'épée sur le sol entre eux.

Enroulant ses deux mains autour de la poignée, Chelsea prit Excalibur avec respect et la tint près d'elle pendant que Laurel et Tamani aidaient David à se lever.

Laurel garda une main sur le bras de David et le guida vers les marches au moment où une fée d'automne en émergeait avec un plateau de gobelets remplis de chartreuse fumante — une solution que Laurel reconnut comme un acide dérivé de limes fermentées.

— Allons te nettoyer, dit-elle en faisant pivoter David afin qu'il tourne le dos au combat.

— Avons-nous le temps pour cela ? s'enquit-il d'une voix faible en la suivant par la porte du balcon. Ils n'arrêtent pas d'arriver ; nous devons amener Yeardley à Jamison.

— Nous penserons à cela plus tard, répondit Laurel, jetant un regard inquiet vers Chelsea.

C'était facile de se sentir en sécurité, barricadée à l'intérieur de l'immense Académie en pierres, mais pour combien de temps encore ?

Ils descendirent lentement l'escalier tous les trois, et Laurel s'arrêta en bas quand elle réalisa que Tamani ne les accompagnait pas. Il était debout sur la marche supérieure, un bras posé sur la main courante. Ses épaules étaient affaissées, et il serrait son épaule blessée qu'il avait refusé qu'elle examine chez sa mère. Il semblait s'accorder un répit pour ressentir la fatigue et la douleur qu'il avait repoussées toute la journée. Ses paupières étaient fermées, et Laurel se détourna avant qu'il ne découvre qu'il avait été vu dans un moment aussi vulnérable. Elle fut contente d'entendre ses pas les rattraper quelques instants plus tard.

— David, demanda Chelsea de façon hésitante, es-tu…

— Mince, ce truc est lourd, dit David en interrompant sa question en étirant ses bras las, faisant tourner ses poignets un à la fois.

Laurel se mordit la langue, et lorsque Chelsea se retourna pour la regarder, elle secoua la tête. Le temps n'était pas aux questions.

Quand ils pénétrèrent dans la salle à manger, ils tombèrent sur une fée transportant des tas de chiffons blancs.

— Attention, dit une voix froide, et les yeux de Laurel s'arrondirent.

Malgré la profonde plaie sur son visage et l'état désordonné de sa chevelure et de ses vêtements, c'était, sans aucun doute, Mara. Tamani la reconnut aussi à en juger par son regard noir. Mara leva le menton, comme si elle voulait lever le nez sur Tamani en se grandissant un peu. Cependant, il croisa son regard sans broncher et — remarqua Laurel — sans la révérence de rigueur. Après un moment, Mara baissa les yeux et quitta la pièce d'un pas traînant.

— Contente de te rencontrer aussi, lança sèchement Chelsea.

— Partez devant, ordonna Tamani avec raideur quand Laurel se retourna pour le regarder. J'ai quelques petites choses à vérifier.

Laurel s'écarta de David et de Chelsea.

— Reviens dès que tu as terminé, dit-elle d'un ton destiné à mettre fin à toute discussion. Je dois examiner tes blessures.

Tamani s'apprêta à protester, mais Laurel l'interrompit.

— Cinq minutes.

La mâchoire de Tamani était serrée, mais il opina.

La salle à manger bourdonnait d'activités, et Laurel aperçut Yeardley à l'extrémité de la pièce, livrant des sérums et des bandages à plusieurs postes où des fées en santé soignaient les blessées. Laurel se demanda comment elles se sentaient à utiliser des potions qu'elles avaient fabriquées sans s'attendre à s'en servir un jour pour elles-mêmes.

— Du travail de répétition, disaient-elles quand elles mettaient leurs études de côté pour préparer des solutions guérissantes et d'autres potions pour les fées d'automne, pour des sentinelles à l'extérieur des portails qui se colletaient à l'occasion avec des trolls ou pour des Soigneuses qui maniaient maladroitement leurs faux. La pire blessure que subissaient la plupart des fées d'automne était une coupure causée par du papier et la plus grave maladie, des brûlures d'estomac.

— Assieds-toi, ordonna Laurel dès qu'elle trouva une chaise inoccupée pour David.

Chelsea appuya l'épée sur le siège du garçon, et il la prit immédiatement et l'allongea sur ses cuisses.

L'abandonnant un moment avec son amie, Laurel alla chercher un grand verre d'eau — « de l'eau ordinaire », dit-elle avec insistance à la fée qui tentait d'y ajouter des pincées de nitrogène et de phosphore — et elle revint pour découvrir son amie en train de s'inquiéter de voir David couvert d'autant de sang.

— Je vais bien, insista-t-il. J'ai seulement besoin... Oh mince merci, dit-il en prenant le verre d'eau des mains de Laurel et en le buvant d'une seule traite, à l'exception de quelques gouttes qui coulèrent sur son menton.

Distraitement, il les essuya sur sa manche, laissant une traînée de sang sous ses lèvres.

— En veux-tu plus ? demanda Laurel en essayant de ne pas regarder la nouvelle trace pendant que David se détendait sur sa chaise, appuyant sa tête contre le mur et fermant les yeux quelques secondes.

— Est-ce qu'il va vraiment bien ? chuchota Chelsea, fixant le visage parsemé de sang de David.

— Il semble, répondit Laurel. Mais je devrais nettoyer le sang sur lui pour en être certaine. Peux-tu prendre quelque chose pour frotter et me rejoindre à la fontaine ?

Elle pointa une table pleine de chiffons pliés où les gens se procuraient des bandages et des serviettes. Chelsea hocha la tête et se hâta d'y aller.

— Viens, dit Laurel en faisant signe à David. Allons te laver.

Au début, David la suivit d'un air hébété, traînant Excalibur sur le sol, certainement inconscient de la ligne parfaite que la pointe gravait dans le sol de carreaux de marbre poli. Cependant, quand il comprit ce que Laurel avait en tête, tout à coup il ne pouvait pas arriver assez vite. Il tomba à genoux au bord du cercle en marbre, déposa Excalibur avec respect à côté, et il poussa ses bras sous l'eau, les frottant avec vigueur. Un nuage rouge sombre s'éloigna de lui, donnant à l'eau une teinte rosâtre.

Du coin de l'œil, Laurel surprit Caelin — le seul Mélangeur de son âge — à les observer. *Parfait.*

— Hé, dit-elle. Peux-tu me rendre un service ? J'ai besoin d'une chemise propre. Pour lui, ajouta-t-elle — pointant David — au cas où Caelin reviendrait avec une blouse légère.

Caelin examina l'étrange nouveau mâle — il avait toujours été comiquement territorial — et il hocha la tête en se dirigeant vers le dortoir. Chelsea apparut un moment plus tard avec une petite pile de mouchoirs propres.

— Merci, dit Laurel en prenant celui du dessus.

Elle regarda l'eau souillée dans laquelle David frottait encore ses bras et elle plissa le nez. De l'eau cristalline froide coulait du haut de la fontaine, alors Laurel leva la main et humidifia le tissu à cet endroit avant de nettoyer le sang décorant le visage de David.

— Je vais aider, dit doucement Chelsea en mouillant un mouchoir et en se mettant au travail de l'autre côté pour s'attaquer à une traînée de sang particulièrement épaisse qui avait coulé sur son cou.

— Déshabille-toi, ordonna Laurel quand le visage de David fut à peu près lavé de tout le sang. Nous ne réussirons jamais à faire partir le sang sur ce chandail. Enlève-le et jette-le.

Ses bras enfin propres, David tendit la main vers le bas de son t-shirt et, en faisant attention à éloigner le sang de son visage, il le passa par-dessus sa tête, le laissant tomber sans cérémonie sur le sol.

Au début, Laurel crut qu'elle imaginait le silence qui semblait s'être installé autour d'elle, mais après une minute supplémentaire de frottage, elle réalisa que presque tout le monde dans la pièce s'était immobilisé.

Le silence s'était mué en un bourdonnement de murmures qui devenait de plus en plus fort chaque seconde.

Chelsea l'avait aussi remarqué et elle survolait la salle du regard avec nervosité.

Cependant, tous les yeux étaient rivés sur David. Plus particulièrement sur son torse, où une petite touffe de poils foncés était clairement visible sur sa peau.

Ils n'avaient pas réalisé qu'il était un humain.

Ils n'avaient probablement pas non plus réalisé que Chelsea était humaine, entre la bataille qui faisait rage et le fait que Chelsea n'affichait pas de signes révélateurs évidents comme du poil visible sur le corps. Certaines des fées observaient maintenant l'épée que David avait placée au bord de la fontaine et elles chuchotaient derrière leurs mains.

David les remarqua aussi et il interrompit son nettoyage. Il lançait un regard noir aux fées qui étaient assez hardies pour le regarder en face.

Tamani traversa la salle à manger comme un ouragan avec des pas bruyants, une expression de colère sur le visage et tenant du tissu blanc en tas dans la main. Derrière lui, Caelin paraissait plus qu'heureux que quelqu'un d'autre se charge d'accomplir la tâche qu'on lui avait confiée.

— Tiens, dit Tamani en tendant à David la pièce de vêtement blanc et sec. Te donner un chandail propre est la moindre des choses que nous pouvons faire puisque tu as sauvé l'Académie.

Tamani lança un regard furieux autour de la salle avant de lui abandonner le chandail. Après un long moment de silence, David passa le tissu par-dessus sa tête, ressemblant à n'importe quel garçon fée quand le chandail au style d'Avalon lui couvrit le torse.

Dès qu'il fut habillé, la salle à manger bourdonna à nouveau d'activités, bien que plusieurs des fées examinaient encore David avec un mélange de curiosité, de réprobation ou de peur.

— Comment te sens-tu, mec? demanda Tamani en s'accroupissant à côté de David.

— Mieux. J'aimerais bien un autre verre d'eau, par contre.

Chelsea se hâta d'aller le lui chercher.

— Y a-t-il une chance que tu sois prêt à retourner dehors?

Le ton de Tamani était nonchalant, mais Laurel savait qu'il était impatient d'amener Yeardley à Jamison.

David pinça les lèvres. Son regard avait quelque chose de hagard, mais il baissa les yeux sur l'épée et, après un moment, il hocha la tête.

— Je crois bien.

— Merci.

David ferma les paupières pendant quelques respirations, puis il les ouvrit et tendit la main vers l'épée.

— Pas encore, s'exclama Laurel en bondissant sur ses pieds.

— Laurel, commença Tamani, le désespoir dans la voix.

— Laisse-moi d'abord te bander l'épaule.

Son t-shirt gris était en loques et la sève avait séché dessus, mais sans l'aide de bandages, la plaie se rouvrirait très certainement.

— Je vais bien, dit Tamani en se tournant sans trop de subtilité afin qu'elle ne puisse plus voir son épaule.

— C'est faux. Tu as mal et tu seras plus… efficace, décida-t-elle enfin, si tu me permets de faire quelque chose à son propos.

Il hésita, puis il leva les yeux vers Chelsea, qui revenait avec de l'eau pour David.

— Si tu te dépêches, céda-t-il.

Puis, plus bas :

— Nous n'avons pas beaucoup de temps.

— Je vais faire vite, promit-elle.

Elle se rendit au poste le plus proche et fouilla dans les médicaments qui restaient.

— Puis-je t'emprunter ces choses pendant très peu de temps ? demanda-t-elle en s'emparant de deux bouteilles d'une solution transparente et d'une poignée de bandages.

La fée répondit d'un hochement de tête, levant à peine les yeux pendant qu'il tirait sur une longue aiguille de cactus au-dessus d'une profonde coupure dans l'épaule d'un enfant, la refermant avec des points de suture.

Laurel revint en courant vers Tamani.

— Enlève-le, dit-elle en touchant le chandail.

Tamani jeta un coup d'œil à David, puis il gémit en levant les bras et retira son t-shirt, écartant avec précaution les parties tachées de sève de ses plaies. Il suintait la sève par une demi-douzaine de coupures superficielles, et la profonde plaie sur ses côtes que Laurel avait bandées le matin était humide malgré ses soins.

La plaie sur son épaule n'était pas causée par une seule coupure comme elle l'avait cru — il y avait environ cinq trous profonds éparpillés sur le haut de son bras. Il inspira brusquement entre les dents quand elle les tamponna avec un chiffon humide.

— Je suis désolée, dit-elle en essayant de ne pas perdre son calme devant la profondeur des coupures qui ressemblaient davantage à des coups de poignard. Je vais te soulager dans une petite seconde.

— Non, dit Tamani en arrêtant sa main quand elle la tendit vers une bouteille.

— Qu'est-ce que tu veux dire ?

— Ne les insensibilisent pas, dit-il avec une respiration encore difficile. Je ne peux pas bouger aussi bien si je ne les sens pas. Applique seulement le tonic guérisseur et bande-les. C'est tout ce que je peux te laisser faire pour l'instant.

Laurel fronça les sourcils, mais elle hocha la tête. Il était impossible de savoir pendant combien de temps aujourd'hui Tamani devrait encore se battre.

— Serre... serre-moi la main si cela te fait mal, dit-elle en employant la même tactique que son père avec elle lorsqu'elle était enfant.

Mais plutôt que d'agripper sa main, Tamani enroula son bras valide autour de ses hanches, enfouissant son visage dans son ventre avec un gémissement étouffé. Laurel vola un moment pour faire courir ses doigts dans ses cheveux noirs avant de prendre la bouteille de tonic guérisseur, déterminée à en finir aussi vite que possible pour son bien.

Elle tenta de ne pas prêter attention à ses doigts pressant sa jambe, à sa respiration douce sur la peau de sa taille, à son front planté juste sous ses côtes. Elle travailla rapidement, ayant aimé pouvoir savourer l'instant, mais sachant que ce luxe ne ferait que coûter des vies.

— J'ai terminé, murmura-t-elle après une abominablement brève période de temps.

Il s'écarta et regarda son épaule, couverte de bandages qui s'enchâsseraient dans sa peau après une semaine environ.

— Merci, dit-il à voix basse.

Laurel fixa résolument le sol en rassemblant ses fournitures et elle courut les rapporter au poste où elle les avait empruntées. Quand elle revint, Tamani avait ramassé sa lance et il était debout devant David.

— Prêt ?

David hésita à peine avant de hocher la tête.

— Nous allons devoir dégager une voie ; je ne veux pas prendre le risque qu'il arrive quoi que ce soit à Yeardley —, mais je ne pense pas que nous devrions essayer de passer encore par les portes. Sortons de la même manière que tu es entré, dit Tamani, la voix de nouveau neutre et centrée sur son but.

— Par-dessus la balustrade ? s'enquit David, un sourcil arqué.

— As-tu une meilleure idée ? demanda Tamani, non sans une trace de sarcasme.

David réfléchit une seconde, puis il secoua la tête.

— Allons-y.

— Nous allons aider à vous descendre, proposa Laurel, alors même que sa tête lui criait de ne pas les laisser partir.

Ils quittèrent tous les quatre la salle à manger et longèrent le couloir sombre, les bruits du combat augmentant avec chacun de leurs pas. L'Académie tenait les trolls à distance, mais combien de temps encore les murs tiendraient-ils contre un si grand nombre ? Et à combien de batailles Tamani pouvait-il survivre ? Avec le temps, il subirait de trop nombreuses blessures pour rester en vie. Malgré les avantages d'Avalon, les trolls gagnaient en raison de leur nombre seulement.

Quand ils émergèrent sur le balcon, Katya se tourna vers eux, la panique dans les yeux.

— Merci Déesse, vous êtes de retour ! Il se passe quelque chose.

— Quoi ? demanda Tamani, courant se pencher à côté d'elle par-dessus la balustrade.

— Ils *tombent*, répondit Katya en examinant les trolls grouillant sous eux. Je l'ai vu quelques fois au cours de la dernière heure, mais je me suis dit que c'était à cause de blessures que je ne pouvais pas voir. Maintenant, ils commencent à s'effondrer en groupe. Cinq, six, parfois jusqu'à dix. Regardez, ajouta-t-elle en pointant quand Laurel, David et Chelsea s'avancèrent pour voir.

Les trolls continuaient à frapper les portes d'entrée avec l'arbre coupé, et Laurel pouvait voir le bois craquer sous l'assaut. Toutefois, quand ils reculèrent pour prendre un nouvel élan, le tronc d'arbre se déplaça et roula sur le côté lorsque plusieurs des trolls tombèrent à genoux.

— Ils viennent juste de faire la même chose là aussi, dit Katya en pointant un groupe sous le balcon.

— C'est ce qui est arrivé à ce troll sur le territoire du printemps, intervint David. Et sur la corde, quand vous me faisiez monter.

— Je ne comprends pas, déclara Tamani.

Cependant, alors même qu'il exprimait sa perplexité, Laurel vit tomber plusieurs autres trolls. Même les trolls désorganisés en prenaient conscience à présent et ils s'étaient détournés de leur tâche de forcer l'entrée de l'Académie pour se questionner les uns les autres et pointer. La panique se répandit à la vitesse d'un incendie de forêt, et le groupe sur le balcon oublia son plan et observa, cloué sur place, pendant que de plus en plus de trolls s'effondraient au sol.

— Ils s'enfuient, déclara David avec de la stupéfaction et plus qu'un peu de soulagement dans la voix.

Les trolls restants avaient tourné les talons, se dirigeant à présent vers les portails, mais même leur retraite était vaine. Sous peu, tout devint calme et tous les trolls gisaient immobiles parmi les restes piétinés de ce qui avait été les terres de l'Académie.

SEIZE

— Sont-ils... morts ? demanda Chelsea après une longue période de silence.

— Celui du territoire du printemps était très, très mort, répondit David.

— Alors, quoi ? s'enquit Laurel en fixant le carnage. C'est fini ?

— Qu'est-ce qui se passe ? s'enquit Yeardley en jaillissant sur le balcon au milieu du silence tendu.

Il tenait un sac de toile dans une main — sa trousse, réalisa Laurel.

— C'est difficile à dire, répondit Tamani en fouillant le sol du regard. Ils semblent morts, mais seule la Déesse sait pourquoi. Je me méfie.

— Qu'est-ce que c'est ?

Un mouvement flou sur le flanc de coteau vert attira l'œil de tout le monde — plusieurs silhouettes se frayaient un chemin sur le sentier venant du portail du Jardin.

— D'autres trolls? demanda quelqu'un dans la foule.

Laurel observa les silhouettes approchant pendant un moment et éprouva soudain de la difficulté à respirer.

— C'est Klea, dit-elle à voix basse. Elle est accompagnée de Yuki.

— Je ne comprends pas, déclara Yeardley.

— La Sauvagesse, intervint Tamani. Celle que nous essayions de percer à jour la dernière fois que nous sommes venus ici; elle est une fée d'hiver.

Katya haleta.

— Se dirigent-elles par ici?

— Je l'ignore, dit Tamani. Sinon, elles se rendent au palais. Je ne sais pas trop ce qui est pire. D'une manière ou d'une autre, nous sommes trop tard. C'est la raison pour laquelle nous avions besoin de Jamison — pour la combattre.

— Elle est *hostile*? demanda Yeardley, une peur subtile dans la voix.

— C'est difficile d'en être sûr, répondit Tamani.

Laurel ne croyait pas du tout que ce fut difficile; Yuki était la seule raison pour laquelle les trolls se trouvaient à Avalon, cela la rendait donc responsable de la mort et de la destruction autour d'eux.

— Mais elle *est* la marionnette d'une fée d'automne exilée — Callista, reprit Tamani.

Cette fois, l'horreur dans l'expression de Yeardley n'avait rien de subtil.

— Callista ? C'est...

Il se tourna vers les fées d'automne rassemblées derrière lui sur le balcon.

— Nous devons partir d'ici. Maintenant !

— Nous ne pouvons pas tout simplement nous en aller, intervint Laurel en suivant Yeardley alors qu'il s'écartait vivement de la balustrade. Nous sommes barricadés à l'intérieur. C'est probablement l'endroit le plus sûr d'Avalon en ce moment.

Yeardley pila net.

— Et combien de temps exactement, commença-t-il d'une voix douce qui la glaça tout entière, penses-tu qu'une fée d'hiver mettra à retirer la barricade fabriquée entièrement avec du *bois* ?

— Il a raison, dit Tamani par-dessus l'épaule de Laurel. Nous devrions fuir. Il y a une forêt très dense à l'ouest — il y a une sortie dans cette direction, n'est-ce pas ?

— Oui, répondit Yeardley.

— Rassemblez tous ceux que vous pouvez et allez-y. Sans Jamison, je... je ne sais pas ce que nous pouvons faire de plus.

Laurel détesta entendre le son de la défaite dans la voix de Tamani. Il avait combattu des trolls toute la journée et il avait gagné, et à présent, deux fées suffisaient à lui faire perdre le moral.

— D'accord. Toi, là, cours à la barricade ouest, ordonna Yeardley à une fée aux yeux foncés que Laurel crut reconnaître comme un collègue d'une classe plus avancée que la sienne. Ils doivent la démolir immédiatement !

Puis, se retournant vers Tamani, il dit :

— Certains des employés sont avec les jeunes pousses en haut, et tu as vu combien d'étudiants sont réunis dans la salle à manger. Tous les autres sont occupés à mettre leurs expériences en sécurité et…

— Leurs *quoi* ? demanda Tamani.

— Leurs expériences, répéta Yeardley sans donner aucun signe qu'il considérait que cela était autre chose que logique.

— Bien, rassemble-les maintenant, ordonna Tamani. Au diable leurs expériences.

— Tam, cria Katya depuis la balustrade, elles ont dépassé l'embranchement pour le palais d'hiver. Elles viennent assurément ici.

Tamani resta immobile un long moment, puis il passa brusquement à l'action, comme si quelqu'un avait allumé un interrupteur.

— D'accord, tout le monde sans une arme, sortez — maintenant, dit-il en distinguant David des autres avec un hochement de tête. C'est l'heure de l'évacuation.

Il commença à rassembler les fées sur le balcon, à les faire rentrer dans l'Académie et descendre l'escalier.

— Je ne pars pas, déclara Laurel en calant ses pieds quand Tamani essaya de la chasser aussi.

— Laurel, je t'en prie. Tu ne peux rien contre elle.

— *Vous* ne pouvez rien contre elle non plus !

Laurel grimaça alors même qu'elle prononçait ces mots.

— Je... je ne voulais pas dire...

Tamani garda le silence pendant ce qui sembla une éternité.

— Peut-être pas, murmura-t-il enfin. Mais il se peut que nous puissions gagner le temps dont vous avez besoin pour fuir. Après que nous vous aurons fait sortir, nous sortirons par en avant et irons la rencontrer pendant que tous les autres se dirigent vers les arbres.

Laurel regarda David, mais il se contenta de hocher la tête pour marquer son approbation.

— D'accord, dit-elle doucement.

Elle détestait se sentir inutile.

— Je vais aller retrouver Rhoslyn avec Yeardley. Nous ramènerons Jamison ici dès que possible.

— Parfait, dit Tamani avec une très légère trace de soulagement sur le visage.

— Amène Chelsea aussi, dit David, et il tendit une main pour la pousser vers la sortie avant de replacer ses deux mains sur l'épée.

— Bien sûr.

Laurel hocha la tête et prit la main de Chelsea.

— Viens. Allons voir si nous pouvons aider les autres à partir.

— Merci, dit Tamani à voix basse en lui pressant la main.

Laurel pressa la sienne en retour, mais elle ne leva pas les yeux pour croiser son regard — elle ne voulait pas qu'il constate à quel point elle était désespérée. Elle savait ce que Yuki avait fait dans l'édifice à logements, ce que Jamison avait fait subir aux trolls... combien de temps David et Tamani pouvaient-ils espérer tenir contre une fée d'hiver? Certainement pas assez longtemps pour que Laurel et Yeardley raniment Jamison et le ramènent ici.

— Nous devons d'abord faire sortir toutes les jeunes pousses, ordonnait Yeardley pendant qu'elles le suivaient dans l'atrium. Amenez tout le monde à la sortie ouest!

Les fées partirent en courant répandre la nouvelle, la plupart dans un état évident de panique maîtrisée.

— Laurel!

Tamani descendit les marches à toute vitesse, David le talonnant, alors qu'une série de coups résonnaient à l'extérieur des portes d'entrée.

— Par l'œil d'Hécate! jura Yeardley. Qu'est-ce que c'était?

— Des soldats à l'entrée, répondit Tamani en haletant. Ils sont arrivés par l'arrière. Ils sont trop petits pour être des trolls, mais ils portent des fusils. Ils doivent être avec Klea.

— Klea? demanda Laurel, perplexe. Mais elle n'est même pas encore ici.

— Elle a dû les envoyer devant, affirma Tamani, d'une voix plate dénuée d'émotion. C'est ce que j'aurais fait, rester en arrière jusqu'à ce qu'ils soient en position. J'aurais dû comprendre. Nous sommes exactement là où elle nous veut et nous ne pouvons rien y faire.

Comme sur un signal de Tamani, les fenêtres colorées décoratives situées à quatre mètres au-dessus de leurs têtes éclatèrent, faisant pleuvoir des éclats de vitrail et une demi-douzaine de pots craqués en plastique sur l'atrium rempli de meubles éparpillés. Du liquide translucide s'échappa en flaque des contenants ouverts, saturant l'air de l'odeur distinctive de l'essence.

— Que faisons-nous maintenant ? demanda Yeardley. On se rassemble ? On se disperse ? Je...

Sa voix fut interrompue par le rugissement assourdissant d'une explosion. Des flammes léchèrent le sol sous la porte d'entrée malmenée, carbonisant son vernis et mettant le feu à l'essence qui s'infiltrait dans la barricade, générant une vague brûlante de chaleur qui roula dans la pièce. Les fées les plus proches du feu s'enflammèrent immédiatement, leurs cris miséricordieusement coupés court par l'intensité du brasier.

— Par les enfants d'Ouranos ! hurla Yeardley. Courez !

Ils fuirent l'atrium, devant des volutes de fumée noire pendant que les flammes glissaient sur les flaques d'essence et commençaient à dévorer les tapis et les tapisseries qui décoraient la pièce.

Alors qu'ils couraient vers la salle à manger, Yeardley fut quasiment renversé par la fée aux yeux sombres qu'il avait envoyée devant pour faire libérer la barricade ouest. Ses yeux étaient ronds de peur quand elle parla, ses paroles presque inintelligibles dans leur précipitation.

— Au feu ! La barricade ouest brûle !

En effet, Laurel pouvait apercevoir des tourbillons de fumée noire serpentant lentement le long du plafond, venant du couloir menant à la sortie ouest.

— Étudiants ! Je vous en prie, calmez-vous ! cria Yeardley, mais Laurel savait que ce serait inutile.

La fumée se rassemblait déjà au-dessus d'eux, d'épais nuages étouffants se répandant à partir l'atrium et, elle supposa, des autres sorties aussi.

La débandade des fées d'automne était tellement paniquée que Laurel perçut à peine l'étrange sifflement qui vint juste avant une explosion retentissante quelque part loin au-dessus d'eux.

— Qu'est-ce que c'était ? cria Chelsea, hurlant pour être entendue par-dessus le vacarme.

Laurel secoua la tête et Tamani pointa le plafond.

— Qu'y a-t-il là haut ?

— Des salles de classe et des dortoirs, énuméra automatiquement Laurel.

— Non, clarifia Tamani, juste là, particulièrement.

— La tour, répondit Laurel après un instant de réflexion. Cinq ou six étages de hauteur — tu l'as vue de l'extérieur.

Tamani jura.

— Probablement encore de l'essence. Elle nous a piégés de tous les côtés.

Lorsqu'ils rattrapèrent Yeardley, il avait ouvert un vaste placard et il lançait des seaux à plusieurs vieilles fées — des professeurs et du personnel du printemps, en majorité.

— Servez-vous de la fontaine de la salle à manger. Aurora, si nous ne pouvons pas amener les jeunes pousses dans la salle à manger, nous pouvons sûrement les amener aux fenêtres. Jayden, va sur le pont du séchoir à linges avec deux fées — ouvrez les lucarnes.

— L'air nourrira le feu, argumenta Tamani.

— Mais cela permettra aussi à la fumée de s'échapper, dit Yeardley en lançant deux autres seaux. La fumée nous tuera avant le feu. Une fois qu'il sera maîtrisé, nous devrions être en mesure de nous organiser et d'évacuer. Nous avons amplement de fenêtres et de cordes, sans parler des murs pare-feu, dans toute l'Académie. Nous ne serions pas un lieu de recherche digne de ce nom si nous n'étions pas prêts pour un incendie.

Tamani fronça les sourcils.

— Les soldats de Klea attendent dehors avec des fusils. Qu'est-ce qui les empêchera de tuer ceux qui sortiront par les fenêtres ?

— J'ai bien peur que ce ne soit pas mon champ d'expertise, répondit Yeardley avec un regard entendu sur la lance de Tamani.

Laurel respira et sa gorge brûla instantanément, tout comme ses yeux ; la fumée baissait.

— La salle à manger, croassa Yeardley, se baissant vivement et leur indiquant d'un signe de le suivre.

Quand ils approchèrent des portes doubles, Laurel aperçut la brigade des seaux, faisant déjà passer de l'eau de la fontaine le long des couloirs pour tenir le feu à distance. D'autres dépouillaient les murs et les planchers des matériaux inflammables pour stopper la progression du feu. Cependant, leur travail était entravé par la fumée âcre, et pour chaque fée effectuant une tâche utile, trois couraient aveuglément à travers les couloirs, serrant des livres et des expériences sur leurs torses. D'autres s'étaient rassemblées dans les cages d'escaliers, discutant pour savoir si elles devaient monter ou descendre. Laurel tenta de leur crier de la suivre, mais elle avala de l'air enfumé à pleins poumons et elle commença à tousser de manière incontrôlable.

— Les fées ! Par ici !

La voix de David résonna à travers l'obscurité comme un phare dans le brouillard. Il se tenait très droit, semblant insouciant des nuages sombres qui tourbillonnaient follement autour de lui, et Laurel réprima un halètement ; la fumée était repoussée par la magie d'Excalibur. La couche d'air pur qui l'entourait ne pouvait pas être plus épaisse qu'un cil, mais l'air qu'il respirait était sain et il cria encore.

— À la salle à manger ! Ils ouvrent les lucarnes !

Au début, les fées regroupées sur les marches parurent paralysées par l'indécision, et Laurel réalisa qu'elles restaient là, retenant leur souffle, se demandant si elles devaient suivre les ordres de David.

Parce qu'il est humain.

Puis, un Mélangeur que Laurel ne reconnut pas commença à les bousculer pour se frayer un chemin à travers la foule en direction de David. Les yeux de Laurel s'arrondirent un moment pendant qu'elle se demandait s'il était sur le point de chercher la bagarre. Mais il se tint simplement devant David un instant, puis il hocha la tête et il s'abaissa vivement pour pénétrer dans le couloir enfumé qui menait à la salle à manger. Les autres fées parurent enfin comprendre le message et, lentement, si péniblement lentement, se glissèrent dans le couloir, se dirigeant vers la salle à manger, accroupies très bas afin de pouvoir respirer.

Tout le monde ne suivait pas, cependant. Une séduisante jeune fée mâle luttait dans la foule pour aller de l'autre côté. Il avait posé un pied sur la marche du bas quand quelqu'un cria sous la fumée :

— Galen, arrête !

Galen marqua une pause.

Quelque chose de sombre se déversait poussivement en bas de la cage d'escalier. Pendant un moment, Laurel crut qu'il s'agissait d'huile, mais ensuite, elle comprit que c'était teinté de rouge et qu'il y avait quelque chose de léger dans sa nature — un peu semblable à la fumée se refermant sur eux. Toutefois, ce n'était pas comme le gaz soporifique aux portails, qui s'était étendu et élevé dans les airs ; cette bruine était lourde et se déplaçait indolemment à la hauteur du sol, comme de la vapeur de glace sèche avançant lentement, couvrant chaque marche comme de la vase avant qu'un flot se libère et se déverse sur la marche suivante.

La bouche de Galen se serra.

— Il y a encore des fées en haut, cria-t-il. Je dois les prévenir.

Et sans plus attendre, il continua à monter l'escalier.

Dès l'instant où la fumée rampante rouge toucha son pied, Galen chancela et tomba, son visage perdant toute expression, ses membres se contractant. Quand il atterrit sur les marches, la bruine rouge foncé tourbillonna autour de lui. Même à travers l'air brumeux et à trois mètres de distance, Laurel savait qu'il était mort.

D'autres le virent également ; il y eut plusieurs cris perçants alors que les fées fuyaient la bruine insidieuse — plusieurs courant droit sur les sorties en feu.

— Arrêtez ! Arrêtez !

La voix de Yeardley était assourdie par la fumée étouffante.

— Nous devons cesser de paniquer, supplia-t-il. Les lucarnes sont ouvertes dans la salle à manger ; que tout le monde s'y rende !

— Galen avait raison ; certains des employés sont encore en haut ! Ne pouvons-nous pas faire quelque chose ? demanda l'une des fées qui s'étaient attardées.

Yeardley observa le gaz rouge menaçant se déversant en bas des deux escaliers menant aux étages supérieurs.

— Que la Déesse leur vienne en aide, répondit-il faiblement.

Enfin, la plupart des fées rejoignirent la salle à manger, mais quelques-unes s'entêtèrent à rester et à regarder en haut des marches. Sous les yeux de Laurel, la bruine rougeâtre déborda du palier au-dessus d'eux, coupée en longues vrilles par les rampes ornées, s'écoulant vers le bas comme une chute huileuse.

— Attention ! cria Laurel, tirant Tamani et Chelsea vers l'arrière avec elle, évitant de justesse les minces jets de bruine qui tombaient en motif de barreaux de prison.

Tout le monde ne fut pas assez rapide, et des vagues sombres se déversèrent sur eux comme des mers de sable ; sans un bruit, ils s'effondrèrent sur place.

— Partons ! lança Tamani en tirant la main de Laurel.

Elle voulait lui résister — relever les fées tombées, les transporter en lieu sûr. Toutefois, la main de Tamani était ferme dans la sienne, et elle le laissa la tirer en arrière.

Dans la salle à manger, Yeardley dirigeait les étudiants afin qu'ils bordent le bas des portes avec des linges mouillés. Les membres de la brigade des seaux qui avaient échappé au poison rouge mortel vidaient des seaux d'eau directement sur les portes, trempant le bois. Grâce aux grandes lucarnes, à présent ouvertes sur le ciel nocturne peu éclairé, la fumée était plus haute ici, et Laurel pouvait se tenir debout et respirer sans peine. Elle regarda du côté de Chelsea, dont le visage et les vêtements étaient noircis; Laurel supposa que c'était pareil pour elle. Jetant un coup d'œil autour d'elle, elle fut abasourdie de constater qu'il y avait si peu de fées et encore plus consternée par le nombre restreint qui était conscient. Elles s'étaient affairées ici à soigner les blessées de toute façon, mais à présent, ces dernières étaient rejointes par des douzaines qui s'étaient évanouies à cause de la fumée.

— Et maintenant quoi? demanda Laurel.

— David et moi sortirons en premier, répondit Tamani, agitant sa lance vers les fées qui installaient une échelle en bois sous l'une des hautes fenêtres de la salle à manger. Ce n'est pas un terrain idéal pour une évacuation, mais grâce aux lucarnes, aux murs pare-feu et à la fontaine, nous devrions avoir le temps d'évacuer tout le monde — *si* nous pouvons entrer et sortir par ces fenêtres sans nous faire tirer dessus.

Laurel voyait bien que quelque chose d'autre le dérangeait, à la manière dont il regardait le ciel.

— Quoi ? s'enquit-elle en posant une main sur son bras.

Après quelques secondes, il se tourna vers elle.

— C'est impossible que Klea reste ici — elle sait à présent qu'elle a gagné. Elle va ensuite se diriger vers le palais d'hiver — quelqu'un doit l'arrêter. *Je dois l'arrêter.*

Bien qu'elle détestât l'idée de Tamani partant affronter Klea encore une fois, Laurel savait qu'il avait raison.

— Amène-moi avec toi, insista-t-elle.

— Laurel, je t'en prie, supplia-t-il, mais elle secouait déjà la tête.

— Pas avec toi pour aller retrouver Klea, mais simplement pour me faire sortir d'ici. Moi et Yeardley. Nous irons rejoindre Jamison.

Elle s'approcha plus près afin que personne, même pas Chelsea et David, ne puisse l'entendre.

— Tu sais qu'il constitue notre seule chance.

— Yeardley acceptera-t-il de t'accompagner ? demanda Tamani, et Laurel jeta un coup d'œil du côté de son professeur, là où il organisait les fées paniquées.

Il était le phare de l'Académie aujourd'hui, et elle voulait lui faire quitter les lieux.

— Il le devra, non ? répondit-elle en s'étouffant sur les mots.

Un vacarme attira son attention alors que la lumière autour d'elle prenait une étrange teinte écœurante.

Laurel mit une seconde à comprendre que cela venait des lucarnes. La bruine rouge avait dû déborder des fenêtres des étages supérieurs et elle se frayait à présent un chemin par le vaste toit de la salle à manger, recouvrant le verre des lucarnes et, au moment où les yeux de Laurel se tournaient vers le ciel, s'échappait par-dessus.

La large chute de poison mortel cascada dans l'air sur au moins sept mètres avant d'atteindre le plancher, frappant une fée mâle inconsciente tachée de suie allongée sur une table couverte d'un drap. Il se contracta en silence avant de s'immobiliser pour la dernière fois pendant que le gaz huileux rouge se répandait sur le sol.

Un murmure collectif de désarroi se propagea comme une vague parmi les fées rassemblées un moment avant que la panique ne s'installe. Elles se tournèrent presque à l'unisson, et Laurel réussit tout juste à rester debout pendant que les fées jouaient du coude pour passer, semblant à peine la remarquer — ne paraissant rien voir d'autre au-delà de leur désespoir.

Les yeux de Laurel demeurèrent fixés sur la bruine rubis, sa main serrant les doigts de Tamani alors que la vérité la frappait de plein fouet.

Ils n'avaient pas échappé au poison de Klea ; ils avaient agi exactement comme elle l'espérait.

Et à présent, il n'y avait plus moyen de fuir.

DIX-SEPT

La mort rouge avançait lentement, si lentement, rampant sur le plancher avec des vrilles enfumées ressemblant davantage à un organisme vivant qu'à un simple gaz. Elle s'enroulait autour de ses victimes, prenant les proies faciles en premier — les fées qui étaient allongées inconscientes sur le sol.

Je dois les sauver ! Le désespoir bannit toute pensée rationnelle dans la tête de Laurel, et elle se lança vers les corps tombés, seulement pour se retrouver contre le torse de Tamani quand il se mit en travers de son chemin.

— Laurel, tu ne peux pas.

Elle se débattit, tentant d'atteindre les fées léthargiques sans défense. Les bras de Tamani étaient serrés autour de sa taille, et elle sentit vaguement les doigts caressants de David sur son visage essayant de la calmer.

— Laurel, murmura David. Arrête.

Le mot doux était si bas qu'elle se figea comme s'il avait crié après elle.

— Nous devons réfléchir, dit-il.

Laurel s'obligea lentement à s'immobiliser.

Tout le monde qui pouvait se tenir debout était monté sur des tables, surtout sur le bord des murs, les yeux arrondis par l'horreur. Le feu bloquait les sorties évidentes ; le poison s'infiltrait partout où le feu échouait... Laurel pouvait presque *sentir* le mépris que Klea avait mis dans chaque détail de cette attaque élaborée. Ces gens avaient été ses professeurs, ses amis — sa *famille* en fait. Cependant, il était clair par ses actions aujourd'hui que Klea voulait qu'ils meurent tous, et en plus, elle désirait qu'ils trépassent en ressentant la *peur*.

Laurel réalisa qu'elle tremblait de colère. Oubliez les trolls ; le pire monstre à Avalon était Klea.

Laurel repoussa les bras de David et elle marcha à grands pas vers une fée allongée inerte à seulement quelques mètres de la fumée rampante. Laurel passa ses bras autour du torse de la jeune fée et commença à la tirer en arrière, loin du danger.

Tamani lui attrapa la main, mais Laurel la lui arracha brusquement. Il la tendit de nouveau pour l'agripper et il la retint fermement cette fois.

— Laurel, que fais-tu ? Où vas-tu l'amener ?

— Je ne sais pas ! cria-t-elle, des larmes de fureur lui brûlant les yeux. Juste... loin de *cela* !

Elle reprit sa tâche, tirant une autre fée de l'atteinte immédiate de la bruine rouge. Tout le monde allait mourir de toute façon, mais sans trop savoir pourquoi, Laurel ne pouvait pas les laisser mourir *tout de suite*; pas alors qu'elle pouvait au moins prolonger leurs vies. Elle agrippa les épaules d'une autre fée et commença à la tirer pour qu'elle rejoigne la première.

Avec un hochement de tête, Tamani s'avança et l'imita, soulevant une autre fée mâle et l'écartant de la fumée qui s'approchait, centimètre par centimètre, s'infiltrant par l'entrée de la salle à manger et progressant poussivement dans la pièce. Elle se déversait maintenant pour de bon par les lucarnes ouvertes, et le plancher serait bientôt transformé en une mare cramoisie mortelle.

Chelsea et David tirèrent une autre fée sur une table, et les autres commencèrent à se joindre à eux, imitant l'acte de bonté futile de Laurel, traînant les blessés et les fées tombées en arrière jusqu'à ce qu'il y ait une ligne de pierres nues entre la fumée et ses prochaines victimes.

Quand David se dirigea vers une autre fée, Tamani l'arrêta d'une main sur la poitrine.

— Tu dois déplacer l'épée.

La fumée n'était qu'à quelques centimètres de l'endroit où David l'avait laissée, sa lame enfoncée de plusieurs centimètres dans les carreaux de marbre.

— Nous ne pouvons pas la perdre.

David hocha la tête et se tourna pour la récupérer. Ses yeux s'arrondirent.

— Attends, dit-il en tendant une main pour agripper le bras de Tamani. L'épée. Laurel! Où va ce mur? cria David en pointant la paroi au fond de la salle à manger.

— Dehors, haleta Laurel sans s'arrêter de traîner une autre fée en arrière. Les jardins et tout.

— Est-ce tout? insista-t-il. Pas de, euh, trucs en surplomb ni rien?

— Les serres sont par là, intervint Caelin, et Laurel fut surprise de le voir s'adresser directement à David.

— Parfait, murmura ce dernier presque pour lui-même. Elles nous dissimuleront à quiconque pourrait se trouver de ce côté-là.

— Mais nous ne pouvons pas les *atteindre* à partir d'ici, discuta Caelin. Il n'y a pas de porte. Les lieux partagent seulement un mur.

— Merci, répondit David en enroulant son poing autour de la poignée d'Excalibur, la sortant de sa gaine temporaire, mais je perce mes propres portes.

Laurel l'observa pendant qu'il courait vers le mur, baissait la tête un instant, comme s'il priait, puis levait son épée et la lançait fortement dans le mur de pierres. Des larmes d'espoir lui vinrent instantanément aux yeux alors qu'elle le regardait couper une longue ligne verticale dans la pierre. Deux autres coupures sur le côté, puis Laurel put voir la clarté s'échappant à travers la paroi.

— Aidez-moi à pousser! cria David, et très vite des fées se rassemblèrent autour de lui, se frayant un chemin avec précautions entre les fées inconscientes qu'elles avaient réunies sur les bords de la salle.

Elles poussèrent de toutes leurs forces pendant que David coupait le bas, et avec un bruyant grattement, le panneau céda et tomba sur le plancher, la lumière du soleil couchant se déversant à l'intérieur.

Les quinze minutes suivantes ressemblèrent à un cauchemar en avance rapide. Les bras de Laurel lui faisaient mal pendant qu'elle traînait une fée après l'autre dans le passage étroit qu'avait ouvert David dans l'une des serres. Ses jambes, déjà épuisées par la longue journée à fuir les trolls, menaçaient de la lâcher. Cependant, chaque fée qu'ils sortaient de la salle à manger était une Mélangeuse de plus qui resterait en vie.

Un moment de peur glaciale fit piler net toutes les fées pendant quelques moments lorsque le poison rouge commença à se déverser par-dessus le bord du toit de la salle à manger et sur le toit en verre transparent de la serre. Les fées semblèrent retenir collectivement leur souffle alors que le rouge tapissait le toit en pente, mais les joints tinrent bon ; elles étaient en sécurité.

La sueur coulait sur les visages de ceux qui travaillaient à côté d'elle — presque certainement une nouvelle expérience pour les fées d'automne —, mais le temps allait manquer. Dans la salle à manger, le gaz formant une flaque avait presque complètement recouvert le plancher et il continuait à se déverser par les lucarnes ouvertes, non plus en un simple flot, mais par vagues aussi larges que les lucarnes elles-mêmes.

— Nous devons nous arrêter, dit enfin Yeardley.

La salle à manger était devenue une course à obstacles mortelle de chutes couleur de rouille.

— Une de plus, dit Laurel à bout de souffle. Je peux aller en chercher une de plus.

Yeardley réfléchit une demi-seconde, puis il hocha la tête.

— Tout le monde, une de plus, puis nous devons trouver un moyen de sceller ce trou, ou bien tout notre travail aura été vain.

Laurel courut vers le groupe de fées tombées le plus proche. Elle devait parcourir un bon six mètres pour traîner cette dernière. Avec des bras endoloris, elle entoura le torse de la première fée qu'elle rejoignit, détestant savoir qu'il y en avait tant d'autres assez proche pour qu'elle les touche — tant d'autres qu'elle ne pourrait espérer sauver.

Au moment où elle se tournait, une nouvelle ligne de bruine tomba d'une lucarne, coupant sa vue de la sortie. Alors qu'il frappait le sol de pierres, le poison sombre sembla tout éclabousser autour de lui, de minuscules vrilles tourbillonnant si près que Laurel dut s'écarter d'un bond pour éviter d'être arrosée.

Serrant les dents, Laurel souleva le corps plus haut. Elle devait sortir d'ici.

Elle traîna la fée autour de la cascade, ses jambes brûlantes de protestation. Elle regarda de nouveau en avant et vit que son chemin était libre. Encore cinq mètres. Trois. Elle pouvait y arriver.

Puis, ses jambes s'emmêlèrent dans quelque chose sur le sol et elle tomba, sentant la peau de son coude se fendre quand elle toucha la pierre. Elle baissa les yeux et vit sur quoi elle avait trébuché.

Mara.

Elle travaillait ici juste avant, mais elle avait dû s'évanouir à cause de la chaleur et de la fumée avant l'ouverture des lucarnes. Laurel regarda en arrière. Le gaz insidieux se trouvait à quelques centimètres du pied de Mara.

Je ne vais pas te laisser mourir.

Avec un dernier regard vers la sortie, Laurel se tourna et poussa un bras autour de Mara et, bien que la culpabilité la tourmentait, elle lâcha l'autre fée. Ses bras se rebellèrent, tremblant de fatigue alors qu'elle traînait encore maladroitement Mara sur un mètre. Encore un peu. Elle se retourna pour renforcer sa prise tout en chancelant vers l'arrière ; d'autres fées, des fées qui avaient passé la journée à courir ici et là, la dépassèrent avec leurs fardeaux. La poitrine de Laurel et sa gorge brûlaient en raison de la fumée toujours présente dans l'air — elle était ici depuis trop longtemps —, et la bruine semblait la suivre maintenant, avançant centimètre par centimètre aussi rapidement que Laurel réussissait à fuir.

C'est elles ou toi. La pensée lui vint de son propre chef, et bien qu'elle soupçonnât que cela pût être vrai, elle secoua la tête, traînant brusquement Mara sur trente centimètres supplémentaires.

Je ne peux pas mourir. Oui, je le peux ! Elle jeta un autre regard en arrière sur la sortie. Elle semblait si proche et pourtant tellement loin. Tirant de toutes ses forces, quelque chose lui fit lever les yeux, juste au moment où une nouvelle cascade de fumée se déversait par une lucarne et éclaboussait le sol en envoyant une vague de poison déferler vers elle.

DIX-HUIT

Tamani lança à moitié la fée inconsciente par le trou devant lui et il chancela par-dessus le rebord de pierre, cherchant son souffle. La plaie sur son flanc suintait de nouveau, et il mit toute sa volonté à ne pas se recroqueviller en boule et à la serrer. Il n'avait jamais soumis son corps à autant de torture et il ne savait pas trop comment il réussissait à tenir encore debout.

Ce qui ne vous tue pas…

Abasourdi, Tamani se redressa et regarda autour de lui. La serre était immense, au moins cinq fois plus grosse que toute la maison de Laurel en Californie. Et à travers les parois de verre, il en vit davantage, toute une rangée, exactement comme l'avait affirmé la fée mâle. Tamani se souvenait vaguement des serres où il avait vagabondé dans son enfance avec Laurel et sa mère, mais il avait supposé qu'elles semblaient gigantesques seulement en comparaison de sa propre taille de jeune pousse. C'était l'endroit parfait pour abriter des survivants.

Le défilé de fées émergeant de la fumée s'était interrompu, et Yeardley et certaines des autres fées plus âgées étaient accroupies près du trou, appelant les rares fées qui devaient encore se démener à l'intérieur. Où était Laurel ?

Ses yeux trouvèrent David, travaillant avec plusieurs fées à soulever le morceau du mur de pierre pour le redresser, prêt à le remettre en place. Chelsea était agenouillée auprès de quelqu'un qui toussait sur le sol — probablement une fée qui avait respiré trop de fumée.

Mais pas de Laurel. Tamani fouilla la foule du regard, encore, puis une troisième fois, mais il ne la repéra pas.

La peur le tenailla quand il comprit qu'elle devait toujours se trouver de l'autre côté. Toutes pensées de fatigue le quittèrent et il courut vers le trou percé par David, jouant du coude dans la foule.

— C'est fini, déclara une fée mâle âgée, posant une main ferme sur son torse.

— Je dois juste regarder, dit Tamani en le repoussant. Je dois…

Mais personne n'écoutait. Il s'arrêta de parler et concentra ses efforts à s'approcher discrètement quand il réussit à lancer un regard rapide par-dessus le crâne d'une fée plus petite.

Elle était là ! À seulement trois mètres de la sortie, s'efforçant de sauver une dernière fée, leur tournant le dos pendant qu'elle la tirait vers l'ouverture.

— Laisse-le! hurlait Yeardley, mais la tête blonde se secouait vigoureusement.

Tamani maudit l'entêtement de Laurel et essaya d'avancer.

— Je vais la chercher, dit-il.

Toutefois, personne ne sembla l'entendre, les mains le repoussant plus fortement alors que la panique commençait à prendre le dessus.

Pourquoi ne le laisse-t-elle pas ?

— Je dois… je dois.

Tamani continua à se battre contre les fées, ses mots n'ayant plus aucune cohérence, son esprit occupé par une seule pensée. *Je dois aller la chercher.*

Le souffle se coinça dans la gorge de Tamani quand Laurel trébucha en arrière, le poids de la fée qu'elle traînait tombant sur ses jambes, la clouant sur place. Elle donnait des coups de pied sur le corps, mais sans comprendre pourquoi, Tamani savait que ces quelques précieuses secondes avaient fait pencher la balance contre elle.

— Non! cria-t-il, se propulsant en avant, progressant peu dans la serre bondée.

Elle l'entendit — il le sentit; elle se remit précipitamment sur ses mains et ses genoux, tournant le visage vers sa voix. Mais ensuite, elle se contracta silencieusement quand les vrilles empoisonnées la submergèrent, sa blouse rose paraissant luire dans l'obscurité alors que la fumée rouge légère l'enveloppait.

Tout en Tamani éclata en bords tranchants qui coupèrent chaque centimètre de son corps depuis l'intérieur.

— Ça y est, dit Yeardley mélancoliquement, faisant signe à David et aux fées devant tenant le carré de pierre. Nous ne pouvons plus sauver personne. Fermez-le.

Les pieds de Tamani semblaient avoir pris racine dans le sol.

— Non ! cria-t-il encore. Bonne Déesse, non !

David poussa sur la pierre de toutes ses forces.

Il ne doit pas réaliser ; il ne les laisserait jamais abandonner Laurel ainsi. Tamani ouvrit la bouche pour avertir David, mais sa gorge se referma sur ses paroles désespérées, obstruant le dernier rayon d'espoir.

Il ne pouvait pas prononcer les mots.

Ne pouvait rien dire.

Ne pouvait pas respirer.

Ne pouvait pas voir.

L'obscurité s'abattit sur lui. Il devait la rejoindre — il ne pouvait pas vivre sans elle, ne savait pas comment. Il ne savait pas comment inspirer et expirer dans un monde dont elle ne faisait pas partie.

Des mains fortes le poussèrent violemment contre le mur, la douleur de sa tête frappant la pierre ramenant un semblant de raison. Assez pour qu'il puisse cligner des yeux et centrer son regard ; voir le visage à quelques centimètres de son nez. Il ne connaissait pas la fée mâle — ce n'était qu'un autre Mélangeur —, mais la douleur dans ses yeux reflétait celle de Tamani.

— Tu dois la laisser partir, dit-il.

Et Tamani sut que cette fée avait aussi été obligée de dire adieu à quelqu'un qu'il aimait.

— La guerre n'est pas terminée, reprit la fée qui le clouait sur place. La fée rebelle est encore dehors et nous allons avoir besoin de toi.

Klea.

Elle lui avait tout pris — *tout*.

Elle se rendrait ensuite au palais d'hiver, Tamani le savait. C'était la seule étape logique.

Il n'avait pas le temps d'attendre les autres. Il devait partir *maintenant*.

Elle le tuerait cette fois; il le savait. Il n'y aurait pas de Shar pour le sauver.

Il serait peut-être en mesure de la ralentir. *Ensuite*, elle pourrait le tuer.

Et si la Déesse le voulait bien, il retrouverait ensuite Laurel.

Il s'obligea à hocher la tête, à respirer régulièrement. À cesser de combattre cette fée qui le retenait. Il ne souhaitait pas attendre que Chelsea découvre que Laurel était partie — voir David réaliser ce qu'il avait fait. Il ne pensait pas pouvoir supporter de partager sa douleur avec eux.

La fée devant lui dit quelque chose — Tamani aurait aussi bien pu être sourd — et il hocha la tête, posant son front contre le verre comme s'il était vaincu. Cependant, ses yeux errèrent sur le terrain dehors, encore tout juste visible dans la lumière déclinante. Le toit fortement pentu de la serre poussait le gaz rouge à se perdre sur les côtés. Restait la porte d'entrée, située juste sous la pointe du toit, en sûreté. Elle n'était pas surveillée — qui songerait à le faire ?

Seul un fou voudrait partir maintenant.

Tamani s'approcha lentement de la porte, essayant de ne pas attirer l'attention sur lui, mettant de plus en plus de rangées de plantes entre lui et la foule des Mélangeuses. Il y était presque quand celui qui lui avait parlé plus tôt jeta un coup d'œil en arrière. Il croisa le regard de Tamani, mais il était trop loin. Tamani se glissa par la porte, le cadre de verre se refermant et coupant court à ses protestations.

Puis, il se mit à courir. Il se sentait libre, léger, presque comme s'il pouvait voler alors que le bruit de ses pas résonnait sur la boue et la pelouse, et il sprinta vers le mur vivant de l'Académie, sans se soucier des hommes de main de Klea qui pouvaient encore surveiller l'endroit.

Il allait tuer Klea.

Ou bien Klea allait le tuer.

À ce moment-là, peu lui importait que ce soit l'un ou l'autre.

Le corps de Laurel la faisait souffrir et elle enroula ses bras autour de sa poitrine. Elle avait tout juste réussi à sortir Mara avant de s'effondrer sur le sol, victime d'une crise de toux. Puis, Chelsea fut là, se penchant sur elle, l'inquiétude peinte sur le visage.

— Ça va, dit doucement Chelsea. Tu vas bien.

Plusieurs autres fées se rassemblèrent autour d'elle pendant que Laurel prenait une profonde respiration pour emplir ses poumons.

— Je vais bien maintenant, dit-elle après quelques autres toussotements. Je vais bien.

Mais elle ne se leva pas. Elle avait besoin de rester là quelques secondes de plus à se concentrer sur sa respiration. Juste une seconde.

Elle entendit des cris et des appels venant du mur de l'Académie, mais elle serra les paupières et les bloqua. Elle ne voulait pas les voir repositionner la partie sectionnée du mur en place ni savoir combien de fées ils avaient abandonnées à leur mort. C'était même trop pour elle de réfléchir, alors elle se contenta de demeurer allongée les yeux fermés, essayant de refouler les larmes jusqu'à ce que le vacarme cesse. Prenant une dernière respiration, elle s'arma de courage et elle ouvrit les paupières, laissant la réalité la frapper de plein fouet.

— Où sont David et Tamani ? demanda Laurel en soulevant son corps endolori et en repoussant ses cheveux de son visage.

— David est près du mur, dit Chelsea en pointant. Et je ne vois pas Tamani en ce moment, mais il est sorti quelques secondes avant toi, je te le promets, ajouta Chelsea.

Elle avait dû voir la panique commencer à briller dans les yeux de Laurel.

— D'accord, répondit prudemment Laurel.

Il est ici — je vais le trouver.

Au mur entre la salle à manger et la serre, ils insé-raient dans les fissures autour du carré coupé de la boue épaisse prise dans les jardinières pour sceller la bruine empoisonnée. Deux fées avaient retiré leurs chemises et elles s'en servaient comme pour éventer le mur ; séchant la boue et dissipant les vrilles de la fumée toxique qui aurait pu s'infiltrer.

Laurel regarda les fées survivantes dans le jardin intérieur, plus de la moitié d'entre elles blessées ou inconscientes, et toutes recouvertes de suie. Elle aurait dû éprouver de la fierté à constater qu'il y avait proba-blement une centaine de rescapées, mais elle ne son-geait qu'aux centaines coincées dans l'Académie. Les centaines de morts. Des jeunes pousses, des profes-seurs, des camarades de classe. Tous partis.

Des amis.

— Chelsea, où est Katya ?

Laurel se leva, convaincue que si elle pouvait mieux voir, elle trouverait son amie.

— Je... je ne l'ai pas vue, répondit Chelsea.

— Katya ! cria Laurel en pivotant d'un côté et de l'autre. Katya !

— Laurel.

Des mains étaient posées sur ses bras et la voix de Yeardley entrait dans son oreille.

— Elle ne s'en est pas sortie. Je suis désolé.

Katya. Morte. Laurel entendit vaguement David arriver à côté d'elle et elle sentit sa main douce sur son bras.

— Non.

Elle murmura le mot. Le dire d'une voix trop forte ne ferait que rendre le fait réel.

— Je suis désolé, répéta Yeardley. J'ai essayé… j'ai essayé de l'inciter à se sauver elle-même. Mais tu connais Katya ; elle n'a pas voulu.

Laurel avait réussi à se contenir jusqu'à maintenant, mais avec le visage de Katya encore si frais à sa mémoire — son sourire, sa détermination sur le balcon —, c'était trop. Elle s'effondra contre Yeardley et elle permit aux larmes de couler, de pleuvoir sur l'épaule de son professeur pendant qu'il la serrait dans ses bras.

— Elle nous manquera cruellement, chuchota Yeardley dans son oreille.

Laurel leva son visage de la chemise de Yeardley.

— Je vais la tuer, dit-elle, la voix pleine d'amertume qui sortit de sa bouche ne ressemblant même pas à la sienne.

Une étincelle de rage s'alluma en elle, et Laurel la laissa brûler, devenir plus violente. Tout d'abord Shar, maintenant Katya… pour la première fois de son existence, Laurel réalisa qu'elle souhaitait sincèrement la mort de quelqu'un; elle la désirait si violemment qu'elle étranglerait Klea de ses propres mains, si nécessaire.

— Laurel.

La voix douce et pénétrante de Yeardley incita Laurel à reprendre ses esprits. Elle regarda le professeur des principes de base.

— Laurel, tu n'es pas une guerrière.

C'était vrai. Mais était-ce important? Les terres de l'Académie étaient jonchées de fusils à présent — tout ce qu'elle avait à faire était d'en prendre un et de tirer Klea dans le dos. Ce serait aussi facile que de la rattraper.

— J'ai vu ton travail. Tu n'es pas une destructrice. Tu es plus forte que cela.

Qu'est-ce qui est plus fort que la destruction? Laurel avait vu la force. Tamani en était pratiquement entièrement fait. Yuki était tellement puissante qu'elle les avait presque tous tués. Klea était encore plus redoutable — elle avait battu Shar, que Laurel imaginait invincible. Même Chelsea et David avaient réussi à repousser une invasion de milliers de trolls en un après-midi. Jusqu'à présent aujourd'hui, Laurel n'avait fait que fuir.

— Tu es une guérisseuse, Laurel, tu l'as toujours été. Et même si tu es furieuse en ce moment, ce n'est pas dans ta nature.

— Je pourrais, insista Laurel. Je pourrais le faire!

— Non, tu ne le pourrais pas, reprit calmement Yeardley. Pas comme cela. Et ce n'est pas une faiblesse, Laurel. C'est un pouvoir en soi — le même pouvoir qui fait de toi une Mélangeuse aussi excellente, le genre de Mélangeuse que Callista n'a jamais tout à fait réussi à devenir. N'importe qui peut cueillir une fleur, Laurel. La véritable force est de savoir comment lui donner la vie.

Il pressa quelque chose dans sa main. Laurel baissa les yeux sur la fleur rouge vif — une *castilleja*. Sa mère l'appelait le « pinceau indien » ; commune ici comme dans le monde des humains. Cependant, quand elle était séchée correctement, c'était l'une des fleurs guérissantes les plus puissantes à Avalon.

La colère de Laurel s'évanouit, laissant derrière elle un profond chagrin sans fond. La tristesse lui était toutefois familière, la tristesse était gérable. Elle ne la transformait pas comme la colère enragée. Elle pouvait rester elle-même et toujours ressentir la peine douloureuse.

Avec Chelsea et David l'encadrant, leurs bras autour de ses épaules, Laurel rassembla le courage de regarder l'Académie — sa maison à Avalon. Depuis l'arrière, elle ne voyait aucune flamme, mais le poison rouge de Klea coulait sur le toit de la salle à manger et recouvrait toute la serre. Une épaisse fumée noire tournoyait encore autour de la pierre, se joignant à l'obscurité environnante alors que de lourds nuages de pluie tournaient au-dessus de sa tête. Elle ne savait pas si elle pourrait un jour regarder l'Académie sans se rappeler cette dévastation.

— Ton ami Tam était plutôt anéanti lui aussi, dit Yeardley en rompant le silence. Il a tenté de nous empêcher de refermer le mur, mais nous ne pouvions plus rien faire. Tout le monde était décédé.

Laurel hocha la tête, des larmes coulant sur ses joues encore une fois alors qu'elle détournait les yeux du bâtiment.

— Il déteste abandonner, dit-elle. Où est-il ?

Comme pour répondre à sa question, une poignée de fées rejoignirent Yeardley en courant.

— La fée de printemps ; elle est partie ! haleta l'une des fées.

— Partie ? répéta Yeardley en ayant l'air véritablement paniqué pour la première fois.

— Quand vous refermiez le mur, il est devenu fou, reprit une fée. Je n'ai jamais vu quelqu'un comme cela. Je croyais l'avoir calmé, mais à la seconde où je l'ai quitté des yeux, il est parti en courant. Il s'est glissé par la porte et il a traversé la clôture presque d'un bond.

Il marqua une pause.

— Je pense qu'il a perdu quelqu'un là-dedans.

— Mais pourquoi ferait-il…

Laurel baissa les yeux sur sa blouse rose trempée et la compréhension la frappa de plein fouet.

— Il s'imagine que Katya était moi, murmura-t-elle.

— Oh non, dit Chelsea, ses mains agrippant les bras de Laurel. Il est parti rattraper Klea.

— Il va la tuer, affirma Laurel.

— Ou bien elle va le tuer, ajouta Chelsea, le visage blême.

— Y a-t-il un portail? s'enquit Laurel en tournant de-ci de-là pour regarder autour de la pièce fermée.

— Au fond, dans ce coin, répondit Yeardley en pointant. Mais Laurel, je te conseille de ne pas y aller. Que penses-tu pouvoir accomplir?

— Je l'ignore, répondit Laurel. Quelque chose.

Elle se tourna vers David.

— Viens-tu avec moi?

Elle n'avait aucun droit de le lui demander, mais elle avait besoin de lui.

— La porte d'entrée est toujours sécuritaire... après cela, je... je ne sais pas.

— Bien sûr, accepta David, reprenant immédiatement l'épée là où il l'avait plongée dans le sol.

— Chelsea...

— Ne commence même pas, dit-elle en levant une main. Je viens.

Elle n'avait pas le temps de discuter, particulièrement pour la décourager de faire quelque chose que Laurel savait qu'elle-même ferait — avait souvent fait — à la place de son amie.

— Alors, allons-y, dit Laurel en hochant la tête. Le temps manque.

Ralentissant juste assez pour filer à travers les arbres à pas silencieux, Tamani progressa dans la forêt, rattrapant Klea rapidement. Elle et son entourage avaient bifurqué sur le sentier qui menait au palais d'hiver, mais ils ne l'atteindraient pas avant qu'il les rejoigne. Dix secondes de plus et il lancerait son attaque.

Neuf.

Cinq.

Deux.

Une.

Tamani émergea brusquement des arbres, sa lance en mouvement, un cri bestial qu'il ne reconnut pas s'arrachant de sa gorge. Deux fées habillées en noir tombèrent sous les lames brillantes en diamant de la lance ; une autre s'effondra en trébuchant. Ses gardes du corps les plus proches à présent hors service, Tamani attaqua violemment Klea avec sa lance. Avec un cri de surprise, elle leva un bras pour se défendre ; le cuir épais de sa tenue noire essuya le plus fort du coup, mais il crut entendre une tige craquer dans son avant-bras.

Dommage que ce ne fut pas son bras droit.

Klea sortit vivement un pistolet et le dirigea sur lui, mais Tamani était prêt et un violent coup de pied envoya valser le fusil. Pas de tricherie ; ce serait habileté contre habileté cette fois.

— Tamani !

Dans sa vision périphérique, Tamani aperçut Yuki, l'air presque d'une humaine en jean et débardeur qui laissait sa petite fleur à découvert dans son dos. Son cri déconcentra Tamani assez longtemps pour que Klea lui assène un coup de pied dans la mâchoire avec sa botte à embout d'acier. Il bondit en arrière, puis il fit perdre pied à Klea et l'envoya à terre. Levant sa lance pour frapper, Tamani essuya un autre coup, cette fois sur le côté de son genou. Il était insensible aux coups, mais le forcer à reculer avait donné le temps à Klea de se relever vitement.

Plusieurs fées gardes suivaient le combat avec la bouche de leurs fusils ; Tamani doutait qu'ils risquassent un tir sur lui pendant qu'il restait près de Klea. Quelques-uns essayèrent de se joindre à la bataille avec des couteaux, mais Tamani attaqua violemment avec sa lance, frappant une fée qui ne bondit pas assez rapidement en arrière.

Bien que Klea protégeait son bras blessé, elle était bien assez rapide avec l'autre. Elle réussit à sortir un couteau qui entailla légèrement sa lance alors qu'il visait sa gorge, mais elle pouvait seulement faire dévier le coup, et la lame s'enfonça profondément dans son épaule. De la sève coula de la plaie, mais Klea n'y prêta pas attention.

— Yuki, cria-t-elle, la voix dure et sèche. Rends-toi utile !

Tamani vit Yuki lever les mains. Un tas de racines d'arbres s'élevèrent du sol, de la même manière que lorsque Jamison leur avait ordonné de le faire au portail du Jardin. Les torsades épaisses mouchetées de terre s'élancèrent vers Tamani, et il se prépara à recevoir leur coup de fouet cuisant — l'accueillant presque avec joie.

Mais il ne vint pas. Les racines s'arrêtèrent à quelques centimètres. Lorsque Tamani se permit un coup d'œil à Yuki, son visage était plissé comme si elle tentait d'empêcher les racines de l'attaquer *elle*, comme si ce n'était pas elle qui en avait la maîtrise.

— Je... je ne peux pas! cria-t-elle, les mots pleins d'excuses.

Klea jura et plongea sur Tamani avec son couteau, mais elle dut bondir en arrière quand il ramena sa lance dans un long arc fouettant l'air. Il avait l'impression d'observer le duel à l'extérieur de son corps, comme un témoin pendant qu'une force plus grande prenait le contrôle de ses membres et le poussait vers son ennemie, lame devant. Il avait soif de justice; il la ferait payer pour ce qu'elle avait pris. Alimenté par la rage, il était aussi puissant que n'importe quelle Tordeuse.

Sous l'attaque de Tamani, Klea céda du terrain; son couteau n'était pas de taille contre sa lance. Il lui accorda un accès à son noyau, une occasion qu'elle ne put refuser; cela coûta à Tamani une coupure superficielle le long de son épaule blessée, mais positionna aussi le cou de Klea entre Tamani et le manche de sa lance. L'agrippant de ses deux mains, il tira Klea à bras-le-corps contre lui, pressant sa lance comme un étau contre sa gorge. Instinctivement, elle lâcha son couteau, relevant les mains pour diminuer la pression sur sa trachée.

— Toi, haleta-t-il, les mains tremblantes, mais l'esprit rempli d'une clarté sinistre — de l'envie de tuer. Tu m'as tout pris et tu vas mourir pour cela.

Klea n'émit qu'un son étranglé, et son esprit enregistra tout juste l'étincelle de peur qui — pour la première fois — brilla dans les yeux de Klea.

— Non !

Le cri de Yuki déchira l'air et l'univers s'arrêta brutalement de tourner lorsqu'un deuxième cri suivit.

— Tamani !

Il tenta de respirer, mais son corps était engourdi, paralysé. Son esprit refusait de croire.

— Ne le fais pas !

Plus près maintenant. Il devait bouger. Il devait voir.

DIX-NEUF

— T<small>AMANI</small>, <small>ATTENDS</small>! <small>HURLA</small> L<small>AUREL</small> <small>SANS SAVOIR EXACTEMENT</small> pourquoi.

Après tout ce que Klea avait fait, elle méritait sûrement la mort… non?

Des réponses, se dit-elle. *Nous avons besoin de réponses.*

Laurel sentit plus qu'elle ne vit David avancer derrière elle et, les yeux ronds, elle regarda les gardes lever leurs fusils et les pointer sur elle.

— Non!

Le cri de Tamani résonna dans ses oreilles, mais quand les tirs retentirent David plongea devant elle. Laurel battit en retraite, trébuchant presque sur Chelsea, qui s'était abritée derrière un gros chêne. Laurel la rejoignit pendant que les gardes continuaient de faire pleuvoir les balles sur David, déchirant l'air calme avec le bruit des coups de feu. David ne tressaillit même pas — il se contenta de baisser les yeux sur les balles qui tombaient dans la poussière.

Laurel risqua un coup d'œil et vit Klea s'éloigner de Tamani et ramasser quelque chose sur le sol. Elle se releva avec son caractéristique semi-automatique au niveau du torse de David, et Tamani saisit l'occasion pour courir vers Laurel en glissant sur le sol à côté d'elle ; il la pressa contre lui, ses doigts tremblants dans le dos de la jeune fille.

— Je suppose que l'intervention de ta petite amie m'ayant sauvé la vie, cela devra compenser le fait que tu as diablement nui au reste de ma journée, dit sèchement Klea en vidant un chargeur à bout portant.

Laurel et Chelsea pressèrent leurs mains sur leurs oreilles pendant que Tamani essayait de les protéger, mais David commençait à avoir l'air amusé. Il plaça sa main libre sur sa hanche et fixa d'un air entendu la pile de balles sorties de leur gaine s'accumulant à ses pieds.

Klea comprit l'idée et cessa le feu, remettant d'un geste fluide son fusil dans l'étui sur son flanc.

— David Lawson, dit lentement Klea. J'ai vu ta voiture à Orick et je me suis dit que Laurel l'avait utilisée, mais je dois l'admettre, je suis étonnée de te rencontrer ici. Il n'y a pas eu d'humains à Avalon depuis…

— Depuis mille ans. Tu sais, tout le monde n'arrête pas de me le dire.

— Oui, bien, il s'agit probablement d'un autre de leurs mensonges, reprit Klea. Presque tout ce que les fées disent est un mensonge.

— Cette épée n'est pas un mensonge, dit David en avançant de nouveau. Tu as vu les balles tomber.

— Et je te vois venir vers moi et je peux prédire tes intentions. Mais écoute-moi, humain. Je suis la seule raison pour laquelle Barnes ne vous a pas tués Laurel et toi l'automne dernier, et tu m'es redevable.

— Redevable ? Te souviens-tu de ce que tu as fait à Shar, quand il a prononcé ces mots ce matin ?

Laurel sentit le corps de Tamani se raidir à côté d'elle.

— Une perte tragique, déclara Klea sans se démonter. Il était probablement le guerrier le plus doué que j'ai jamais rencontré. Mais il se tenait du mauvais côté de l'histoire, David. Toute cette île est du mauvais côté. Regarde autour de toi ! C'est un minuscule paradis, rempli de belles personnes qui n'y sont pour rien et qui ne veulent rien, s'activant à gaspiller leur vaste potentiel pour de mesquines questions de différence.

— On dirait le lycée, répliqua David.

Yuki rit, l'aboiement semblant l'étonner alors qu'elle faisait voler une main sur sa bouche — mais Klea poursuivit.

— Songe à ce que cet endroit pourrait offrir au monde, David. Et demande-toi pourquoi elles ne le font pas. Elles se cachent — parce qu'elles se considèrent comme meilleures, plus pures, supérieures. Et après que ce conflit sera terminé et que tu leur redonneras l'épée, que seras-tu ? Un héros ? Tu voudras peut-être le croire. Mais, dans ton cœur, tu dois connaître la vérité. Tu redeviendras un humble humain, indigne de leur intérêt. Après tout ce que tu as fait pour elles — tous les trolls que tu as tués ?

David tenta de conserver un visage impassible, mais même Laurel voyait la douleur dans ses yeux.

— As-tu une idée du nombre d'années de cauchemar que tu t'es gagné aujourd'hui ? demanda Klea, nettement consciente qu'elle enfonçait le couteau dans la plaie. Et pourquoi ? Une race qui te rejettera dès l'instant où elle en aura fini avec toi.

Devant l'absence de réaction de David, Klea continua.

— Si tu veux vraiment devenir un héros, tu devrais m'aider à réparer cet endroit. Avalon est brisée. Elle a besoin d'une vision fraîche, d'un nouveau gouvernement.

— Il ne va pas croire à ces idioties, non ? murmura Tamani — mais Chelsea se contenta d'arquer un sourcil.

— Quoi, *toi* ? Je t'en prie, lança David.

Chelsea décocha un sourire triomphant à Tamani.

Klea soupira, mais elle semblait plus agacée que déçue.

— Bien, je ne peux pas dire que je n'ai pas essayé. Profite de ton moment de gloire, David ; il sera terminé avant que tu ne t'en rendes comptes. Maintenant, nous devons vraiment partir. Comme le disent les humains, j'ai d'autres chats à fouetter.

— Je ne te laisse pas passer, déclara David en s'avançant devant le groupe pendant que Tamani se relevait.

Klea poussa ses lunettes de soleil sur le dessus de sa tête et fit courir ses doigts dans ses cheveux comme si elle n'avait rien de mieux à faire au monde. Il était étrange de la voir sans ses verres fumés habituellement toujours en place — d'apercevoir les yeux vert pâle bordés d'épais cils sombres qui donnaient à son visage une beauté et une douceur qui contrastait avec tout le reste de son être.

— David, tu dois jouer plus souvent au poker; tu bluffes comme un enfant. Bon, j'ai entendu des légendes sur Excalibur — que je te soupçonne de tenir en ce moment — et je devine à la manière dont tu as gagné du temps que quelque chose dans le sortilège t'empêche de me faire du mal avec elle. Donc, je vais maintenant te dépasser. Arrête-moi si tu le peux, dit-elle avec ironie, se retournant vers le palais d'hiver en ressortant son fusil.

Excalibur brilla quand David la poussa vers Klea. Elle ne broncha même pas.

Mais il ne la visait pas.

L'épée trancha son fusil avec un bruit métallique, puis David se tourna et expédia rapidement les fusils des mains de tous ses soldats. Plusieurs bondirent en arrière sous la surprise, mais ils étaient trop occupés à protéger leur peau pour comprendre que c'était à leurs *armes* qu'il s'attaquait. Certains essayèrent de nouveau de lui tirer dessus, seulement pour voir leur fusil coupé en deux. Canons, chargeurs et ressorts jonchèrent bientôt le sol, ainsi que du cuivre usagé et des balles déviées.

Tamani profita de la confusion pour émerger de l'orée du bois et tordre les bras de Klea dans son dos, sa lance revenant se positionner sur sa gorge, mais Klea donna un coup de pied en arrière et Tamani poussa un cri quand son talon toucha son genou. Laurel serra les poings de frustration, détestant le fait qu'elle ne *pouvait* rien entreprendre sans se mettre en travers du chemin.

— Arrête ! hurla Yuki en lançant violemment un bras vers David, paume vers le ciel, doigts allongés.

Elle forma un poing, et plusieurs racines d'arbres, aussi grosses que le torse de David, sortirent brusquement de la terre dans une explosion de terreau et de pierres. Elles volèrent vers lui, et Laurel entendit un cri étranglé venant de Chelsea, mais dès qu'une vrille touchait David, elle devenait molle, retombant au sol.

Yuki haleta et poussa ses mains vers l'herbe au pied du garçon, et les racines retournèrent dans la terre, répandant de la poussière comme des gouttes de pluie dans la clairière. Elle regarda Klea, mais Tamani l'avait forcée à se mettre à genoux à présent, penchée en avant avec sa lance pressée contre son dos.

— Attends ici, Chelsea, chuchota Laurel sans quitter Yuki des yeux. L'élément de surprise. C'est tout ce qu'il nous reste.

À part David, Chelsea était la seule qui *pouvait* surprendre la fée d'hiver, la seule que Yuki ne pouvait pas sentir à distance. Ils s'étaient servis de cet avantage pour la capturer après la danse — *hier soir*, réalisa Laurel, bien qu'il lui semblait qu'il s'était écoulé une éternité depuis ; elles pouvaient peut-être réussir quelque chose de semblable à présent.

Chelsea hocha la tête au moment où Laurel se remettait debout.

— Yuki, appela-t-elle en s'avançant avec hésitation, les mains levées devant elle.

— Reste où tu es, Laurel, cria Tamani, la voix tendue.

Mais celle-ci secoua la tête. Yuki était trop puissante pour que Tamani la combatte sans l'aide de Jamison. Laurel pouvait peut-être l'arrêter en discutant.

— Je t'en prie, tu ne peux pas vraiment désirer cela. Tu as été avec nous — avec nous tous — au cours des quatre derniers mois. Nous n'avons jamais voulu blesser quelqu'un, encore moins tuer qui que ce soit. Oui, Avalon a ses problèmes, mais est-ce que cela vaut tout ceci ?

— Tue-la, Yuki, cria Klea.

Le menton de Yuki trembla.

— C'est une société bâtie sur le mensonge, Laurel. Tu ignores ce qu'elles font en secret. C'est pour le bien commun au bout du compte.

— Selon qui ? s'informa sèchement Laurel. Elle ? demanda-t-elle en pointant Klea, qui s'efforçait encore de se libérer de Tamani. J'ai vu sa manière de te traiter. Elle n'est pas noble et forte ; c'est une brute effrayée.

Elle a *tué* toutes ces fées à l'Académie. Elles sont *mortes*, Yuki.

Cependant, Yuki plissait les paupières.

— Ce n'était qu'un feu, Laurel.

— Et le gaz rouge ? Presque mille fées d'automne sont mortes à cause d'elle — sans parler des fées tuées par les trolls.

— Elles ne sont pas mortes — seulement endormies.

La mâchoire de Laurel se décrocha, et elle pivota brusquement vers Klea.

— Tu ne le lui as pas *dit* ?

— J'ignore de quoi tu parles, répondit calmement Klea.

— La fumée rouge ? Je sais ce qu'elle fait, reprit Laurel.

Elles étaient mortes. Elle le savait ; Klea le savait.

Et elle avait menti à Yuki.

— Yuki, tu dois m'écouter — ce n'est pas nous qui te mentons. C'est *Klea*. Après le feu, elle a lancé un truc rouge et il a *tué* tout le monde qu'il a touché. Elles ne dorment pas — elles sont mortes. Elle n'est pas celle que tu crois. Elle est une meurtrière.

Yuki cligna des paupières, mais dans ses yeux, Laurel pouvait voir que sa décision était prise.

— Elle a prévu que tu dirais cela, dit doucement et calmement Yuki.

Elle se tourna et regarda Tamani. Puis, si faiblement que Laurel l'entendit à peine, Yuki murmura :

— Je suis désolée.

Des racines surgirent de nouveau de la terre, érigeant une cage sombre et moussue autour de Laurel. Puis, le sol se retira autour de David, tiré en arrière par un million de minuscules filaments de matière végétale, formant un trou en forme de beignet à ses pieds; trop large pour qu'il saute par-dessus sans prendre un élan, trop profond pour qu'il l'escalade facilement.

— Oublie-le! hurla Klea. Il ne peut rien contre nous.

Yuki se retourna et regarda son mentor et Tamani, et après un moment d'hésitation, elle serra un poing.

— Tamani! cria Laurel, mais d'épaisses racines s'élevèrent sous lui, envoyant valser sa lance au loin et poussant Tamani à genoux, lui attachant les poignets au sol.

— Ne leur fais pas de mal, dit Yuki, alors même que Klea sortait un couteau d'une gaine cachée. Partons.

Mais venant de la route, une voix familière déclara :

— Je pense que vous êtes allées assez loin.

VINGT

Tous les regards se tournèrent vers la silhouette avançant en clopinant vers eux sur le sentier, s'appuyant lourdement sur une belle canne en ébène.

— Jamison! s'écria Laurel.

Son visage était hagard et il donnait l'impression de traîner son corps autant qu'il marchait. Yuki et Klea furent momentanément stoppées par l'ahurissement. La fosse entourant David se remplit d'elle-même et la cage de Laurel rentra dans le sol avec les liens de Tamani. Tamani saisit Klea à bras-le-corps — les fées gardes qui lui restaient avaient l'esprit embrouillé et l'un d'eux semblait essayer de réparer son fusil brisé malgré le fait que c'était à l'évidence peine perdue. Laurel courut vers Jamison et lui prit le bras avant que quiconque puisse songer à l'arrêter.

— Vous êtes éveillé, dit-elle dans un souffle.

— Aussi réveillé que je le peux pour l'instant, répondit-il avec un sourire fatigué.

Il lui tapota l'épaule.

— Mais puis-je te conseiller de reculer ?

Incertaine, Laurel esquissa un pas en arrière au moment où Jamison levait sa main, presque avec nonchalance ; une épaisse racine de chêne s'arrêta avec un bruit sec droit dans sa paume. Laurel se tourna pour voir Yuki, les bras allongés, son corps tremblant tout entier. Laurel ne pouvait pas dire si son expression affichait sa peur, sa colère ou l'effort. Peut-être un peu des trois.

Des feuilles crépitèrent à l'endroit où Chelsea se cachait, et Laurel sut qu'elle était sur le point de se montrer.

— Ça suffit ! cria Laurel d'une voix aussi forte qu'elle put, et bien que personne ne se retirât, tout le monde s'immobilisa.

Pendant un moment.

— Tout le monde doit rester *exactement là où il est*, dit-elle en se permettant un bref coup d'œil vers les arbres où Chelsea était encore heureusement dissimulée.

Même avec le retour de Jamison, Laurel n'était pas prête à céder son avantage secret, même si elle savait comme cela devait être difficile pour Chelsea d'observer la scène, impuissante.

Elle ne bénéficia que du temps qu'elle mit à prononcer ces paroles. Klea hurla de rire quand elle réussit à se libérer de Tamani, et Yuki se dirigea vers Jamison.

— Mon destin a toujours été de t'affronter, dit Yuki à voix basse alors que David se rapprochait de Laurel, s'interposant entre elle et les gardes qui s'avançaient, son épée levée.

— Subtile, murmura-t-il du coin de la bouche.

— Cela a fonctionné, répliqua Laurel en se retournant pour centrer son attention sur Yuki, qui tendait de plus en plus vers Jamison.

— De m'affronter ? Quel genre de destin est-ce que celui-là ? demanda calmement Jamison.

— J'ai été créée pour venger Klea, répondit-elle. Cela a toujours été mon but.

— Tu ne crois pas cela, dit Jamison, et Laurel s'émerveilla de voir que la sage fée pouvait être si ferme et pourtant si gentille à chaque mot.

— Pourquoi ne le devrais-je pas ? s'informa Yuki, les sourcils froncés.

Elle poussa ses mains en avant, et la terre se fendit largement sous Jamison, avalant presque Tamani et Klea pendant qu'ils se battaient pour soumettre l'autre.

Un treillis de brins d'herbe siffla pour rattraper Jamison avant même qu'il ne soit tombé d'un centimètre, tissant un pont homogène et incroyablement solide par-dessus la fosse que Yuki avait ouverte sous lui. La voix de Jamison ne vacilla même pas.

— Aucune vie ne devrait être définie par un unique but, particulièrement un que l'on n'a pas choisi. Qui es-*tu*, Yuki ?

Les yeux de Yuki filèrent vers Klea, mais elle avait ressorti un couteau et elle était occupée à plonger sur Tamani.

— Yuki, tu…

Le couteau de Klea toucha la gorge de Tamani, interrompant ce qu'il était sur le point de dire.

— Tu aurais dû être mort à l'instant où tu as croisé le regard de ma Tordeuse, cracha Klea vers Tamani pendant qu'il s'efforçait d'empêcher la lame de lui couper la peau. Yuki aurait pu carrément te tuer.

— J'ai décidé de lui laisser une chance, répondit Tamani, faisant voler la lame loin de lui et reprenant sa lance.

— Il s'agissait d'un mauvais pari. Tu as été chanceux.

Le couteau de Klea rencontra la lance de Tamani encore et encore, et Laurel réalisa que l'ancienne chasseuse de trolls ne tentait plus d'assassiner Tamani ; elle essayait de le *contourner*, pour frapper Jamison. Brusquement, comme dans un rêve éveillé, ses gardes tournèrent la tête comme un seul homme et s'éloignèrent de David et Laurel pour aller aider leur maîtresse.

— Arrête-les, David ! cria Laurel.

— Je ne peux pas leur nuire, répondit-il.

— Je… je ne pense pas qu'ils le réalisent, murmura Laurel.

Il y avait quelque chose qui clochait vraiment avec ces gardes. David s'avança devant eux, tenant son épée en position menaçante. Ils hésitèrent, et Laurel surprit un autre petit bout de la conversation entre Jamison et Yuki.

— N'agis pas comme si tu te *souciais* de moi, Tordeur, se moqua Yuki, agitant une main circulaire au-dessus de sa tête. Tu as fait semblant d'aimer Klea, et je sais comment cela s'est terminé.

Elle abaissa son bras, le pointant sur lui ; quelque chose se brouilla dans l'air en direction de Jamison.

— Vraiment ? demanda Jamison en faisant passer sa main distraitement devant son visage, comme s'il chassait une mouche.

Mais après son geste, une centaine d'éclats de bois violemment pointus tombèrent de façon inoffensive à ses pieds.

— Parce que je suis très intéressé de savoir ce que Callista t'a raconté.

— Tais-toi, vieil homme ! hurla Klea, et Tamani grogna quand elle lui frappa la joue avec la paume de sa main, rouvrant la coupure qu'elle lui avait infligée le matin.

Il fit craquer sa lance contre le poignet brisé de son adversaire, lui arrachant un cri de douleur.

— Elle ne s'appelle plus Callista, répondit Yuki d'un ton neutre, leur accordant à peine un regard, son attention rivée sur Jamison.

Pendant que David et Laurel maintenaient les gardes à distance, Laurel regarda le dos de Yuki un moment, et elle se demanda si elle pouvait l'attaquer par-derrière. Elle jeta un coup d'œil à Jamison, mais il secoua la tête de manière presque imperceptible.

— Elle sera toujours Callista pour moi. Sais-tu pourquoi ? s'informa Jamison, les yeux de nouveau sur Yuki.

Celle-ci hésita, mais Jamison n'attendit pas sa réponse.

— Parce que Callista avait de bonnes intentions, et elle était remplie d'espoir et de rêves, et par-dessous tout, elle avait une *intelligence supérieure*, reprit Jamison. Et je veux me souvenir de cela — et pas de la créature qu'elle est devenue.

— Tu as créé cette créature. Et cette créature *m*'a créée.

L'un des arbres bordant la route — heureusement, pas celui où s'était dissimulée Chelsea — se plia en deux, se brisant avec un bruit de tonnerre et tombant, anormalement vite, vers Jamison.

— Merci, ma chère, dit Jamison avec un soupir pendant que le tronc d'arbre volait par-dessus sa tête. J'ai bien besoin de m'asseoir.

L'imposant tronc s'écrasa sur ce qui restait de la route vers le palais avant de s'arrêter juste derrière les genoux de Jamison. Il s'assit dessus avec un faible gémissement.

— Je l'avoue, Laurel et Rhoslyn ont seulement été capables d'éliminer une très légère partie des effets de la potion. Je suis conscient, mais tout juste.

Le visage de Yuki se tordit de fureur et elle écarta largement les bras, les ramenant vers l'avant dans un sifflement. Laurel dut s'agripper à l'un des arbres à côté

d'elle pour ne pas être emportée par la tornade de végé-
tation qui tournoya violemment autour des deux fées
d'hiver, les séquestrant par la même occasion.

Laurel plissa les paupières pour se protéger de la
brume de branches et de feuilles, mais elle ne voyait
rien à travers la tempête artificielle. Le vent du cyclone
obligea Tamani et Klea à se jeter au sol ; Tamani semblait avoir de nouveau perdu sa lance et ils luttaient à
présent sans armes. En fait, Laurel ne pouvait pas dire
s'ils se battaient encore ou s'ils se servaient seulement
l'un de l'autre comme ancre contre le vent violent.
David resta debout, arc-bouté contre le vent ; les débris
qui rebondissaient sur lui sans le blesser éparpillaient
les fées gardes faibles d'esprit de Klea sur la pelouse.
David dut reculer et balancer son épée vers plusieurs
d'entre eux pour les rassembler de nouveau dans un
exercice donnant presque l'impression qu'il réunissait
des chats.

La tornade cessa aussi brusquement qu'elle avait
commencé, et ni Jamison ni Yuki ne paraissaient en
avoir été le moindrement touchés. Avec un cri étouffé,
Yuki agita les bras devant elle et un nouvel enchevêtrement de racines surgit subitement du sol, s'élançant
violemment pour assiéger Jamison.

Toutefois, Jamison fixa simplement le sol d'un
regard et les racines se fanèrent.

— Je voulais que Callista reste — mouler sa passion et son intellect en une puissante force pour le bien
d'Avalon.

— Le *bien* d'Avalon ? Tu l'as transformée en marionnette !

— À la place, elle en a fait une de *toi*.

Yuki haleta, sa bouche s'ouvrant et se refermant pendant quelques secondes avant qu'elle parle.

— Je ne suis pas une marionnette, dit-elle, mais sa voix laissait filtrer un tout petit tremblement.

— Non ? s'enquit-il. Alors, arrête cela. Retire-toi de cette bataille vaine. Rejoins Tamani et va lui dire que tu l'aimes. Après tout, n'est-ce pas ce que tu as *vraiment* envie de faire ?

Surpris, Tamani releva brusquement la tête, et Klea saisit cette occasion pour tordre son bras blessé dans son dos. Il cria de douleur, mais il donna un coup en arrière sur une branche tombée avec ses deux jambes, les envoyant tous les deux s'étaler par terre.

La mâchoire de Yuki trembla en raison des paroles de Jamison, et des larmes brillèrent dans ses yeux.

— Une véritable héroïne accorde d'abord la priorité aux autres, dit-elle d'une voix étranglée.

— Une véritable héroïne sait que l'amour est plus puissant que la haine.

Elle secoua la tête.

— J'aime Klea, elle est ma mère.

— Tu n'aimes *pas* Klea ; tu la crains, rétorqua Jamison. Et elle n'est pas ta mère.

— Elle m'a créée.

— Qu'elle t'ait créée ne fait pas d'elle ta mère. La mère de Laurel ne l'a pas créée — mais elle l'aime.

Laurel ressentit un élan de fierté pour ses parents humains.

— Klea éprouve-t-elle de l'amour pour *toi* ? s'enquit Jamison, si doucement que Laurel l'entendit à peine.

— Yuki ! cria désespérément Klea, mais Tamani enroula un bras sur sa bouche.

À en juger par son expression de douleur, elle le lui fit payer en le mordant.

— Bien sûr, répondit Yuki, un tremblement dans la voix.

— Si tu t'éloignais de moi, du plan de Klea, de tout, en ce moment — Klea t'aimerait-elle toujours ?

En guise de réponse, Yuki leva ses deux mains et les lança en avant comme si elle poussait sur une barrière invisible, et une vague de pelouse et de terre avança pour écraser Jamison là où il était assis.

Le visage de Jamison semblait hagard et las alors qu'il décochait un regard furieux à la vague de terre, l'arrêtant en esquissant à peine un geste.

Yuki hurla, un cri amer et frustré qui transperça l'air du soir. La vague ondula de nouveau, lentement — si lentement.

Puis, plus vite.

Ensuite, elle roulait comme une vague d'eau de mer, et Laurel haleta de peur quand elle atteignit le tronc servant de chaise à Jamison.

La vague de terre et de pelouse se fendit en deux, roulant plus loin que Jamison, avalant les deux bouts de l'arbre tombé. Jamison était encore assis sur ce qui restait du chêne, respirant bruyamment, mais indemne.

— J'ai fait du tort à Callista, mais pas de la manière qu'elle croit.

— Comment peut-il exister une autre manière ? demanda Yuki. Tu lui as menti, tu l'as amenée à te faire confiance et tu as promis de la défendre. Mais tu ne l'as pas fait. Tu l'as trahie et tu as voté pour qu'elle soit exilée.

Klea releva brusquement la tête et elle s'immobilisa en entendant ces mots, cessant de se débattre entre les bras de Tamani, où il l'avait cravatée.

Laurel retint sa respiration, attendant la réponse de Jamison.

— Je n'ai pas fait cela, dit Jamison, les mots prononcés à voix forte qui résonnèrent presque dans les arbres.

— Tu mens ! hurla Yuki.

Des vagues de terre arrivaient rapidement à présent, émergeant de Yuki en cercles qui repoussèrent des tas de terre et lancèrent Laurel au sol, où elle s'accrocha à la pelouse pour ne pas être emportée. Même Tamani dut abandonner sa prise sur Klea pour ne pas être renversé.

— Yuki, arrête ! ordonna sévèrement Jamison, puis la terre s'immobilisa.

Il était debout maintenant, s'appuyant lourdement contre sa canne en ébène, forçant Yuki à baisser le regard avec la fureur dans ses yeux.

— Je n'ai *pas* voté pour l'exil de Callista.

— Elles m'ont dit que le vote avait été unanime, cria Klea, se levant à genoux avant que Tamani puisse l'attraper, le visage tordu de colère. Tu savais que je n'étais pas une Unseelie — tu le *savais*! Et tu as quand même voté pour qu'elles me stérilisent et m'envoient de l'autre côté du portail.

Laurel serra les dents. Elle ne pouvait pas imaginer pourquoi Klea mentirait à ce propos, mais Laurel détestait entendre que Jamison avait voté pour appuyer un geste pareil — Jamison, qui les avait toujours soutenus, elle et Tamani, qui avait accueilli ses amis humains à Avalon et qui avait toujours traité Tamani — une fée de printemps — avec dignité et respect.

— *Chaque* vote du Conseil était unanime, dit doucement Jamison en se tournant vers Klea. C'est l'un des secrets de notre puissance ; notre front uni. Derrière les portes closes, la majorité règne. Mais une fois qu'elle est prononcée, notre vote est déclaré unanime. Je me suis opposé à Cora et à une très jeune Marion pendant des *heures*.

Klea secouait toutefois la tête, s'avançant très lentement vers lui.

— Je ne te crois pas.

— Que tu n'y croies pas ne change rien à la vérité.

— Ce n'est pas important de toute façon, reprit Klea, faisant apparaître un autre couteau de sa provision apparemment sans fin et le pointant d'un air

273

accusateur sur Jamison. Vote ou pas, tu n'es pas intervenu et tu as *permis que cela se produise*.

— Et je le regrette tous les jours de ma vie, murmura-t-il. Je suis tellement désolé.

Les yeux de Yuki s'arrondirent et le temps sembla se figer pendant que Jamison et Klea se regardaient fixement, à présent presque assez près pour se toucher. Laurel retint son souffle, les observant, attendant... elle ne savait pas quoi. À côté d'elle, David abaissa Excalibur. Même les étranges hommes de main de Klea paraissaient cloués sur place par la scène, comme tous les autres.

— Il est trop tard pour cela, dit enfin Klea en levant une main pour frapper.

Alors que Tamani s'avançait pour l'attaquer, Laurel sentit les mains fortes de l'un des gardes la soulever de terre et elle cria de surprise, le son détournant pendant un très bref instant l'attention de Jamison sur Yuki.

Non ! Laurel réprima le cri, mais trop tard. Le tronc sur lequel était assis Jamison regimba sous lui et pivota, l'envoyant s'étaler au sol. Laurel tressaillit quand sa tête frappa une branche qui le propulsa sur le côté de la route. Il ne se releva pas.

Tamani se détourna brusquement de Klea et frappa carrément au visage le garde qui retenait Laurel ; la fée habillée en noir la libéra sans résistance. Cependant, le dommage était fait — Jamison gisait sans défense sur la pelouse, son corps retenu par un réseau de racines.

Laurel glissa au sol et tenta d'arracher ses liens avec ses ongles, mais ils semblèrent seulement se resserrer.

— Maintenant, achève-le! cria Klea à Yuki, un bras tenu délicatement contre sa poitrine, l'autre brandissant un couteau.

Yuki leva les mains, mais Laurel voyait qu'elles tremblaient. La poitrine de la jeune fée se soulevait avec efforts et sa respiration était bruyante et difficile alors qu'elle essayait de s'obliger à agir. Laurel se lança sur la forme tombée de Jamison pour le protéger, même si elle savait que cela n'aurait pas beaucoup d'effet contre Yuki.

Tamani se propulsa devant Klea au moment où Yuki semblait rassembler son courage.

— Yuki, ne le fais pas, je t'en prie! haleta Tamani.

Klea bondit sur Tamani, remplie d'une rage folle. Il attrapa le bras tenant le couteau et tenta de la renverser sur le sol, mais elle utilisa son élan pour inverser le mouvement et le faire tomber à sa place. La pointe de son couteau plongea droit dans le torse de Tamani.

— Non! hurla Yuki, et la terre entre Klea et Tamani se déchira et s'éleva entre eux, les séparant, lançant Tamani au sol et faisant pleuvoir de la terre sur Laurel et David. Tu as promis! Tu as dit qu'il ne serait pas blessé. Tu as juré!

— Tais-toi, fille! siffla Klea. Il y a des choses plus importantes en jeu que tes petits béguins insignifiants! Tuez-les tous! cria-t-elle.

Sur l'ordre lancé d'une voix forte, les soldats de Klea bondirent de nouveau dans l'action, leurs visages impassibles prenant vie presque à l'unisson.

— Non! hurla encore Yuki.

Cette fois, elle tendit les bras dans l'air entre les hommes qui agrippaient Tamani. En un éclair de vert et de brun, des lierres feuillus surgirent violemment du sol, s'enroulant autour des soldats de Klea, de leurs chevilles à leurs cous.

— J'ai fait tout ce que tu m'as dit, et c'est la seule chose que je t'ai demandée en retour et *je l'obtiendrai*!

Laurel observa, abasourdie, ne sachant pas comment interpréter la volte-face soudaine de Yuki pendant que la jeune fée d'hiver courait vers Tamani, qui avait réussi à se mettre à genoux. Elle posa les mains sur ses épaules.

— Tam, il avait raison, je...

— Sale gosse ingrate!

David bondit pour désarmer Klea, mais son épée glissa sur elle et elle plongea la longue lame mince au centre de la fleur blanche épanouie dans le dos de Yuki.

— Yuki! hurla Laurel, horrifiée; elle tenta de se lever, mais David s'avança devant elle.

— Reste en dehors de cela, murmura-t-il.

Tamani se lança sur Klea pendant que Yuki s'effondrait au sol avec un cri de douleur. Klea enfonça son couteau dans le torse de Tamani; il fit un pas de côté et attrapa le bras cassé de Klea, et il détourna l'arme de son ennemie contre son propre cou.

— Abandonne.

Son mot transperça l'air nocturne.

La route était silencieuse à l'exception des cris étouffés de Yuki. Laurel pouvait à peine respirer.

Klea s'affala contre Tamani, vaincue.

— Lâche le couteau.

La main de Klea tressaillit, et pendant un moment, Laurel crut qu'elle s'exécuterait. Mais avec un cri muet, Klea plongea le couteau dans le côté de son cou, tranchant sa propre peau et enfonçant trois centimètres de sa lame dans le t-shirt de Tamani et son épaule blessée. Étonné, il la relâcha et recula pendant que Klea s'éloignait en titubant, lâchant le couteau et pressant une main contre sa plaie suintante.

Une unique racine fine s'éleva du sol en serpentant et s'enroula autour des chevilles de Klea, la faisant tomber. Laurel se tourna pour voir la main de Yuki s'agiter faiblement. Elle était encore en vie !

Klea émit un rire perçant presque mélancolique de sa place sur la pelouse.

— Bien, nous pouvons maintenant tous mourir ensemble.

— Toi, peut-être, dit froidement Tamani.

— Regarde ta coupure, dit calmement Klea.

Tamani hésita, mais quand le regard de Klea devint furieux, il pressa les lèvres et tira sur le col de son chandail pour exposer son épaule.

— Par l'œil d'Hécate, murmura-t-il.

Les bords de la plaie avaient noirci, des vrilles sombres rayonnant de l'entaille.

VINGT ET UN

— Laisse-moi voir, dit Laurel en se précipitant pour tendre la main vers Tamani.

— Ne le touche pas, intervint Yuki d'une voix douce, mais ferme. Cela va s'étendre à toi aussi.

Elle était à quatre pattes, et des stries noires s'étiraient depuis le centre de sa fleur et de la sève coulait sur ses pétales.

Klea jeta un regard furieux à Yuki.

— Des années de conditionnement anéanties par un stupide *Voûte*.

Laurel fixa avec horreur les vrilles noires traçant un chemin autour de la plaie de Tamani. Elle ignorait ce que c'était, mais cela semblait incroyablement toxique — assez semblable à la fumée rouge que Klea avait déchaînée contre l'Académie. Une autre raison de se réjouir que Chelsea soit encore cachée en sûreté et hors d'atteinte. Jamison également, même si sa *sécurité* restait incertaine.

— Une préparation dont je suis particulièrement fière, déclara Klea en voyant l'expression ahurie de Laurel. Un genre de dernier recourt, mais l'occasion me semblait spéciale. Tu devrais te sentir honorée.

— Qu'est-ce que c'est ? demanda Tamani en baissant un regard noir sur Klea.

— Est-ce comme le truc rouge à l'Académie ? s'enquit Laurel d'une voix tremblante.

— Je t'en prie, répondit Klea d'un ton moqueur, cette potion est un jeu d'enfant en comparaison de celle-ci. Je ne m'agiterais pas trop à ta place, ajouta-t-elle en arquant un sourcil tout en examinant Tamani avec l'ombre d'un sourire. Assieds-toi et détends-toi, sinon elle ne fera que se répandre plus vite.

— Tu l'as aussi.

Laurel pouvait voir la noirceur s'étendre depuis la coupure superficielle dans le cou de Klea.

Un sourire narquois s'étira sur le visage de cette dernière.

— Mais contrairement à toi, *je* détiens l'antidote.

L'espoir explosa dans la poitrine de Laurel quand Klea tendit la main, deux fioles en verre de sucre remplies de sérum dans sa paume. Laurel plongea en avant, ses doigts serrant l'air.

— Pas si vite, dit Klea retirant violemment les fioles de la portée de Laurel et refermant le poing dessus. Je veux que tu m'écoutes jusqu'au bout. Et ne pense pas pouvoir t'en tirer en fabriquant ton propre remède, ajouta-t-elle. Rien de moins que la potion viridefaeco ne peut les sauver de cette toxine. Et c'est bien *trop* avancé pour toi, rigola Klea. Bien trop pour qui que ce soit à l'Académie.

Viridefaeco. C'était un mot que Laurel connaissait depuis son tout premier jour dans une salle de classe à l'Académie, deux étés auparavant. Depuis, elle avait appris qu'il s'agissait d'une potion curative que personne ne savait plus comment fabriquer — pas même Yeardley.

— Que veux-tu ? demanda Laurel.

— Je veux que tu te joignes à moi, répondit Klea, sa voix presque nonchalante pendant qu'elle faisait tourner les fioles artistiquement entre ses doigts agiles. Que tu sois mon ambassadrice.

— Pourquoi accepterais-je ? cracha Laurel.

Klea avait *perdu* ! Elle se mourait ! Comment pouvait-elle encore agir comme si tout se déroulait selon son plan ?

— Tu veux dire, à part sauver ton ami ? Parce que, quand on en revient à l'essentiel, nous voulons toutes les deux la même chose.

Laurel plissa les yeux et croisa les bras sur sa poitrine.

— Je ne vois pas comment cela peut être vrai.

— C'est parce que tu es une enfant superficielle et crédule, répondit Klea d'un air méprisant. Tu ne vois que ce qui est en surface ; c'est pourquoi il a été tellement facile de te manipuler au fil des ans. Pour moi et pour eux.

Klea hocha la tête en direction de Jamison, toujours immobile sur la pelouse en bordure de la route.

Laurel serra les lèvres devant l'insulte.

— Moi, d'un autre côté, je suis la Mélangeuse la plus talentueuse qu'Avalon ait jamais vue. Même toi, tu ne peux pas le nier. J'ai fabriqué des choses dépassant l'imagination la plus folle de ces barbants petits chiens de l'Académie. Parfois, des trucs qu'on ne pouvait pas voir. Des poisons, comme celui-ci, déclara-t-elle en pointant son propre cou.

» Ce qu'elles n'ont jamais compris est que l'on peut seulement créer les meilleurs antidotes en se familiarisant avec les poisons. C'est vrai, dit Klea quand Laurel arqua les sourcils. Tu peux dire ce que tu veux à propos du poison qu'elles m'ont fait préparer pour ta mère, mais cette voie de recherche m'a menée à des formules qui peuvent faire pour les humains ce que nous faisons déjà pour les fées — guérir n'importe quelle maladie, n'importe quelle plaie et même inverser le processus de vieillissement ! Avalon a oublié tout ce que les humains ont à offrir et préférerait oublier jusqu'à leur existence — assurément, personne ne veut fabriquer des potions pour les *aider*.

» Le Conseil était furieux. On m'a dit que *j'outrepassais mes limites*. On m'a traitée d'Unseelie et on m'a exilée.

Elle se pencha en avant.

— Elles font cela tout le temps. Les mensonges, avoir deux poids, deux mesures. Avalon est construite sur la tromperie ; la tromperie et les préjugés.

Toutefois, Laurel refusait d'être manipulée par des paroles intelligentes et des demi-vérités ; même si Klea avait véritablement subi une injustice, rien ne pouvait excuser la destruction qu'elle avait apportée.

— Tu as donc décidé de tuer tout le monde ? Comment est-ce mieux ? Tous ces soldats au portail, les fées à l'Académie.

Tamani, Yuki, ajouta-t-elle dans sa tête ; elle dut repousser cette pensée avant que le désespoir ne la submerge. Laurel devait continuer à faire parler Klea. Elle devait mettre la main sur l'antidote.

— Tu es trop sensible.

Laurel pensa aux mots de Yeardley et à la minuscule fleur rouge dans sa poche.

— Je ne suis pas plus sensible que je le devrais — que *toute* fée le devrait.

— Irrationnelle, alors. Tu crois que je suis un monstre, n'est-ce pas ? Que je me contente de tuer les gens en pensant *Hourra, la mort* !

Elle secoua la tête en souriant.

— Je ne sacrifie jamais rien pour rien. Les fées d'automne auraient été les plus réticentes au changement. Elles ne se sentent pas opprimées et elles travaillent pour leurs postes élevés. Elles se croient ennoblies *à juste titre*. Mais avec elles presque toutes disparues, Avalon aura besoin de moi pour mes talents, et les fées de printemps et d'été accepteront probablement davantage le changement qui s'en vient.

— Tu as détruit l'Académie, les laboratoires, les jardins remplis de spécimens ; tes talents de Mélangeuse ne valent pas grand-chose sans cela.

— Tu me crois vraiment stupide, n'est-ce pas ?

Laurel s'obligea à ne rien dire.

— L'une de mes spécialités est l'effet à retardement. J'ai été capable de cacher mes recherches pendant des années en préparant des potions anodines en apparence — donc, lorsque l'action se déclenchait plus tard, le blâme de l'échec était reporté sur une autre Mélangeuse. La brume que j'ai créée dans la tour est de courte durée — elle se neutralise en ce moment même. Les murs pare-feu préserveront la majeure partie de la structure — sans parler de ses composants. Les dommages causés par la fumée seront importants, je l'admets, mais les laboratoires redeviendront entièrement utilisables dans un quart d'heure. J'aurai tout ce qu'il faut pour rebâtir Avalon.

— Et les milliers de fées que tu as tuées ? lui demanda Laurel.

— Même avec ces morts, j'ai fait une énorme faveur à Avalon en fin de compte. Grâce à mon sérum et mes efforts de recrutement, les trolls sont officiellement disparus dans tous les pays du Pacifique.

— C'était ton vaccin, compris Laurel en se souvenant de la manière dont les trolls étaient tombés si soudainement, morts sur pied. Il les a tués.

— Comme je l'ai dit, roucoula Klea avec un sourire. Les effets à retardement.

— Pourquoi les éliminer si vite ? Pourquoi ne pas les garder afin qu'ils t'aident avec ta *prise de pouvoir* ?

— Faire confiance à des *trolls* ?

Klea rit.

— Ces sales animaux voulaient seulement saccager Avalon. Ils pensaient qu'ils se servaient de moi pour y arriver et ils voulaient tout autant que je trouve la mort que moi je désirais le même sort pour eux. À la seconde où les trolls ont passé le portail, je n'aurais pas pu les convaincre de me protéger contre une *enfant* fée, encore moins contre une Tordeuse. Le moment opportun était délicat à planifier et il a presque été saboté à cause de votre stupide danse de lycée, mais à la fin ils devaient mourir — cela a *toujours* été le plan.

— C'est terrible, dit Laurel.

Klea haussa les épaules.

— Bien, on ne peut pas cuisiner d'omelette sans casser quelques œufs.

— Les sentinelles étaient-elles comptées parmi tes *œufs* ? demanda Tamani. As-tu la moindre idée du nombre de fées qui ont perdu la vie aujourd'hui ?

— Des milliers, dit Klea d'un ton mortellement sérieux. Et leur martyre est la base sur laquelle je vais établir un ordre nouveau.

Elle hésita.

— Je dois admettre que les événements auraient pu mieux se passer. Je ne m'étais pas du tout attendue à Excalibur — particulièrement avec Marion comme chef. J'ai donc dû changer les choses et envoyer un peu de brume soporifique au portail.

Était-ce du *regret* dans sa voix ? À cause d'un *changement de plan* ? La femme était véritablement folle à lier.

— Mais ce qui est fait est fait. Et je manque de temps pour évoquer des souvenirs. La fumée provenant de l'Académie détournera l'attention des Diams et des Voûtes de notre petit groupe ici, mais elle fera certainement aussi sortir les Tordeuses avant que je ne sois prête. Écoute, Laurel, reprit Klea en ouvrant la main pour montrer encore une fois les deux fioles — l'une contenant une solution vert foncé et l'autre violette. L'une d'elles contient seulement une fiole du sérum que j'ai injecté aux trolls ; dans l'autre, le viridefaeco. Fais ce que je dis et je vais te donner la potion. Refuse et…

Elle serra les poings, pas tout à fait assez fortement pour briser les fioles.

— …les sérums se mélangeront, leurs composants se neutraliseront les uns les autres et l'antidote sera inefficace.

Laurel hésita. Cependant, à ce stade, cela ne pouvait pas nuire de connaître ses conditions.

— Que veux-tu que je fasse ? demanda-t-elle.

— Ce n'est pas important, Laurel. Ne l'aide pas ! cria Tamani d'une voix remplie de désespoir.

— Tu penses que ta vie est la seule en jeu ici, Voûte ? lança sèchement Klea à Tamani. Alors même que nous sommes là à bavarder, l'air si innocent et pathétique sur la pelouse, cette toxine sort de ta peau et se répand — sur la pelouse sur laquelle tu es installée, aux racines que Yuki a si gentiment enroulées autour de moi. Aux arbres dans la forêt, à Jamison gisant là-bas aux portes de la mort de toute façon. Elle ne s'arrêtera pas, elle transformera Avalon en un rocher stérile. Et sans moi, vous ne réussirez *jamais* à fabriquer l'antidote à temps.

Klea se tourna de nouveau vers Laurel.

— Va voir Marion et Yasmine, dit-elle d'une voix égale.

— Comment es-tu au courant pour Yasmine ? demanda Laurel. Elle a germé après que ton départ en exil.

— Combien de fois as-tu parlé d'elle quand tu te croyais seule ?

La mâchoire de Laurel se referma brusquement.

— Tu pourras passer devant les sentinelles, poursuivit Klea comme si Laurel n'avait rien dit. Parle-leur de mon poison, révèle-leur que tout Avalon va mourir. Elles peuvent sauver leur précieuse île en venant ici et en échangeant leurs vies contre mon aide pour guérir tout et tout le monde.

— Et si elles acceptent ? s'enquit Laurel.

— Elles seront exécutées sur la place du printemps; un exemple public déclarant la fin de la pathétique dynastie des Tordeuses. Avalon vivra et je
prendrai les rênes.

— Yasmine n'est qu'une enfant, dit Laurel, son
estomac se révulsant devant la brutalité de Klea.

— Les sacrifices, Laurel. Nous devons tous en
consentir.

— Et Jamison?

— Il faut que *toutes* les Tordeuses disparaissent.

Laurel inspira brusquement, mais Klea continua
d'un ton doucereux.

— Tu sais que Marion n'est pas une bonne reine. Je
doute sérieusement qu'une enfant qu'elle a formée se
révèle meilleure. Les Tordeuses doivent partir. Avalon
a besoin d'un changement. Avec ton aide, je peux
encore faire en sorte que cela se produise. Amène-les
ici et je vais te donner l'antidote pour Tamani.

Laurel ne croyait pas avoir assez de place en elle
pour la haine qu'elle ressentait vis-à-vis de cette fée
suffisante.

— Non seulement cela, mais je vais aller plus
loin — comme preuve de ma bonne foi, je vais te montrer comment le fabriquer. Parce que tu en auras besoin.
Cette fiole, dit-elle en levant la main, guérira, au plus,
deux personnes.

— Et si je décide de m'en servir pour eux? s'enquit
Laurel en pointant Tamani et Yuki. Qu'arrivera-t-il
dans ce cas? Tu mourras.

— Qui donc alors t'enseignera à préparer l'antidote pour sauver tous les autres ?

Laurel avait envie de crier. Peu importe ce qu'elle choisissait, quelqu'un allait périr.

— Tu tuerais tout ce qui forme Avalon, simplement pour que tout se passe à *ta* manière ?

— Ce n'est pas mon choix, Laurel. C'est le tien. Est-ce que *tu* tueras tout à Avalon, uniquement pour que les choses se passent à *ta* manière ?

Laurel s'obligea à respirer. Maintenant, il n'y avait vraiment plus d'issue. Pas grâce à Yeardley ni grâce à Jamison. Si elle n'obéissait pas à Klea, Tamani allait mourir.

Et, à petit feu, tous les autres aussi.

Si elle livrait Marion et Yasmine à Klea, Tamani vivrait.

Tout le monde vivrait.

Trois vies pour l'ensemble d'Avalon.

Et pour Tamani.

— D'accord, commença lentement Laurel en regardant Klea droit dans les yeux. Je vais t'amener les fées d'hiver.

— Laurel, non ! s'exclama Tamani en levant un genou comme pour se relever.

— Ne bouge pas, dit Laurel à Tamani, percevant le désespoir dans sa propre voix en esquissant un pas vers lui. J'ai besoin que tu sois en vie à mon retour !

— Ne fais pas cela, la supplia-t-il. J'aimerais mieux mourir que de vivre sous son règne.

— Mais il ne s'agit pas uniquement de toi, murmura Laurel. C'est tout le monde.

— Mais Klea ? s'enquit Tamani en levant une main par réflexe, comme pour s'emparer d'elle, avant de serrer le poing et de le laisser retomber sur son flanc.

Laurel secoua la tête.

— Je ne peux pas supporter de rester à ne rien faire et laisser tout le monde mourir quand je peux l'empêcher.

Elle réalisa qu'elle parlait d'une voix forte — qu'elle criait presque — et elle prit une profonde respiration, essayant de garder son calme. Puis, une voix qui ne ressemblait pas tout à fait à la sienne ajouta :

— Je ne peux pas et je ne le ferai pas.

— Laurel.

La voix de David fit s'interrompre Laurel.

— Je t'accompagne.

— Pas si vite, intervint Klea. Elle s'y rend seule ou j'écrase ces fioles et *tout le monde* meurt.

— Reste, dit Laurel, tendant une main qui glissa sur le bras de David. Juste au cas où les choses tourneraient mal. Aide Jamison. Fais ce que tu peux pour lui.

Elle leva la voix juste un peu.

— Je vais prendre cette route — le large chemin qui mène au palais.

Elle regarda intensément David, espérant qu'il lui ferait encore confiance une dernière fois et, après un moment, il hocha la tête.

— Tu ferais mieux de te hâter, déclara Klea. On ne sait pas combien de temps mettront les Voûtes et les Diams à nous trouver et à venir voir ce qui se passe — sans parler de piétiner partout et de s'infecter. Je dirais que tes amis ici ont une heure au maximum. Probablement moins. Et, bien sûr, tu voudras revenir avant que je trépasse, affirma Klea avec un sourire narquois qui donna envie à Laurel de la gifler. Je suis certaine que tu peux convaincre deux Tordeuses effrayées en moins de temps que cela ?

Sans un mot, Laurel marcha vers les hommes de main captifs de Klea. Ils étaient remarquablement dociles ; aucun d'eux ne protesta quand elle vérifia leurs ceintures, trouvant une lame de huit centimètres sur le troisième.

— Qu'est-ce que tu crois faire ? demanda Klea.

Laurel la regarda, les yeux ronds et innocents.

— Je dois convaincre une reine, dit-elle simplement. Je vais avoir besoin d'un couteau.

Avant que quiconque puisse réagir, Laurel pivota et remonta vers le long sentier fortement incliné qui menait au palais d'hiver.

VINGT-DEUX

Après avoir observé Laurel disparaître dans les arbres, Tamani reporta son attention sur Klea. Il se retint de toutes ses forces pour ne pas ramasser sa lance et en finir avec elle, ici et maintenant. Cependant, elle les avait acculés dans un coin et elle en semblait consciente. Elle était allongée sur le dos, une main repliée sous sa tête ; elle aurait ressemblé aux yeux du monde à une astronome désœuvrée, s'il n'y avait pas eu son poing pressé contre sa poitrine. Elle ne tentait même pas de se tortiller pour se libérer des racines qui, Tamani le constatait avec plaisir, la retenaient encore.

David s'était agenouillé à côté de Jamison, essayant de le déplacer afin qu'il soit étendu de manière plus naturelle. Il avait levé les pouces en direction de Tamani après avoir vérifié la respiration de la fée, mais même la confirmation que la fée d'hiver était en vie ne suffisait pas à percer l'obscurité de leur situation désespérée.

Tamani garda un œil vigilant sur Klea, craignant plus qu'un peu qu'elle boive la potion viridefaeco dès le moment où ils lui tourneraient le dos. Cependant, elle paraissait satisfaite de patienter.

Si possible, ses fées-soldats semblaient encore plus dociles que leur commandante. Leurs visages étaient flasques et leurs silhouettes pendaient, inertes, contre leurs liens. Les étranges fées le dérangeaient depuis la première fois où il les avait vues.

Tamani regarda Klea.

— Qu'est-ce qui cloche avec elles ? demanda-t-il avec raideur.

Klea leva brièvement les yeux et un petit sourire joua aux coins de sa bouche.

— Rien. Elles sont parfaites.

— Ce ne sont pas des personnes, dit Tamani, mettant enfin le doigt sur le problème. Ce sont des coquilles vides.

— Comme je l'ai dit, elles sont parfaites.

— C'est *toi* qui leur as fait cela ?

— La génétique, Tamani. Un domaine fascinant.

Puis, elle se détourna, mettant clairement fin à la discussion.

— Peu importe à quel moment Laurel reviendra, dit David à voix basse, de retour près de Tamani à présent qu'il s'était occupé de Jamison.

David pointa le sol où le couteau de Klea était tombé ; le poison qui s'était accroché à l'objet avait noirci l'herbe, et la noirceur se répandait comme un rayon de soleil mortel.

— Si nous ne l'arrêtons pas, je ne suis pas certain que l'antidote de Klea suffira.

— Je ne sais pas quoi faire, répondit Tamani, laissant son regard s'égarer sur le sol.

Il combattit l'envie de se mettre debout et de partir rejoindre Laurel en courant. Même si Klea ne l'avait pas transformé en porteur de peste, que pouvait-il espérer accomplir ? Laurel n'avait sûrement pas l'intention d'aider Klea ; si ?

Non, bien sûr que non. Elle ferait la bonne chose.

En supposant qu'il y avait une bonne chose.

Tamani leva les yeux quand David plongea Excalibur dans le sol, l'enfouissant jusqu'à la poignée à quelques mètres de distance. Il commença à la tirer dans la terre comme une charrue.

— Que fais-tu ? demanda Tamani.

— Je creuse un fossé, répondit David.

— Un fossé, répéta Tamani, l'air perdu.

— Il ne stoppera pas le poison, reprit David en continuant, mais au moins il devra descendre dans les racines de l'herbe avant de pouvoir s'étendre plus loin. Cela va nous gagner du temps.

Tamani se permit de sourire, très légèrement.

— Brillant.

David lui offrit un large sourire en retour et se remit à la tâche.

— Tam?

La voix de Yuki était douce et râpeuse. Elle s'était mise debout au prix d'un effort visible, mais après quelques pas hésitants ses jambes s'effondrèrent sous elle. Tamani roula en avant pour la rattraper, la tirant vers lui pour atténuer sa chute. Il fut étonné de l'énergie qu'il lui fallut pour l'abaisser doucement sur le sol, de voir à quel point ce simple geste l'avait essoufflé.

Ce poison, ce n'est pas une plaisanterie. Et il y avait à peine été exposé ; la plaie de Yuki était grave — potentiellement mortelle en soi.

— Tam, je suis tellement désolée. Pour tout cela.

Une unique larme, brillant dans le crépuscule, glissa sur sa joue de porcelaine. Elle renifla et détourna timidement les yeux, prenant une respiration saccadée.

— Je ne savais pas.

Elle hésita.

— Je n'ai pas compris à quel point elle…

— Yuki…

— Quand j'ai vu les flammes à l'Académie, j'ai pensé… J'ai eu si peur…

— Yuki, s'il te plaît.

Il ne supportait pas de revivre cela, la peur qui l'avait étreint là-bas.

— J'ai juste… Je ne veux pas mourir en sachant que tu me détestes.

— Chut, dit Tamani en posant une main sur sa joue, essuyant la larme et y laissant une minuscule ligne de pollen scintillant. Je ne te déteste pas, Yuki. Je...

Il hésita, ne sachant pas quoi dire.

— Te souviens-tu, après la danse? Quand tu m'as amenée à ton appartement?

Tamani avait envie de fermer les yeux avec force. Quand il lui avait menti? Qu'il l'avait trahie aussi profondément qu'il le pourrait jamais? Oh oui; il s'en souvenait.

— J'allais tout avouer. J'allais me joindre à vous et combattre Klea. Tu avais raison — j'ai toujours eu peur d'elle. Mais ce soir-là, tu m'as donné l'impression d'être tellement forte. Comme si je pouvais accomplir n'importe quoi. Et j'allais le faire. J'allais essayer.

— Je sais, dit doucement Tamani.

Il tendit la main vers elle, l'attirant vers lui comme lors du bal d'hiver la veille seulement. Mais cette fois, il était sincère.

— Je suis désolé de ne pas t'avoir laissé faire.

— Tu ne faisais que ton travail, murmura Yuki. Quand David m'a mise dans ce cercle, j'étais tellement furieuse... J'aurais juste dû faire ce que j'avais eu l'intention de faire. Coopérer avec vous. Même après que j'étais enfermée dans le cercle, j'aurais pu te parler. Mais je m'en suis abstenue parce que j'étais en colère.

— Tu avais toutes les raisons, dit Tamani. Je savais que tu étais en train de tomber amoureuse de moi et j'ai utilisé ce fait contre toi. C'est la chose la plus terrible que j'aie jamais faite.

— Chut, dit Yuki en pressant un doigt sur ses lèvres. Je ne veux pas entendre tes regrets.

Il semblait que sa voix devenait plus basse de minute en minute et Tamani se demanda si elle tentait de conserver son énergie ou si c'était tout ce qui lui restait.

— Je désire seulement m'allonger ici et faire semblant que j'ai tout fait correctement la première fois. Que je t'ai fait confiance et que je me suis jointe à ton camp avant que tout ceci ne se produise. Je veux imaginer que des centaines de fées ne sont pas mortes parce que je n'étais pas assez forte pour me mesurer à Klea. Que... que toi et moi avions une chance.

Tamani étouffa ses protestations en caressant la chevelure sombre et lustrée de Yuki. Même avec elle dans ses bras, il pensait à Laurel. Il se demanda s'il la reverrait un jour — s'ils s'embrasseraient et se caresseraient comme ils l'avaient déjà fait ce jour-là dans la maison en rondins. Mais non — même s'il vivait jusqu'à son retour, il ne la toucherait plus jamais.

Il n'avait pas réalisé qu'il fredonnait jusqu'à ce que Yuki s'écarte et parle.

— Qu'est-ce que c'est ?

— Quoi ? Oh, ce n'est qu'une... berceuse. Ma mère avait l'habitude de la chanter pour moi ; c'était sa préférée.

— Une berceuse de fée ?

— C'est ce que je croyais avant, répondit-il en souriant tristement.

— Chante-la pour moi, dit Yuki en se repliant entre ses bras.

Dans l'obscurité de la nuit, David, Klea et ses soldats semblèrent s'évanouir pendant que Tamani chantait, doucement, de manière hésitante, une chanson de Camelot qu'il avait apprise sur les genoux de sa mère. Il connaissait les paroles par cœur, mais alors qu'il les prononçait, il eut l'impression de les entendre pour la première fois.

> Le moissonneur, à la clarté lunaire,
> Qui rentre les derniers épis sur l'aire,
> Chuchote en l'entendant : « La solitaire
> Dame-fée d'Escalot ! »

Il croisa les yeux vert pâle de Yuki, à nouveau remplis de larmes, son menton tremblant à cause de la douleur causée à la fois par le poison et le regret. Tamani savait exactement ce qu'elle ressentait. Il eut envie que la chanson l'endorme vraiment — que sa vie s'éteigne lentement pendant qu'elle rêvait, quelque part où la douleur ne pouvait pas la toucher. La mort ne lui était pas étrangère, mais même s'il avait regardé des amis mourir — plus souvent qu'il souhaitait s'en souvenir —, il n'avait jamais tenu quelqu'un dans ses bras alors que la vie quittait ses yeux. Cela lui faisait peur de le faire en ce moment.

Mais il ne l'abandonnerait pas seule à sa souffrance.

Mais Lancelot, lui, s'attarde un moment ;
Il dit : « Elle a un visage charmant !
Dans sa pitié, que Dieu lui soit clément
À cette Dame d'Escalot[1]. »

— Alfred, Lord Tennyson, dit Klea quand Tamani finit sa chanson.

Il releva brusquement la tête comme si elle avait rompu un charme. Même David s'était arrêté de creuser pour écouter et il jeta un regard mauvais à Klea avant de retourner à son fossé.

— Expurgé par un Diam politicard, sans aucun doute, conclut-elle d'un ton neutre.

Si Yuki entendit le commentaire acide de Klea, elle n'en montra rien. Ses paupières étaient closes, ses doigts détendus sur le bras de Tamani.

— Tam ?

— Oui ?

— Y a-t-il une possibilité que tout ceci se termine bien ?

— C'est toujours possible, s'obligea-t-il à répondre.

Toutefois, il ne voyait pas comment lui ou Yuki pouvaient vivre pour admirer un autre lever du soleil. Le poison était simplement trop puissant.

Yuki sourit faiblement, puis elle jeta un coup d'œil à Klea, qui avait repris son observation silencieuse des étoiles. Tamani pouvait sentir la peur qui emplissait encore Yuki à la vue de son mentor.

---

1. Tennyson, Alfred. *La Dame d'Escalot*, trad. Claude Dandréa, Paris, Orphée / La Différence, 1992, p. 81-93.

— Je ne veux plus qu'elle gagne. Et je peux m'assurer que ce soit le cas.

— Tu ne peux pas tuer Klea, dit Tamani, même s'il était extrêmement tenté de laisser Yuki faire exactement cela.

Il s'obligea toutefois à faire confiance à Laurel, à lui permettre de prendre cette décision-là.

Cependant, Yuki secouait déjà la tête.

— Son plan ne peut pas fonctionner à moins qu'elle contrôle les fées d'hiver. Lorsque je mourrai, elle assassinera les autres et tout le monde sera coincé ici avec elle. Et même si Laurel trouve un moyen... Vous serez tous dépendants d'elles. Ce n'est pas juste. Je... j'aurais dû agir... avant. Mais cela compensera peut-être.

Son regard sembla se fixer sur un point au loin, puis il se centra de nouveau quand elle leva les yeux vers Tamani.

— As-tu quelque chose en... métal?

— En métal? répéta-t-il, perplexe.

— Il doit être pareil, précisa-t-elle, comme si cela éclaircissait tout.

— Euh... peut-être?

La tirant vers lui d'une main, il releva le bord de son pantalon et sortit un petit couteau de la gaine sur sa jambe.

— Que dis-tu de ceci?

Yuki prit le couteau de sa main.

— Parfait.

Sa respiration était superficielle, rapide ; des larmes coulaient sur ses joues et sa voix trembla quand elle parla.

— Cela va exiger beaucoup de force de ma part. Je... je ne sais pas si je survivrai encore longtemps après avoir terminé.

— Ne parle pas ainsi, murmura Tamani.

— Non, je le sais, je le sens.

Son corps tressaillit et elle serra les dents pour retenir ses sanglots.

— S'il te plaît, ne me quitte pas. Tiens-moi dans tes bras jusqu'à ce que je ne sois plus là.

— Que vas-tu...

— *Shokuzai*, dit Yuki en fermant les mains sur la petite lame. L'expiation.

Une lueur chaleureuse commença à briller entre ses doigts et Tamani leva les yeux vers Klea, qui les observait à travers ses paupières plissées. Tamani était assez certain que son corps était positionné dans un angle suffisant pour lui bloquer la vue, mais il mit sa main en coupe par-dessus celles de Yuki de toute façon, cachant entièrement l'étrange lumière.

Yuki inspira brusquement et Tamani appuya son front sur sa tempe alors qu'elle fronçait les sourcils et pressait ses mains ensemble encore plus fortement. Tamani avait l'impression d'être de retour dans les salles supérieures du palais tellement la puissance se dégageant de Yuki était tangible. Son instinct lui commandait de bondir sur ses pieds et de fuir, mais il s'obligea à tenir bon jusqu'à ce que le sentiment commence à refluer, la lumière diminuant jusqu'à ce qu'elle soit éclipsée par la lueur des étoiles.

Tamani s'écarta et regarda Yuki; ses yeux étaient fermés et son visage était couleur de cendre. Il craignit qu'elle soit déjà partie, mais lentement, avec difficulté — ses cils se levèrent.

— Donne-moi tes mains.

Tamani obéit à son léger murmure et même s'il réussit à ne pas trembler, à l'intérieur, il frissonnait de peur. Qu'avait-elle fait?

Elle déposa quelque chose de chaud dans sa paume; quoi que ce fut, ce n'était plus un couteau. Tamani l'examina en faisant attention à ne pas le montrer à Klea. Il n'était pas sûr de ce qu'il voyait exactement.

— Je ne comprends pas.

Ses doigts caressants posés sur la joue de Tamani, Yuki rapprocha sa tête de la sienne, chuchotant des instructions sur la manière d'utiliser l'objet qu'elle venait de lui fabriquer. Quand il réalisa l'étendue de ses possibilités, il haleta et referma les doigts sur le cadeau infiniment précieux.

Puis, le désespoir le submergea et il secoua la tête.

— Je ne serai pas capable de m'en servir, dit-il en lui serrant la main. Je serai mort dans l'heure.

Yuki secoua toutefois la tête.

— Laurel va te sauver, dit-elle fermement à travers ses larmes. C'est moi qui manque de temps.

— Tiens bon, dit Tamani en la serrant plus fort entre ses bras, souhaitant pouvoir croire à son propre avenir autant qu'elle.

— Non, répondit Yuki, un sourire triste traversant son visage. Je n'ai plus de raison de vivre. Toi, oui.

— Ne fais pas...

Pas quoi? Tamani ne savait même pas comment terminer sa phrase; comprenant pour la première fois à quel point les mots pouvaient être complètement inadéquats.

— *Aishiteru*, soupira-t-elle, le mot se glissant par sa bouche alors que sa poitrine retombait, puis cessa de bouger.

— Yuki. Yuki!

Mais Yuki ne répondit pas.

Avec un frisson de peur, la sentinelle leva les yeux sur Klea et les soldats captifs, attendant maintenant que leurs liens se desserrent à présent que Yuki ne les maîtrisait plus. Mais il n'en fut rien. Yuki avait fait... quelque chose... pour s'assurer que même après sa mort, Tamani demeurerait en sécurité. Il commençait à penser qu'à sa manière, elle était aussi calculatrice que Klea.

Il laissa le corps de Yuki glisser sur son torse jusqu'à ce que sa tête repose sur ses cuisses. Il n'y avait aucune raison de la déplacer plus loin. Il n'avait nulle part où aller; rien à faire jusqu'au retour de Laurel. En supposant qu'il survivrait aussi longtemps.

Pouvait-il résister jusque-là? Il devait essayer.

La toxine avait-elle tué Yuki en fin de compte ? Ou bien était-ce son geste ultime de fée d'hiver — la création d'une œuvre pouvant rivaliser avec les portails dorés qu'Oberon avait forgés au sacrifice de sa vie ? Dans un cas comme dans l'autre, Tamani savait que son temps était compté. Il avait toujours supposé que sa vie prendrait fin pendant une bataille — à la pointe d'une arme ennemie. Ou encore, s'il réussissait à se rendre jusqu'à cet âge, en se joignant à l'Arbre de vie. Pas en restant assis sans rien faire sur la pelouse à attendre que la mort l'emporte.

Mais il était là, assis sous un croissant de lune, la forme inerte de Yuki drapée sur ses cuisses, lui caressant négligemment les cheveux en regardant David, qui avait presque creusé la moitié de la tranchée qui encerclerait toutes les fées empoisonnées.

Avec précaution — sans attirer l'attention —, Tamani mit la main dans sa poche et poussa le cadeau de Yuki aussi loin que possible. Il ne pouvait pas le perdre ; il ne pouvait pas dire à qui que ce soit d'autre ce que c'était.

Parce qu'il n'y avait aucun artefact, aucun autre objet dans tout Avalon — y compris l'épée avec laquelle David creusait — aussi dangereux que l'article que Yuki venait de lui offrir.

VINGT-TROIS

Les fenêtres du palais d'hiver étaient aussi sombres que le ciel nocturne, et au moment où Laurel s'approcha, elle ferma les paupières en souhaitant désespérément que son plan eût fonctionné.

— Laurel !

Le murmure de Chelsea lui parvint d'une grappe de chèvrefeuille.

— Je savais que tu comprendrais, affirma Laurel en lançant ses bras autour de son amie quand elle émergea de sa cachette.

— Que fais-tu ? Tu ne vas pas vraiment obéir à Klea, n'est-ce pas ?

— Pas si je peux l'empêcher, répondit farouchement Laurel.

— Comment puis-je aider ?

— J'ai besoin que tu te rendes au palais d'hiver. Dis aux sentinelles que Marion et Yasmine sont toujours en danger et qu'elles ne doivent *pas* les laisser sortir jusqu'à ce que tu les informes personnellement que c'est sécuritaire. Klea ne doit pas les voir.

— Mais…

— Même leurs pouvoirs d'hiver sont inutiles parce que nous avons besoin que Klea reste en vie et coopère. Il nous faut ce qu'elle a dans la tête.

— Jamison ne peut-il pas, genre, lire dans son esprit? demanda Chelsea. S'il va bien, je veux dire, précisa-t-elle quand la peur apparut soudainement sur le visage de Laurel.

— Peut-être, répondit-elle en repoussant ses pensées sombres. Mais je ne le pense pas. Yuki a mis très longtemps à simplement soutirer l'emplacement du portail à mon esprit. D'ailleurs, même s'il pouvait juste cueillir la recette dans son cerveau, cela ne suffit pas.

Laurel hésita. Il lui avait fallu un bon moment pour comprendre ce que Yeardley voulait dire quand il lui enseignait le processus du mélange : «L'ingrédient le plus important dans tout mélange, c'est toi.»

— C'est difficile à expliquer, mais c'est ainsi que les mélanges fonctionnent. Je pense que Marion pourrait la tuer par principe et nous ne pouvons pas laisser faire cela — juste au cas. Ensuite, il faut que tu retournes en vitesse à l'Académie et que tu racontes à Yeardley tout ce que Klea a dit à propos de ses poisons, particulièrement la fumée rouge. Nous devrons peut-être revenir à l'Académie, alors ils voudront savoir que le poison se neutralise de lui-même. Dis-lui que j'essaie de trouver une solution et dis-lui… dis-lui d'être prêt.

— Prêt pour quoi ? Que vas-tu faire ?

Laurel soupira.

— Je l'ignore, avoua-t-elle. Mais je te garantis que j'aurai besoin d'assistance.

— Où vas-tu ?

Laurel regarda la cime d'une colline au loin.

— Dans le seul endroit vers où je peux encore me tourner.

Chelsea hocha la tête, puis elle partit comme une flèche, suivant le mur arrière vers l'entrée en voûte chancelante qu'ils avaient traversée plus tôt ce jour-là. Une éternité semblait s'être écoulée depuis. Laurel l'observa quelques instants avant de pivoter et d'entreprendre son propre voyage.

Tamani survivrait-il une heure de plus ? Pouvait-elle y arriver à temps ? L'énergie de Laurel était déjà à plat, mais elle se poussa à aller plus vite, même quand sa respiration devint pénible, et elle atteignit le pied de la vallée située entre elle et sa destination.

Une colline de plus à grimper. Cette pensée suffisait à embuer ses yeux de larmes alors que l'épuisement menaçait de faire ployer ses genoux. L'air nocturne était froid, mais ses jambes brûlaient pendant son escalade.

Arrivée au sommet de la colline, elle s'accorda un moment pour reprendre son souffle avant d'avancer sous la grande voûte de l'Arbre de vie.

Elle n'était pas revenue depuis que Tamani l'y avait amenée presque un an et demi auparavant. Elle avait envisagé une visite l'été précédent, quand elle ignorait où se trouvait Tamani et si elle le reverrait un jour, mais le souvenir de ce jour passé ici avec lui était trop pénible à affronter. Aujourd'hui, elle baissa la tête avec respect alors que le pouvoir de l'arbre la submergeait.

Le temps était venu de soumettre sa question.

Tamani lui avait appris que l'arbre était formé de fées — les Silencieux. Le propre père de Tamani s'était joint à eux récemment. Leur sagesse combinée était offerte à toute fée possédant la patience de la recevoir, mais obtenir une réponse de l'arbre pouvait prendre des heures, même des jours, en fonction de la personne qui la posait. Elle ne disposait pas de ce genre de délai.

Elle repensa à la fois où Tamani l'avait embrassée après s'être mordu la langue — les sensations qui l'avaient envahie, les idées qui avaient afflué dans sa conscience. Cela n'avait pas fonctionné selon ses espérances et au lieu de trouver comment mettre les pouvoirs de Yuki à l'épreuve, Laurel avait appris le secret de Klea : les potions pouvaient être fabriquées avec des fées comme avec d'autres plantes. Cependant, Yeardley lui avait enseigné qu'elle pouvait faire plus que simplement modeler les composants à sa volonté. Qu'elle pouvait libérer leur potentiel si elle pouvait les comprendre dans l'âme.

Visualisant Tamani dans son esprit, les lignes noires serpentant hors de sa plaie, l'expression sur son visage lui disant qu'il s'était résigné à la mort, Laurel se cuirassa contre le sacrilège qu'elle était sur le point de commettre. Elle marcha vers le tronc et posa une main sur l'écorce rude, sentant le courant de la vie qui déferlait dans l'arbre.

— Cela va me faire beaucoup plus mal qu'à toi, marmonna-t-elle.

Puis, après un moment, elle ajouta :

— Je suis désolée.

Elle leva son couteau et frappa le tronc du vieil arbre noueux jusqu'à ce qu'apparaisse un peu de fibre verte. Alors même qu'elle regardait les perles de sève commençant à suinter du tronc blessé, Laurel savait que cela ne suffisait pas. *Tu donnes, je donne*, pensa-t-elle. Posant le bout du couteau sur sa paume ouverte, elle serra les dents et se trancha la peau.

Laurel pressa la coupure qu'elle s'était infligée contre la fibre teintée exposée.

Ce fut comme marcher dans une avalanche de voix, chaque seconde représentant un millier de grêlons de savoir murmuré rebondissant brusquement sur sa tête, martelant ses épaules, menaçant de l'emporter dans l'abîme et de l'enterrer vivante. Elle vacilla sous le poids de l'assaut, refusant d'être balayée.

S'obligeant à soumettre sa conscience à l'arbre, l'avalanche devint une chute d'eau, puis un torrent et ensuite elle fit partie d'elle, coulant doucement dans son esprit, traversant sa vie et parcourant ses souvenirs. Elle se retira presque devant l'intrusion, mais elle essaya de respirer calmement et de centrer son attention sur ce qu'elle avait besoin d'apprendre.

Elle imagina Tamani, revécut la scène qui avait mené à son empoisonnement. Elle se souvint des explications de Klea et du choix impossible qu'elle lui avait présenté. Elle libéra la menace finale de Klea dans le flot de pensées — que la toxine allait tout détruire à Avalon, l'Arbre de vie compris.

La rivière de vie redevint une tempête d'âmes, mais cette fois Laurel était debout dans le calme, enveloppée de silence. La chaleur se répandit dans ses bras et la réchauffa des pieds à la tête.

Puis, l'arbre parla. Laurel sentit plutôt qu'elle entendit une unique voix percer le silence informe et innombrable.

Si tu penses comme la Chasseuse, tu peux faire ce qu'elle a fait.

Qu'est-ce que cela veut dire ? supplia Laurel, tout en mémorisant les mots. Cependant, la chaleur quittait sa tête, se rassemblait dans sa poitrine, s'écoulant dans ses bras.

— Non ! cria Laurel, sa voix perçant le silence. Je ne sais pas ce que cela veut dire ! S'il vous plaît, aidez-moi. Je n'ai personne d'autre vers qui me tourner !

L'étrange présence coulait doucement par ses mains et le rugissement de vie sous ses doigts reprenait, plus bas à présent qu'il ne grondait plus dans sa tête. Alors que les bouts de ses doigts picotaient et devenaient froids, il y eut un dernier battement provenant de la tempête et un chuchotement presque familier se fit entendre par-dessus les autres.

Sauve mon fils.

Puis, la chaleur disparut. Les murmures s'étaient tus.

— Non. Non, non, non !

Laurel pressa sa main plus fortement sur l'arbre, la douleur jaillissant dans sa paume, mais elle savait que c'était inutile. L'Arbre de vie avait parlé.

Laurel tomba sur ses genoux, les égratignant sur l'écorce rude des racines étendues de l'arbre et laissa ses larmes couler. Elle avait tout misé et elle avait perdu. L'Arbre de vie — son dernier espoir — n'avait pas fonctionné. Avalon allait mourir. À cause de la toxine de Klea ou sous son règne, peu importait.

Si seulement Laurel avait montré plus d'intérêt envers la potion viridefaeco ! L'une de ses camarades de classe travaillait dessus avec obsession depuis des années ; pourquoi Laurel n'avait-elle pas étudié avec elle ? Aujourd'hui, elle ne savait même pas par où commencer ! Elle ne se rappelait même pas le nom de la fée.

Klea savait. C'était enrageant d'être si proche du savoir et qu'il reste pourtant totalement inaccessible. Un autre cul-de-sac. Comment pouvait-elle réussir à penser comme Klea ? L'idée en soi la révoltait ; Klea était une meurtrière. Une manipulatrice. Méchante, sournoise, vénéneuse…

Vénéneuse. Le mot glissa dans la tête de Laurel pendant que des larmes traçaient des sillons sur son visage.

On ne peut créer les meilleurs antidotes qu'en se familiarisant avec les poisons. Les paroles de Klea moins d'une heure auparavant.

C'était toutefois une impasse ; même Mara, l'experte en poisons de l'Académie, avait été frappée de l'interdiction de les étudier davantage. Et que pouvait-elle enseigner à Laurel en une heure, même si elle en était capable ?

Laurel s'appuya contre l'Arbre de vie, se demandant si cela servait à quelque chose de retourner vers Klea. Pour regarder mourir Tamani ? Elle ne désirait rien autant que de le tenir dans ses bras en ce moment, même si c'était pour la dernière fois. Elle ne savait pas trop si cela importait qu'elle soit infectée par la toxine. Que valait sa vie sans Tamani ? Le risque valait-il un dernier baiser ? Une ultime étreinte ? Bien sûr, ensuite *elle* mourrait empoisonnée et pestiférée. Cependant…

On ne peut créer les meilleurs antidotes qu'en se familiarisant avec les poisons.

Une idée commença à germer dans la tête de Laurel. Elle tenta d'imaginer une Klea jeune et enthousiaste — Callista — travaillant seule dans la salle de classe, en secret. Elle aurait eu besoin de cobayes pour tester ses poisons autant que ses remèdes.

De qui d'autre se serait-elle servie ?

Si tu penses comme la Chasseuse, tu peux faire ce qu'elle a fait.

Laurel se leva et se mit à courir avant même de le réaliser.

Les étoiles étaient sorties pour de bon, perçant le toit feuillu de la forêt, puis emplissant le ciel là où le sentier coupait à travers une clairière. Le feu semblait être éteint à l'Académie — elle était enveloppée d'une obscurité trouble —, mais d'autres lumières étaient visibles dans les territoires du printemps et d'été ; Laurel essaya de ne pas se demander comment ces quartiers avaient résisté aux attaques avant que les trolls ne s'effondrent. Si elle échouait, cela n'aurait pas d'importance.

Elle trébucha quelques fois dans le noir, mais elle s'approchait des étranges soldats dociles, et David tendait la main vers elle, l'empêchant de tomber dans l'énorme tranchée qu'il avait creusée. Elle cligna des paupières dans le noir et après quelques secondes, elle comprit ce qu'il avait fait pour Avalon. Laurel lança ses bras autour de lui.

— Merci, murmura-t-elle.

Avant de s'écarter, elle demanda à voix basse, ne voulant pas attirer l'attention de Klea sur la fée :

— Jamison ?

— En vie, chuchota David.

Laurel hocha la tête avant de s'arc-bouter au bord du cercle et de sauter par-dessus. Elle mit un moment à distinguer Klea, allongée immobile dans l'ombre et Tamani, qui était assis au milieu du cercle avec la tête de Yuki reposant sur ses cuisses. Il leva des yeux hantés sur Laurel.

Elle fixa la fée inerte.

— Est-elle…

— Je ne vois pas la reine, intervint Klea d'une voix traînante, détournant l'attention de Laurel.

Mais Laurel ne lui accorda qu'un moment. Elle lui tourna le dos et s'accroupit plutôt à côté de Tamani et de Yuki. Cette dernière semblait dormir, mais ses traits étaient cireux et elle ne respirait pas. Laurel ressentit un chagrin lancinant et une vague de panique ; si Yuki était déjà morte, combien de temps restait-il à Tamani ?

— Retire ton chandail, lui ordonna-t-elle.

Il obéit.

Laurel vomit presque devant le spectacle qui l'accueillit. Les lignes noires s'étiraient sur ses épaules et dans son cou à partir de la minuscule égratignure près de son col. Les plaies sur son ventre déversaient de la sève teintée de vert — une preuve formelle que la toxine contagieuse de Klea se répandait aussi dans ses entrailles. Il n'en avait plus pour longtemps.

— Tu as échoué, n'est-ce pas ? dit Klea toujours immobile à quelques mètres seulement. Tu as échoué et à présent tout Avalon va mourir à cause de toi.

— Je n'ai pas échoué, cracha Laurel. Je ne suis jamais allée au palais. Pensais-tu réellement que j'allais t'aider ? Jamison a eu raison de t'envoyer chez les Unseelie.

Laurel marqua une pause, fixant sur Klea des yeux comme des poignards.

— J'aimerais mieux mourir que vivre dans ton monde parfait.

Laurel entendit un craquement quand Klea serra son poing et des gouttelettes huileuses de sérum coulèrent lentement à travers ses doigts et sur son chandail noir.

— Souhait accordé. C'est dommage que tu aies senti le besoin d'amener tout le monde avec toi.

— Pas aujourd'hui, murmura Laurel dans sa barbe. *C'est maintenant ou jamais.*

Ses intentions devaient être peintes sur son visage parce que Tamani recula légèrement.

— Non!

Mais sa paume était déjà pressée contre sa peau noircie, les doigts écartés, ses yeux fermés. Elle pouvait sentir la vie sous la peau de Tamani, la sentant combattre — elle pouvait sentir le poison lutter contre elle. La toxine de Klea ne ressemblait à aucune potion à laquelle Laurel avait déjà eu affaire, elle était encore plus complexe et étrangère que la poudre dont Klea s'était servie pour dissimuler les endroits où elle avait établi ses camps de trolls. Laurel avait réussi à concevoir un processus pour inverser les effets de cette poudre-là, mais il lui avait fallu beaucoup de temps et plus qu'un peu de chance.

Heureusement, l'expérience avait été enrichissante.

Quand elle s'écarta, Tamani rencontra son regard avec des larmes dans les yeux.

— Pourquoi as-tu fait cela? demanda-t-il en mettant ses mains sur les joues de Laurel. Je suis censé *te* protéger.

— Tu es le meilleur gardien qu'une fille puisse souhaiter avoir, dit Laurel en se penchant en avant, pressant doucement, brièvement ses lèvres sur les siennes. Mais c'est mon tour à présent.

Elle pouvait sentir le poison de Klea se frayant un chemin dans ses doigts et dans ses lèvres, détruisant la chlorophylle et désintégrant les parois cellulaires, réquisitionnant son énergie et la retournant contre elle. Elle devrait travailler rapidement, mais il lui parlait et elle était prête à écouter.

— Oh, dit-elle en se levant. Ton père te dit bonjour.

Sans attendre de voir l'expression de Tamani, Laurel ferma les paupières, répétant les paroles de l'Arbre de vie dans sa tête. *Si tu peux penser comme la Chasseuse, tu peux faire ce qu'elle a fait.*

— Je reviens, dit-elle en bondissant de nouveau par-dessus la tranchée.

— Laurel, dit David en l'arrêtant. Où es-tu allée?

— Je suis allée à l'Arbre de vie, répondit-elle en sentant que le temps s'écoulait dans sa tête.

— L'arbre qui te parle?

Laurel hocha la tête.

— Qu'a-t-il dit?

— Il m'a dit de sauver Avalon.

VINGT-QUATRE

Le jardin derrière l'Académie était faiblement éclairé quand Laurel arriva au sommet de la colline et qu'elle se glissa dans la serre. Les fées qui restaient étaient assises parmi leurs camarades évanouies qui commençaient à se réveiller. Les toux et les respirations haletantes résonnaient bruyamment, tout comme les murmures des Mélangeuses calmant et réconfortant leurs amis.

Laurel remarqua qu'elles avaient retiré le panneau de pierre entre la serre et la salle à manger, mais il semblait que seules de rares Mélangeuses se sentaient assez en confiance pour revenir dans l'Académie.

Elle se fraya un chemin à travers les fées, cherchant Yeardley, faisant attention à ne frôler personne en passant. Elle ne savait pas si la toxine virale s'était assez répandue en elle pour la rendre déjà contagieuse, mais elle ne voulait courir aucun risque. Elle repéra enfin le professeur des éléments de base près du centre de la serre et elle fut soulagée, mais non étonnée, de voir Chelsea debout à côté de lui.

— Laurel! s'exclama-t-elle alors que Yeardley tendait une main pour agripper son épaule.

— Ne me touche pas, le prévint Laurel, levant les mains devant elle. Je suis infectée par la toxine de Klea.

— Pourquoi l'as-*tu*? s'informa Chelsea.

— Longue histoire, répondit Laurel. Mais ne t'inquiète pas; elle ne te fera pas de mal, seulement aux fées, précisa-t-elle.

Son esprit était bombardé de sensations liées à la façon dont le poison la tuait lentement, et toutes concernaient la chlorophylle. Chelsea et David iraient bien.

Elle se tourna vers son professeur.

— J'ai besoin de ton aide et je ne dispose pas de beaucoup de temps.

— Bien sûr, dit Yeardley.

— Il y a deux étés de cela, une fée — je pense qu'elle était un peu plus jeune que moi, avec des cheveux brun foncé — travaillait sur la potion viridefaeco. Sais-tu de qui il s'agit?

Yeardley soupira.

— Fiona. Elle était tellement déterminée, mais elle n'a pas accompli de véritable progrès par la suite. Elle a décanté une base prometteuse avec l'aide de quelques vieux registres et, je dois l'admettre, nous fondions tous de grands espoirs sur elle. Mais depuis, rien.

— Est-elle ici ? demanda Laurel, espérant contre toute attente que la jeune fée n'était pas l'une des victimes de Klea.

Penser comme Klea pouvait, on le supposait, sauver Avalon, mais si le viridefaeco exigeait une longue fermentation ou des méthodes de guérison exotiques, Tamani ne vivrait pas pour voir cela se produire.

Le visage de Yeardley s'assombrit et Laurel respira avec peine.

— Elle est en vie, dit-il doucement. Elle a inspiré beaucoup de fumée et, franchement, elle ne se porte pas bien. Mais elle est encore consciente. Je la soigne moi-même. Par ici.

Laurel s'effondra presque de soulagement. Elle suivit Yeardley jusqu'au fond de la serre, où elle reconnut les boucles brun foncé, et elle s'agenouilla à côté de la petite fée aux yeux fermés se reposant contre une jardinière.

— Fiona, appela Yeardley à voix basse en s'accroupissant.

Fiona ouvrit les paupières et, réalisant que Laurel et Chelsea la fixaient aussi, s'efforça de se redresser un peu.

— Comment te sens-tu ? s'enquit Yeardley.

— La potion viridefaeco, intervint Laurel avant qu'elle puisse répondre.

Elle n'avait pas le temps pour les mondanités.

— As-tu une base de préparée?

— Je-je-j'en avais une, bégaya-t-elle.

— Que veux-tu dire, j'en « avais » une ? demanda Laurel, craignant la réponse.

— Je travaillais dans le laboratoire lorsque les trolls ont attaqué. Je ne sais pas si mes bases ont survécu.

Laurel tenta de conserver son sang-froid. Klea ne perdait pas les pédales quand la pression montait. Au contraire, elle se montrait à la hauteur du défi. Laurel devait aussi garder cette maîtrise de soi.

— Nous devons nous rendre au laboratoire tout de suite. Peux-tu marcher?

Yeardley aida Fiona à se lever. Elle était un peu chancelante, mais elle reprit vite ses esprits.

— Peux-tu lui donner un coup de main? demanda Laurel à Chelsea. S'il te plaît? Je ne peux pas.

— Bien sûr, murmura Chelsea, baissant vivement la tête sous le bras de la fée et l'aidant à se tenir debout pendant que Yeardley les guidait.

Quand ils approchèrent de l'entrée que David avait percée des heures plus tôt, Fiona esquissa un mouvement de recul.

— Ça va, le feu est éteint et la toxine a disparu, lui assura Chelsea avant d'ajouter : et je suis juste ici avec toi.

La jeune fée hocha la tête et prit une profonde respiration avant de replonger dans l'obscurité tiède et chargée de suie.

Marcher dans les couloirs sombres de l'Académie avec une unique fleur phosphorescente donnait l'impression de se promener dans un tombeau imposant. Les couloirs étaient roussis et décimés et il y avait des corps partout, certains saufs, d'autres brûlés, quelques-uns défigurés par la première vague de trolls. Une panique palpitante s'installa dans la gorge de Laurel; resterait-il quelque chose pour travailler dans le laboratoire? Quand ils tournèrent au coin du dernier couloir, Laurel fut soulagée de constater qu'au moins, la porte était intacte.

Après un moment d'hésitation, Yeardley l'ouvrit d'une poussée, dessinant une grande trace de main dans la cendre noire. En entrant, Laurel entendit Fiona haleter. La salle donnait l'impression que quelqu'un l'avait soulevée et secouée. Du verre brisé jonchait le plancher, des plantes en pots avaient été retournées et au lieu des meubles, il n'y avait que des tas d'éclat de bois. Tout était recouvert d'une fine couche de suie.

Laurel essaya de ne pas fixer les fées sur le sol — ni le troll mort au fond de la pièce. L'expression de Yeardley était stoïque et sa mâchoire serrée, le visage de Chelsea était blême. Fiona s'en sortait assez bien, se concentrant sur la tâche à accomplir à la manière typique des fées d'automne.

— Mon poste est — était — par là, indiqua-t-elle en relevant sa jupe au-dessus de ses chevilles pour passer par-dessus le désordre et le contourner.

Le plancher était jonché d'instruments et de fioles éclatées qui, se dit Laurel, devaient auparavant recouvrir le dessus du poste de travail. Elle fut donc soulagée quand Fiona se pencha et ouvrit une armoire installée sous la table. Plusieurs grands vases à bec étaient nichés en sécurité à l'intérieur.

— L'un a été renversé et il a craqué, mais il en reste deux, déclara Fiona, émergeant de l'armoire en serrant deux bouteilles remplies d'une solution transparente avec la consistance du miel frais.

— Parfait, affirma Laurel, s'appuyant avec lassitude sur le bord de la table, s'assurant que seulement sa blouse, et pas sa peau, entre en contact avec la surface.

Il se faisait tard, elle était épuisée et la toxine sapait ses forces. Elle parcourut du regard la salle de classe à moitié détruite.

— Penses-tu que nous trouverons tout ce dont nous avons besoin ici ? demanda-t-elle sans en être véritablement convaincue.

— Ici.

Laurel sursauta en entendant la voix de Yeardley et elle se retourna pour le découvrir en train d'essuyer un bout de table avec un mouchoir.

— Discutez ensemble de la base, reprit-il. Je vais rassembler tout ce que je pourrai. Les spécimens sur les étagères devraient être encore sains.

Laurel hocha la tête et Yeardley commença à fouiller dans les armoires.

Fiona déposa les deux bouteilles sur la partie nettoyée de la table devant eux et apprit à Laurel comment elle avait trouvé la base. Il s'agissait de la même explication qu'elle avait fournie dans le cercle le premier été où Laurel était à Avalon, mais deux étés d'étude plus tard, Laurel comprenait maintenant la majorité de ce qu'elle lui disait. Fiona énuméra la liste des ingrédients qu'elle avait découverte dans un vieux texte : des feuilles séchées de l'arbre de Josué, des graines de ficus et de concombre mélangées, de l'extrait de maracuja. L'énumération était longue et après quelques minutes de récitation, Laurel l'arrêta.

— J'ai besoin de la *ressentir*. Peux-tu en verser quelques gouttes dans une assiette pour moi ? Si je touche la bouteille de la base, j'ai bien peur que la toxine ne la détruise complètement.

Elle jeta un coup d'œil à Chelsea.

— Il faut que vous soyez mes mains toutes les deux.

Chelsea regarda autour d'elle et trouva une petite assiette creuse pendant que Fiona descellait avec précaution le dessus d'une de ses bouteilles. Elle y versa quelques gouttes et Chelsea tendit l'assiette à Laurel.

— Je sais que j'ai réussi la base jusqu'à ce stade-ci, dit Fiona en secouant la tête. Le texte était très clair et tout s'est parfaitement emboîté. Mais le reste des instructions a été retiré et, peu importe ce que j'essaie ensuite, je semble incapable de la compléter. Quelque chose m'échappe et j'ignore totalement de quoi il pourrait s'agir.

Elle soupira.

— Les choses que j'ai tentées. C'est ridicule.

Pendant que Fiona relatait les grandes lignes de ses expériences et de ses échecs, Laurel traîna un doigt dans la petite flaque de solution dans l'assiette devant elle. Les bouts de ses doigts étaient noirs et un peu enflés, et elle centra son attention sur la manière dont le mélange de Fiona réagissait à la toxine dans son corps, sur la façon dont la toxine se comportait avec la base de viridefaeco. Elle sentit le potentiel des composants secondaires, comment ils étaient éliminés par les composants principaux. Il y avait plusieurs ingrédients qu'elle n'aurait pas songé à mélanger ensemble — comme dans le cas de la poudre d'invisibilité de Klea, la base de viridefaeco était un amas de tension. Ce dont elle avait besoin, c'était d'un exutoire. Et quelque part au fond de sa tête, Laurel avait l'impression d'être déjà tombée sur le bon élément auparavant.

C'était la même impression qu'elle avait ressentie quand elle avait analysé la première fois la poudre que Klea avait fabriquée en se servant de sa propre fleur amputée — non que l'ingrédient manquant était une partie de fée, dans ce cas-ci. Elle se rappela ce jour avec Tamani, lorsqu'elle avait senti les choses qu'elle pouvait créer à partir de lui — des toxines, des bloqueurs de photosynthèse, des poisons. Le sérum que Klea avait créé pour protéger les trolls contre la magie des fées ; il nécessitait aussi des fleurs de fées. Les potions qui utilisaient les fleurs des fées n'aidaient pas les fées, mais elles leur nuisaient. Ce n'était pas ce dont elle avait besoin pour cet antidote.

Quand elle était venue la première fois à l'Académie, Yeardley lui avait dit que le savoir formait l'essence de sa magie — le puits dans lequel son intuition tirait son pouvoir. Le composant manquant était une chose qu'elle connaissait, quelque chose qu'elle avait souvent croisé : une chose qu'elle n'avait pas reconnue comme un élément utile, possiblement un sur lequel Fiona n'était jamais tombée. Cela semblait pointer vers un ingrédient rare à Avalon.

— D'accord, dit Laurel. Je pense que tu étais sur la bonne piste avec l'agropyre séché. Y a-t-il des variétés que tu n'utilises pas habituellement ? Peut-être certaines qu'on doit amener du Manoir ? Creusons cette voie.

Yeardley avait regroupé plus d'herbes et de fournitures que Laurel aurait imaginé avoir pu échapper au feu. Elle ne posa cependant pas de question, elle se mit juste au travail, dirigeant Fiona et Chelsea afin qu'elles rassemblent et préparent les additifs, les laissant accomplir le travail et testant les échantillons à mesure que la potion progressait.

— C'est tellement proche. Tout est là, dit Laurel après avoir ajouté un nuage d'eau de rose, la seule autre chose qui pouvait servir, elle le sentait.

Elle passa son doigt dans un échantillon de plus.

— C'est prêt, ce n'est simplement pas suffisant. La toxine l'écrase encore. C'est comme... comme si les ingrédients sont inertes, qu'ils ont besoin de quelque chose pour s'activer.

Elle inspira fortement. Cela lui paraissait exact.

— Un catalyseur, ajouta-t-elle à voix basse. Quelque chose pour libérer son potentiel.

Mais quoi ?

Fiona secoua la tête.

— C'est la raison pour laquelle j'ai dû passer à d'autres projets. J'ai eu la même idée que toi... je me suis rendue au Manoir. Ils m'ont appris que les humains ont entraîné la disparition de nombreuses plantes au cours des derniers siècles. L'ingrédient final doit être l'une de celles-là.

— Non, insista Laurel. Non, je connais l'ingrédient ultime. Je l'ai sur le bout de ma langue. Qu'est-ce qui pousse en Californie qui ne pousse pas à Avalon ?

— Laurel, dit Chelsea d'une voix hésitante. Ton visage — il a des taches noires dessus.

Laurel leva les mains pour toucher à ses joues, se souvenant que Tamani avait posé le même geste. Il y avait combien de temps ? Ce n'était pas important — elle ne pouvait pas réfléchir à cela en ce moment.

Si tu peux penser comme la Chasseuse, tu peux faire ce qu'elle a fait.

La potion viridefaeco avait disparu depuis des siècles. Cependant, Klea avait découvert comment la fabriquer. Qu'est-ce qui la rendait si spéciale ? Elle ne craignait jamais de repousser les limites. Elle avait probablement testé sur elle-même les toxines et les antidotes, risquant tout pour son travail. Et Laurel n'avait-elle pas agi de la même manière? N'avait-elle pas introduit le poison en elle pour mieux le comprendre? Toutefois, plus elle comprenait le poison qui envahissait lentement son corps, plus elle craignait de ne pas être capable de l'anéantir en fin de compte. Laurel prit un nouvel échantillon de la base et ferma les yeux, continuant à faire courir son doigt dans la solution, fredonnant un mantra dans sa tête. *Pense comme Klea, pense comme Klea.*

Avalon a oublié tout ce que les humains ont à offrir.

Les paupières de Laurel s'ouvrirent brusquement alors que les paroles de Klea résonnaient dans sa tête.

— Chelsea, dit-elle doucement. J'ai besoin de Chelsea!

— Quoi? dit celle-ci. De quoi as-tu besoin?

— J'ai besoin de *toi*. Un peu de cheveux, de salive... non, il vaut mieux que ce soit du sang. De l'ADN humain.

Elle fit le tri dans les fournitures rassemblées par Yeardley.

— La potion viridefaeco a disparu après que les portails ont été scellés — après que toute interaction avec les humains a été coupée, n'est-ce pas? demanda-t-elle en pivotant vers Fiona, qui hocha la tête. Ce n'est pas un hasard — c'est la *raison* de sa disparition; le motif pour lequel ils ont détruit la deuxième partie des instructions. Le catalyseur pour cette potion est l'ADN humain. Chelsea, reprit-elle en tournant vers son amie un petit couteau de cuisine, puis-je?

Son amie hocha la tête sans hésitation en tendant la main.

Laurel tint le couteau près du bout d'un doigt de Chelsea. *Juste une petite piqûre*, se dit-elle, mais c'était quand même difficile de poser la lame contre la peau de son amie et de pousser, juste assez pour la couper.

— Devrais-je me charger de cette partie? demanda Fiona à voix basse.

Laurel secoua la tête.

— Non, je dois m'en occuper, déclara-t-elle, étrangement convaincue.

Elle tira la grande fiole devant elle, la touchant pour la première fois. Une minuscule perle cramoisie formait une flaque sur le doigt de Chelsea; elle paraissait encore plus épuisée que Laurel, mais trop excitée par ce qui allait se passer ensuite pour ressentir beaucoup de douleur.

— La dernière chance d'Avalon, dit Laurel dans sa barbe.

Et de Tamani, ajouta-t-elle en elle-même. Puis, elle inclina le doigt de Chelsea et laissa tomber avec précaution une goutte de sang dans la fiole, l'incorporant avec une cuillère en bambou à long manche.

Dès que le sang toucha la solution, elle se *modifia*. Laurel continua de mélanger et un sentiment d'euphorie l'envahit au moment où la mixture translucide prit une teinte violette qui était pareille à celle dans la fiole que Laurel avait aperçue si brièvement dans la main de Klea. Cela fonctionnait! Tous les ingrédients semblaient se réveiller et fusionner, et la puissance de la base se décupla — se multiplia par mille! Un gloussement bouillonna dans la gorge de Laurel, et Chelsea lui attrapa le bras.

— Est-ce que cela a marché?

Laurel était tellement sûre qu'elle abaissa son doigt directement dans la solution.

La toxine n'avait aucune chance.

— Ç'a marché. Ç'a marché, oh, Chelsea, ç'a marché!

Laurel se sentait grisée de soulagement.

— S'il te plaît, pria-t-elle en se tournant vers Fiona, j'ai besoin de fioles. Tout de suite!

Elle devait rejoindre Tamani.

Quand Laurel sortit en trombe à l'orée du bois, le cercle faiblement éclairé était si calme qu'elle n'était pas convaincue que *quiconque* soit encore en vie.

La tête de Tamani était appuyée sur la jambe de David.

— Je pense qu'il respire encore, dit David lorsque Laurel bondit par-dessus la tranchée et tomba sur ses genoux à côté du corps de Tamani. Mais il a cessé d'ouvrir les yeux il y a environ cinq minutes.

Tamani n'avait pas remis son chandail, et son torse et ses épaules étaient noirs. Laurel tint son visage entre ses mains, sentant la toxine en lui essayant de s'en prendre à elle, mais le viridefaeco que Chelsea avait insisté pour qu'elle avale avant de quitter l'Académie la repoussait facilement.

— Tu es revenue... pour dire... adieu? demanda Klea avec un rire sifflant.

Même enflée par l'infection, s'attardant aux portes de la mort, elle restait une vache amère.

— Je t'en prie, vis, supplia Laurel dans sa barbe en versant la potion dans la bouche de Tamani, refermant ses lèvres dessus.

Elle attendit pendant que les secondes s'étiraient, les yeux remplis de larmes en s'agrippant au bras de Tamani, l'adjurant de se réveiller. Le viridefaeco avait commencé à la guérir presque instantanément — pourquoi ne fonctionnait-il pas maintenant? Une minute passa. Deux.

David lui toucha le bras.

— Laurel, je ne pense pas...

— Non! hurla-t-elle en repoussant sa main. Cela va marcher. Cela *doit* marcher. Tamani, je t'en prie!

Elle se pencha sur lui, pressant son visage contre son torse, cachant ses larmes, souhaitant que les fées aient quelque chose qui ressemblait à un battement de cœur pour lui assurer qu'il était vivant. Il *devait* être vivant. Elle ne savait pas si elle pouvait vivre un instant de plus s'il n'était pas avec elle. Quelle importance tout cela avait-il, en fin de compte, si elle était arrivée trop tard pour sauver Tamani? Elle se redressa, examinant son visage à la recherche d'un signe de conscience.

Une mèche de ses cheveux pendait à moitié sur l'un de ses yeux et elle tendit la main pour la repousser de son front, une main lourde de désespoir.

À mi-chemin dans son geste, elle s'arrêta. Les minuscules vrilles noires qui avaient commencé à s'étendre sur le visage de Tamani se rétractaient. Elle plissa les yeux ; l'avait-elle imaginé ? Était-ce une illusion due à l'obscurité ? Non, la ligne montait jusqu'à son sourcil ; à présent, elle atteignait seulement la moitié de cette hauteur. Elle retint son souffle, osant à peine bouger pendant qu'elle la regardait s'éclaircir, puis disparaître. Son torse se souleva — très légèrement — et retomba.

— Respire encore, ordonna Laurel dans un très léger murmure.

Rien ne remua.

— Encore ! exigea Laurel.

Son torse se souleva encore. Cette fois, il s'étouffa et crachota en raison du viridefaeco coincé dans sa gorge, et il ravala péniblement.

Laurel poussa un cri d'euphorie et elle lança ses bras autour du cou de Tamani, l'attirant contre elle avec joie. Sa respiration était encore superficielle, mais elle était régulière et quelques secondes plus tard, il ouvrit les yeux — ces beaux yeux verts qu'elle avait craint de ne plus jamais revoir.

— Laurel, dit-il d'une voix qui se brisait.

Des larmes tombèrent sur les joues de la jeune fille, mais des larmes de bonheur cette fois, et elle rit, le son de sa voix résonnant à travers la forêt comme si les arbres eux-mêmes se réjouissaient avec elle.

Tamani sourit faiblement.

— Tu as réussi.

— J'ai eu de l'aide.

— Tout de même.

Laurel hocha la tête et fit courir ses doigts dans les cheveux de Tamani, et il ferma les yeux avec un soupir de contentement.

Cependant, Laurel avait encore à faire.

Libérant Tamani, elle se releva et marcha vers Klea. Son visage était noir et enflé, mais ses yeux vert pâle brillaient de méchanceté. Elle avait dû tout entendre — savoir que son plan avait bel et bien échoué.

— Le viridefaeco, murmura Klea.

Sa respiration était saccadée et elle était toujours allongée sur le dos — dans la même position depuis une heure. Laurel se demanda si elle pouvait même encore bouger.

— Bien tu es… tu es *quelque chose*. Je parie que tu te crois très… intelligente.

— Je pense que *tu* es intelligente, répondit calmement Laurel.

C'était une étrange vérité à exprimer.

— Ouvre la bouche, dit-elle en levant la deuxième fiole.

— Non! gronda Klea, avec plus de ferveur que Laurel aurait cru possible venant d'une fée mourante.

— Que veux-tu dire, non? demanda Laurel. La toxine est sur le point de te tuer.

Klea fit rouler ses yeux en haut pour regarder Laurel.

— J'aime mieux... mourir... que vivre dans ton *monde parfait*.

La mâchoire de Laurel se contracta.

— Ce n'est pas un concours; avale la potion!

Lorsque Klea tourna la tête et serra les lèvres, Laurel décida de simplement jeter la potion au visage de Klea — elle était probablement assez puissante.

Avec des réflexes vifs comme l'éclair, la main de Klea se referma sur le poignet de Laurel. Sa poigne était de fer alors qu'elle s'efforçait de s'asseoir et Laurel se battit jusqu'aux larmes pour se libérer. Où Klea avait-elle trouvé cette force?

— Laurel!

David esquissa un pas hésitant vers elles, puis il s'arrêta, regardant son épée magique avec un froncement de sourcils exaspéré.

— Je remporterai... cette... victoire! déclara Klea, chaque mot sifflant entre ses dents serrées.

Avec une forte poussée, elle écrasa le poing de Laurel sur le sol, faisant éclater la fiole en verre de sucre, répandant le sérum collant dans l'herbe noircie. D'un geste méprisant, Klea relâcha le bras captif de Laurel avant de s'effondrer sur le sol.

— Va rôtir...

Laurel était figée sous le choc.

— ...en...

Le viridefaeco coulant sur la main de Laurel suffirait peut-être. Si elle pouvait seulement...

— ...*enfer.*

L'expression qui se figea sur le visage noirci et enflé de Klea n'en était pas une de colère ni de mépris. C'était de la méchanceté et du dégoût à l'état pur.

D'un air hébété, Laurel recula en chancelant par-dessus Tamani, tombant sur le sol à côté de lui. David les rejoignit, plantant Excalibur dans la terre et s'assoyant en tailleur de l'autre côté de Laurel. Les paupières de Tamani se rouvrirent en papillonnant et il leva une main pour serrer celle de David.

— Merci d'être resté avec moi, mec.

— Je n'avais nulle part où aller, dit doucement David en souriant.

Laurel laissa sa tête retomber sur l'épaule de David et elle enroula ses doigts autour de ceux de Tamani. Du travail les attendait, la convalescence, le sérum viridefaeco à fabriquer, les amis à pleurer et l'Académie à reconstruire. Mais pour ce soir, c'était fini. Avalon était en sécurité. David avait été un héros et Tamani était en vie.

Et Klea ne pourrait plus jamais faire de mal à Laurel.

VINGT-CINQ

— LAUREL ?

Les yeux de Laurel s'ouvrirent en papillonnant dans la clarté trouble précédant l'aube. Sa tête reposait sur le torse de Tamani, et le bras de David était drapé sur son ventre. Elle ne savait pas trop combien de temps s'était écoulé — pelotonnée ainsi dans l'étreinte de ses amis, elle avait laissé le monde tourner autour d'elle en l'ignorant, un minuscule répit après les horreurs des vingt-quatre dernières heures —, mais avec l'aube naissante pour annoncer l'arrivée du soleil, cela n'avait pas dû durer bien des heures.

— Laurel ?

Elle mit quelques instants à ajuster sa vue à travers la faible lumière du matin afin de trouver d'où la voix provenait.

— Jamison, dit-elle dans un souffle.

En levant la main de Tamani vers son visage, Laurel croisa son regard et elle frôla ses lèvres sur les jointures

de la fée avant de le quitter pour se traîner avec lassitude jusqu'à Jamison.

Malgré les soins attentifs de David, Laurel s'inquiétait du fait que Jamison était resté inconscient trop
longtemps. Il se trouvait à l'extérieur du cercle de David
et il semblait avoir été épargné par la toxine, mais tout
de même, Laurel tâta tendrement sa tête là où le tronc
d'arbre l'avait frappé, puis elle s'empara de ses mains,
touchant sa peau à la recherche du moindre signe que
le poison avait atteint ses cellules.

— J'ai bien peur d'avoir manqué à mon devoir
envers toi, dit-il, la voix teintée de déception.

— Non, répondit Laurel, se permettant de sourire
en ne sentant aucune trace du poison. Tout va bien.

Aussi bien que possible à la fin d'une guerre.

— Yuki ?

Laurel baissa la tête.

— Je ne suis pas revenue à temps, chuchota-t-elle ;
elle ne fut pas étonnée de voir des larmes briller dans
les yeux de Jamison.

— Callista aussi ?

Laurel hocha la tête en silence, l'impuissance qu'elle
avait ressentie pendant les derniers instants de Klea
l'emplissant de tristesse à nouveau.

— Mais Avalon est en sécurité, déclara-t-il sans
une pointe d'interrogation.

Laurel ne se sentait pas victorieuse.

— Que s'est-il passé ?

Laurel le lui raconta aussi vite que possible, essayant de ne pas accabler la fée d'hiver fatiguée, souhaitant que la fin eût été plus heureuse.

— Je suis fier de toi, affirma Jamison lorsqu'elle eut terminé son récit, mais sa voix semblait résonner avec autant de découragement que Laurel en ressentait.

Oui, les trolls avaient disparu et oui, Klea et sa toxine avaient été arrêtées, mais le coût était presque incompréhensible. Des centaines de fées de printemps et d'été tuées — peut-être plus d'un millier. Et les fées d'automne ? La seule pensée en était douloureuse. La population de l'Académie avait été réduite à moins d'une centaine. Il faudrait des décennies pour revenir au nombre d'avant les événements. Tant de morts ; et pourquoi ? Pour qu'Avalon reprenne son statu quo détraqué.

Laurel entendit un cri et le fracas de pas, et Jamison et elle tournèrent leurs têtes vers le bruit.

— Je n'attendrai pas !

La voix de la reine résonna clairement par-dessus les arguments de son *Am Fear-faire* alors qu'elle se frayait un chemin sur le sentier, Yasmine avançant plus sereinement à une courte distance derrière elle.

Les mains de Jamison se raidirent sous celles de Laurel en voyant son monarque approcher, mais un petit sourire retroussa ses lèvres quand Yasmine l'aperçut et se mit à courir.

— Attendez !

Tous les regards se détournèrent de la reine et de son entourage lorsque Chelsea et Fiona émergèrent brusquement des arbres en faisant voler des feuilles.

— Ne. Touchez. À. Rien, dit Fiona en haletant, serrant délicatement une grande fiole dans ses bras.

— Dieu merci! s'exclama Chelsea en contournant Fiona pour enlacer avec exubérance Laurel et Jamison. Cette reine n'écoute-t-elle personne? murmura Chelsea, et Jamison rigola en silence. Nous les avons vues s'engager dans le sentier au moment où nous terminions une autre recette de potion et nous avons couru aussi vite que nous avons pu.

— Au moins, les sentinelles ont réussi à la retenir jusqu'à maintenant, dit Laurel, un sourcil arqué.

— Attends, Yasmine, s'il te plaît! cria Fiona en tentant d'empêcher la jeune fée d'hiver de s'approcher de Jamison.

— Ça va, lança Laurel. Jamison est sain.

À contrecœur, Fiona la laissa passer.

La reine Marion stoppa au bord de la tranchée de David et le regard furieux, elle croisa les mains sur sa poitrine. Laurel ignora sa mine orageuse et prit la main de Chelsea, tirant son amie par-dessus le fossé peu profond, la guidant vers l'endroit où David s'était agenouillé, les doigts serrés autour d'Excalibur, à côté de Tamani, qui avait réussi à se redresser à moitié en position assise. Son torse était encore d'un gris fumé et ressemblait à une large ecchymose, mais même cela s'effaçait.

— Peu importe ce qui se passera, chuchota Laurel, nous avons accompli tout cela ensemble.

Elle croisa le regard de chacun de ses amis plusieurs secondes et ils hochèrent tous la tête.

— Et David, ne lâche pas cette épée.

Elle jeta un coup d'œil à la reine.

— Je ne suis pas certaine que nous avons fini de combattre l'ennemi, termina-t-elle d'un air sévère.

— Venez ici ; tous, ordonna Marion.

— Laissez-moi les neutraliser d'abord, dit Fiona, et Laurel se tourna pour la voir se baisser devant la reine en tenant la fiole en verre.

Elle y avait fixé un vaporisateur.

— Juste pour être sûrs, ajouta-t-elle, ses yeux filant vers les ombres qui s'attardaient encore sur le torse de Tamani.

Laurel hocha la tête et Fiona sauta par-dessus le fossé.

— Retenez votre souffle.

Fiona les enveloppa dans une brume avec le vaporisateur de viridefaeco.

— Je vous demande pardon, car vous serez un peu humides.

Laurel chassa ses inquiétudes d'un geste de la main et elle se tourna pour aider Tamani à se lever.

— Peux-tu marcher ? murmura-t-elle.

Il remua la mâchoire plusieurs fois, mais il secoua la tête.

— Pas sans aide, admit-il.

— Viens, dit Laurel.

Elle déposa le bras de Tamani sur ses épaules à elle, et Chelsea vint rapidement se placer de l'autre côté.

Bien que la reine soit à quelques mètres seulement, Laurel et Chelsea guidèrent Tamani vers le côté opposé du cercle, là où se trouvaient Jamison et Yasmine ; David enjamba le trou et aida avec précaution Tamani à passer par-dessus afin qu'ils puissent tous s'asseoir ensemble.

— Nous parlerons ici, dit Laurel à la reine.

Marion pinça les lèvres et pendant un moment, Laurel crut qu'elle refuserait de les rejoindre. Cependant, elle dut réaliser qu'elle ne pouvait rien faire de plus. Flanquée de son *Am Fear-faire*, elle se fraya un chemin autour de la tranchée circulaire et elle les surplomba, baissant les yeux sur ce qui aurait pu sembler être un groupe d'amis intimes.

La reine fit mine de les compter une fois, puis deux.

— Bien, Jamison, deux humains et deux fées ; une automne et une été. Où est la fée d'hiver dont tu m'as parlé ? S'est-elle révélée une création de l'imagination trop débridée d'une certaine sentinelle ?

Son regard accusateur se posa sur Tamani.

— C'est la plus jeune morte que tu vois dans le cercle, dit Jamison en pointant.

Marion jeta un œil de ce côté, et ses yeux s'arrondirent quand elle réalisa pour la première fois que les silhouettes noires grotesquement flétries dans le cercle de pelouse fanée étaient, en fait, des fées.

— Tu l'as tuée, souffla-t-elle à voix basse.

— Pas du tout, affirma Jamison. Yuki a trahi Callista lorsqu'il est apparu qu'elle n'était rien d'autre qu'un pion dans les plans de la Mélangeuse. Callista l'a tuée.

— Un pion? demanda la reine, se moquant, à l'évidence incapable de considérer avec sérieux l'idée qu'une fée d'hiver puisse servir de pion à qui que ce soit.

— Exactement comme les trolls, reprit Jamison lentement, délibérément.

La reine Marion donna momentanément l'impression que quelqu'un l'avait giflée — comme si elle prenait la comparaison comme un affront personnel. Son expression prit finalement un air d'incertitude.

— Je pense que tu ferais mieux de commencer au début.

En prenant son temps, et avec plusieurs interruptions, Laurel partagea avec tout le monde le récit de ce qu'ils avaient fait. Quand elle en arriva au moment où elle avait découvert l'ingrédient final de la potion viridefaeco, Jamison rayonna de fierté et la reine eut l'air plutôt malade.

Lorsque Laurel termina, un silence tendu s'installa dans la clairière. Marion regarda vers le cercle où Klea et Yuki étaient mortes. La pelouse avait noirci au-delà de toute possibilité de repousse, mais Fiona et deux autres fées d'automne recouvertes de suie vaporisaient du sérum viridefaeco, mettant un point final à la propagation du poison.

— Jamison, dit enfin Marion, l'air fatigué. À l'évidence, tu as besoin de repos. Je suggère que tu te retires au palais et que tu montres aussi à ces deux humains leurs appartements.

— Je suis d'accord. Je pense qu'il vaudrait mieux que David rende l'épée avant que nous le récompensions pour son courage et que nous l'escortions avec ses amis hors d'Avalon. J'imagine qu'ils sont tous pressés de rentrer à la maison.

— Ne soit pas idiot, dit la reine, rejetant la manière dont Jamison avait déformé son ordre. On ne peut absolument pas les laisser partir.

Chelsea émit un petit bruit de gorge; Tamani tendit la main et s'empara de la sienne pour la rassurer.

— Tu sais aussi bien que moi que cette règle n'est pas immuable.

— Il a manié l'épée, Jamison.

— Le simple fait que cela s'est passé ainsi avant ne signifie pas que cela doit aller de même aujourd'hui. Les circonstances différaient largement, déclara Jamison d'une voix calme.

— Je ne vois pas comment.

— Rien n'attendait Arthur. Sa vie et son royaume avaient été détruits. Ce garçon a un avenir devant lui. Je ne participerai pas à son confinement ici.

— Que voulez-vous dire par mon confinement?

Jamison leva le regard sur David.

— Le roi Arthur n'a jamais quitté Avalon. Jamais. Et ce n'était peut-être pas entièrement par sa propre volonté.

— Une épée imbattable est un secret trop important, déclara la reine d'un ton condescendant, mais teinté de pitié. Tu comprends sûrement cela.

— Je peux conserver un secret, dit David. Je suis très bon avec les secrets.

— Pas pour un de cette taille.

— J'ai gardé pour moi la véritable nature de Laurel depuis plus de deux ans maintenant. Sans parler de l'emplacement du portail.

La reine ne parut pas impressionnée.

— Voilà *deux* choses qui auraient dû être effacées de ta mémoire, si le *Fear-gleidhidh* d'Avalon de Laurel avait accompli son devoir. Je t'en prie, ne crois pas que nous ne sommes pas reconnaissants. Il s'agit d'une question d'opportunité. Les dirigeants de ton monde — humains et autres — massacreraient un grand nombre de personnes pour obtenir cette arme.

— Je sais cela.

— Alors, tu comprends que c'est pour ton propre bien que tu dois rester ici.

— J'ai une famille. Tout comme Chelsea. Nous ne les quitterons pas.

— Ce n'est pas votre choix, dit sévèrement la reine. Nous ne sommes pas des monstres ; nous prendrons très bien soin de vous. Mais vous ne pouvez pas partir.

— Ce n'est pas *votre* choix, répliqua David avant qu'un autre puisse parler. Vous ne pouvez pas me garder ici.

Les yeux de la reine se plissèrent.

— Je ne vois pas pourquoi pas.

— J'ai Excalibur.

— Et tu peux la porter sur toi à Avalon jusqu'à ta mort, pour ce que j'en ai à faire, affirma-t-elle d'un ton qui mettait manifestement fin à la discussion.

— Combien voulez-vous parier que cette épée peut trancher les barreaux de ces portails ? demanda David d'une voix basse, mais perçante.

Le souffle de Laurel se coinça dans sa gorge ; David n'était certainement pas tenté de détruire la défense la plus importante d'Avalon ; si ?

— Arthur n'a jamais coupé les portails, rétorqua la reine, mais il y avait de l'incertitude dans son regard.

— Il ne voulait peut-être pas vraiment partir.

— Peut-être pas, répondit Marion. Ou bien il a pu réaliser le danger qu'une telle action irréfléchie pouvait poser pour Avalon. Il était peut-être trop noble pour cela.

David répondit par un regard noir, que la reine Marion lui rendit, mesure pour mesure.

— Je ne t'aiderai pas à les piéger, dit Jamison, interrompant leur guerre de pouvoir. S'ils me demandent d'ouvrir le portail, je le ferai.

— Alors, tu seras exécuté pour trahison, déclara Marion sans hésitation. Nous sommes peut-être un Conseil, *mais je suis toujours la reine.*

— Non ! hurla Yasmine, serrant le bras de Jamison, sa jeune voix résonnant d'une manière étrangement déplacée au milieu de cette discussion particulière.

— Yasmine, le même sort pour toi, dit Marion sans croiser son regard.

— C'est injuste ! dit Chelsea en se levant, les poings serrés. Elle n'a rien fait.

— Le choix appartient à l'humain, dit Marion en fixant inébranlablement David. Ce serait dommage si après tout le travail que tu as accompli, tu décidais d'exposer Avalon à des dangers encore plus grands.

David garda le silence et resta immobile, ses jointures blanches sur la poignée de l'épée. Pouvait-il réellement fendre le portail ? *Le ferait-il ?*

David tourna brusquement les talons et présenta son dos à la reine. Sans un mot, il sauta par-dessus la tranchée et resta sur place à regarder les corps autour de lui. Klea, Yuki, les guerriers stupides de Klea, la pelouse encore noircie qui recouvrait tout le cercle. Puis, il pivota et, rencontrant le regard de la reine, il enfonça l'épée dans la terre, presque jusqu'à la poignée.

Mais il ne la lâcha pas.

Il se contenta de s'accroupir, fixant un regard noir sur Marion pendant presque une minute entière. Tout le reste était silencieux.

Puis, il relâcha sa prise sur l'épée, un doigt à la fois, jusqu'à ce que son bras tombe, et il se leva et s'éloigna.

Quand il les rejoignit, David enroula les bras autour de Chelsea et enfouit son visage dans son cou, tremblant de tout son corps.

— Je suis désolé, chuchota-t-il. Je suis tellement, tellement désolé. Après tout ce que nous avons vécu, je ne peux pas... Je suis tellement désolé.

— Je sais, répondit Chelsea en le serrant.

Elle serra les paupières, et sa voix tremblota lorsqu'elle parla.

— Tu as fait la bonne chose. Hé, il y a de pires endroits au monde pour vivre, non ?

Laurel lança ses bras autour de ses deux amis ; derrière elle, Tamani se releva avec difficulté et les rejoignit, appuyant son poids sur l'épaule de Laurel.

— Les amis, je peux... commença-t-il dans un murmure.

— Je ne vais pas regarder cela se produire sans intervenir.

Ils se retournèrent tous pour découvrir Jamison debout, Yasmine calée sous son bras, le poussant vers le haut.

— Je vais ouvrir le portail pour eux. Et ensuite, je vais accepter mon châtiment.

— Jamison, non, dit Tamani à voix basse.

— Le temps m'est compté de toute façon ; ce serait un honneur, déclara Jamison, le menton haut.

Cependant, Tamani secouait déjà la tête.

— Personne ne va se sacrifier aujourd'hui. Pas même vous.

Jamison évalua Tamani du regard, mais après un moment ils semblèrent en venir à un genre d'entente que ne comprit pas Laurel, et Jamison recula d'un pas, silencieux à présent.

Tamani se tourna vers Laurel, David et Chelsea.

— Je vais arranger les choses, dit-il doucement.

— Comment ? voulut savoir Laurel. Nous ne pouvons pas juste...

— Si vous avez déjà eu confiance en moi un jour, chacun de vous, faites-moi confiance maintenant, murmura-t-il.

Il parcourut le cercle des yeux, croisant le regard de chacun. Ils hochèrent la tête.

Tamani se redressa avec un effort visible, parlant d'une voix assez forte pour que tout le monde l'entende.

— J'ai quelques petites choses à faire. Laurel, dit-il en se tournant vers elle, aiderais-tu Jamison à se rendre au portail du Jardin ?

— Tu ne peux pas le laisser faire cela pour nous, dit-elle à voix basse.

— S'il te plaît ? répondit-il.

Elle devait accepter de lui faire confiance. Elle hocha lentement la tête.

— Chelsea ? Viendrais-tu m'aider ?

Chelsea réussit à sourire.

— Bien sûr.

— Une heure ; je veux tout le monde réuni au portail du Jardin.

Tamani leva les yeux et rencontra le regard de la reine.

— Vous devriez y être aussi.

— Je n'ai pas l'habitude de recevoir des ordres comme une...

— Vous voudrez m'arrêter si je suis meilleur que vous croyez que je le suis, non ? l'interrompit Tamani, un sourcil arqué.

Jamais auparavant il n'avait autant ressemblé au protégé de Shar. Laurel se souvint comme il avait un jour tremblé en présence des fées d'automne, comme il s'était recroquevillé sous le regard de la reine — c'était comme si une autre fée se tenait devant elle aujourd'hui.

Marion garda le silence et Laurel comprit que Tamani l'avait piégée. Si elle ne s'y rendait pas, il se pouvait que Tamani réussisse. Mais, si elle venait, cela prouverait qu'elle avait peur.

Le contrôle ou les apparences ?

La reine Marion blêmit, puis elle pivota avec détermination et partit sans un mot. Toutefois, Laurel soupçonnait qu'en fin de compte, le monarque d'Avalon obéirait.

VINGT-SIX

Laurel regarda Tamani descendre péniblement la route vers le quartier du printemps, un bras lancé autour des épaules de Chelsea en guise de soutien. Il reprenait des forces de minute en minute, mais le sérum nettoyant le poison dans son organisme ne changerait pas le fait qu'il était nettement épuisé.

Ils l'étaient tous. Des cernes sombres pendaient sous les yeux de Chelsea et David ; le corps de Tamani avait été gravement malmené avant même que Klea l'empoisonne. Cependant, Chelsea prendrait soin de lui — Laurel savait sans aucun doute possible qu'elle pouvait se fier à son amie pour cela.

— Ce garçon a quelque chose en tête, dit Jamison, une étincelle dans les yeux. Je suis impatient de découvrir de quoi il s'agit.

Laurel hocha la tête, même si elle ressentait de la peur. Tamani avait prouvé son empressement à se sacrifier pour elle, et Laurel ne pouvait qu'espérer que ce ne fût pas son intention maintenant. Même si elle ne voyait pas ce que cela changerait. Elle aida Jamison à se mettre debout et elle prit l'un de ses bras pendant que Yasmine s'emparait de l'autre.

David se tenait tout près, hésitant, puis il les rejoignit, passant un bras sous celui de Laurel.

— C'est étrange que Klea soit morte, admit Laurel alors qu'ils avançaient lentement sur le sentier. J'ai l'impression d'avoir essayé de la comprendre et de me protéger d'elle en tout temps chaque jour depuis... plus d'une année, j'imagine.

— J'aurais aimé que les choses puissent se terminer autrement pour elle, avoua Jamison.

— Je n'ai pas ressenti de plaisir à me mettre dans sa tête, mais c'est seulement ainsi que j'ai pu enfin découvrir l'ingrédient final, dit Laurel.

— C'est parce qu'elle était dotée d'un esprit extrêmement intelligent. Et, peut-être encore plus important, elle avait un esprit *ouvert*. Elle était prête à poser des questions et à chercher les réponses d'une manière que d'autres fées ne peuvent même pas imaginer. En fin de compte, c'est ce qui l'a perdue, mais cela a aussi été son salut.

— Un jour, vous m'avez dit que je pouvais devenir aussi bonne que quelqu'un, mais vous n'avez pas précisé de qui il s'agissait. Parliez-vous d'elle ?

— En effet. J'ai souvent pensé à elle au cours des cinquante dernières années et au fait qu'Avalon avait été extrêmement perdante quand nous avons abandonné tout espoir pour elle.

Laurel hésita, puis elle lâcha tout à trac :

— Comment pouvez-vous vous souvenir de son potentiel après tout ce qu'elle a fait ? Quand je pense à Klea, je vois seulement la misère et la mort.

David lui pressa le bras avec compassion.

— Alors, essaie de te rappeler comme elle a souvent sauvé ta famille et tes amis.

— Nous n'avons jamais véritablement couru de danger, argumenta Laurel en se remémorant le premier soir où elle avait rencontré Klea.

La première fois qu'elle les avait « sauvés ».

— C'est elle qui a lâché ces trolls contre nous en premier lieu. Ce n'est pas pareil. Même lorsqu'elle nous a enlevés des griffes de Barnes, c'était parce *qu'elle* n'exerçait plus de contrôle sur lui.

— Ah ; mais tu m'as dit toi-même qu'elle a affirmé créer les meilleures toxines *et* les meilleurs antidotes. Je pense que le tonic de guérison que je t'ai donné a sauvé ton père et qu'il a également été administré à tes amis humains à l'occasion.

Laurel inspira brusquement, songeant à la petite bouteille bleue qu'elle gardait dans sa trousse à la maison.

— Elle a fabriqué cela ?

Jamison hocha la tête.

— J'ai rencontré peu de graines vraiment mauvaises dans ma vie. Même les personnes qui finissent par agir par envie ou par appât du gain ou par fierté égoïste ne perdent pas la capacité de poser des gestes d'amour. À la fin, même Yuki a retrouvé sa voie. Je suis désolé que Callista ait été incapable de l'imiter, mais je crois encore qu'elle a déjà été animée par la bonté à un moment donné.

— Ouais, dit Laurel sans en être convaincue.

Après avoir vu Tamani frôler la mort, elle n'était pas encline à avoir des pensées charitables à propos de Klea.

Jamison garda le silence un instant, puis il reprit :

— Je ne sais pas si je serai encore ici la prochaine fois que tu reviendras à Avalon.

— Jamison…

— Je t'en prie, l'interrompit-il, son visage presque étranger sous son expression sévère. C'est important. Si, si important.

Il marqua une pause et regarda autour de lui d'un air de conspirateur, puis il prit les deux mains de Laurel dans les siennes et il rencontra son regard.

— Il y a plus de cinquante ans que nous avons décidé de placer un scion dans le monde des humains et commencer à mettre notre plan en action. J'étais réticent. Je ne pensais pas que le moment était bien choisi. Cora était sur le point de se faner et je voyais quel genre de reine serait Marion. Mais j'ai été battu au vote. Puis, un jour, plusieurs années plus tard, ils nous ont amené une nouvelle fée d'hiver, fraîchement sortie de son germe.

Jamison enroula un bras paternel autour de Yasmine et elle leva un sourire vers lui.

— J'ai baissé les yeux sur cette minuscule fée d'hiver — qui était condamnée à ne jamais régner parce qu'elle était trop près de l'âge de Marion — et j'ai pensé à son potentiel gâché. Exactement comme Callista. Et j'ai su à ce moment-là que je ne pouvais pas laisser cela se reproduire. Des jours plus tard, ils ont amené les deux dernières candidates pour la position de scion.

— Mara et moi ? demanda Laurel, et Jamison hocha la tête.

— J'ai réalisé que je connaissais l'une des jeunes Mélangeuses. Je l'avais souvent vue quand je visitais l'Académie, observant la Jardinière prendre soin de la jeune pousse d'hiver. Cette petite Mélangeuse était la meilleure amie du fils de la Jardinière.

— Tamani, murmura Laurel.

— Et j'ai compris que c'était peut-être la réponse. Un scion — bon et gentil avec quelqu'un qui l'aimait à Avalon, l'aimait *sincèrement*, quelqu'un qui serait son ancre, qui pourrait l'inciter à revenir dans notre royaume.

» Mais pas les mains vides. J'avais besoin d'un scion qui ne regarderait pas les humains avec condescendance, mais qui les aimerait — un scion qui rejetterait les traditions et les préjugés si difficiles à désapprendre que je ne pouvais même pas me fier à un élixir de mémoire pour les effacer. Et si ce scion pouvait montrer aux fées d'Avalon qu'il y avait une autre façon ?

Pourrait-elle s'avérer une conseillère digne du trône ? Serait-ce possible de mener une révolution paisible — d'amener une gloire renouvelée, un nouveau mode de vie dans notre royaume ?

— Jamison ! haleta Laurel.

— Et pendant que ce scion apprenait une nouvelle façon de vivre, je pourrais enseigner à cette minuscule fée d'hiver à aimer toutes les fées à Avalon et non seulement celles qui détenaient le pouvoir. Et peut-être, je dis seulement peut-être, quand le moment serait venu, elle *aurait* une occasion de régner — la chance de faire d'Avalon l'endroit dont j'ai toujours rêvé en secret qu'il puisse devenir.

— Vous avez planifié ceci ! dit Laurel, le souffle court, essayant de comprendre l'étendue de la participation de Jamison. Vous m'avez choisie, vous avez aidé Tamani, vous avez *tout* planifié !

— Pas tout. Pas ceci, dit Jamison en désignant de la main les preuves de destruction autour d'eux. Jamais ceci. Mais après que Callista a été exilée, je devais agir. Je devais amorcer un changement. C'est notre secret, dit-il en reprenant son sérieux alors qu'il baissait les yeux sur Yasmine, puis reportait son regard sur Laurel. Et c'est maintenant le tien également. Avance lentement, ma jeune pousse qui n'est plus aussi jeune qu'avant. Les meilleurs changements durables se produisent graduellement ; pour atteindre de nouveaux sommets, un arbre doit d'abord étendre ses racines. Mais je te promets ceci : lorsque le moment sera venu — quand Avalon sera prêt et que tu seras prête à te joindre à nous ici —, Yasmine sera prête. Ensuite, nous pourrons avoir une véritable révolution. Petit à petit ; une révolution avec le soutien de toutes les fées d'Avalon. Et avec toi et Yasmine travaillant ensemble, Avalon pourra enfin être tout ce que nous avons toujours espéré.

Les yeux ronds, Laurel regarda Yasmine, retrouvant toute la bonté qu'elle avait toujours aimée en Jamison brillant dans les yeux de la jeune fée.

L'avenir d'Avalon, comprit Laurel et elle se fendit d'un sourire. Elle les observa tous les deux et hocha la tête, se joignant à eux en silence dans leur croisade secrète.

Ils recommencèrent à marcher pendant que Laurel tentait de bien saisir tout ce que Jamison avait fait — les graines qu'il avait plantées, littéralement et au sens figuré, et la récolte qu'il avait prévue même s'il savait qu'il ne vivrait pas assez longtemps pour la voir. Quand ils atteignirent le portail, l'air hébété, Laurel aida Jamison à s'asseoir sur le petit banc de pierre situé à l'intérieur des portes démolies du Jardin avec Yasmine à côté de lui, leur *Am Fear-faire* montant la garde de tous les côtés.

— Je... je reviens, murmura Laurel, ayant besoin de quelques minutes pour tout digérer.

Avec David sur ses talons, Laurel repassa par l'entrée et marcha un peu avant d'appuyer son dos contre le mur de pierre et de glisser au sol.

— Je ne peux pas croire qu'il a tout planifié, déclara-t-elle à voix basse.

— Et maintenant, il va mourir pour que cela se réalise, commenta David, la rejoignant par terre. Pour s'assurer que nous sortions d'ici.

Mais Laurel secoua la tête.

— Tamani trouvera quelque chose.

— Je l'espère.

Ils gardèrent longtemps le silence pendant que le soleil montrait le bout du nez à l'horizon et qu'une brise fraîche emmêlait les cheveux de Laurel. Elle s'éclaircit la gorge et dit :

— Je suis désolée que tu te sois retrouvé coincé avec l'épée.

— Pas moi.

— Bien, alors je suis désolée que tu aies été placé dans une situation où tu as dû tuer autant de trolls.

Il ne réagit pas, mais elle savait qu'il devait être tourmenté à l'intérieur.

— Ça a été — ça a été génial par contre. Tu as réellement sauvé la mise. Tu es mon héros, ajouta-t-elle, espérant qu'il s'enthousiasmerait devant le compliment.

David n'esquissa pas un sourire.

— Tu ne peux même pas imaginer ce que l'on ressent quand on prend cette épée.

Il haussa les épaules.

— En fait, peut-être le peux-tu. C'est peut-être ce que tu ressens lorsque tu pratiques la magie.

— Fais-moi confiance, les mélanges, ce n'est rien comme les cours d'économie domestique.

— Tu la touches, poursuivit David comme si elle n'avait pas parlé ; Laurel se tut pour le laisser continuer.

À l'évidence, il fallait que cela sorte.

— Et cette poussée de puissance se déverse en toi. Et elle ne disparaît pas tant que tu touches l'épée.

Laurel pensa à l'Arbre de vie et elle se demanda si cela s'apparentait.

— Et c'est la plus incroyable montée d'adrénaline du monde et tu ne peux pas t'empêcher de croire que... que tu peux tout faire.

Il baissa les yeux sur ses mains serrées sur ses cuisses.

— Mais même l'épée imbattable ne peut me donner ce que je désire vraiment.

Il hésita et Laurel sut ce qui allait suivre.

— Nous ne reviendrons pas ensemble, n'est-ce pas ?

Laurel regarda ses pieds et secoua la tête.

Elle vit son visage s'effondrer, mais il ne dit rien.

— J'aimerais, commença Laurel en hésitant, j'aimerais qu'il y ait une façon pour que personne ne soit blessé dans tout cela. Et je déteste être celle qui provoque la douleur.

— Je pense qu'il vaut mieux le savoir, par contre, dit David.

— Je ne le savais pas, dit Laurel. Pas avec certitude. Pas avant que je sois sur le point de le perdre.

— Bien, regarder la mort en face a tendance à remettre les choses en perspective, déclara David en s'appuyant contre le mur.

— David, dit-elle en essayant de trouver les bons mots. Je ne veux pas que tu penses que tu as fait quelque chose de mal ou que tu n'étais pas assez bien. Tu as été le petit ami parfait. Toujours. Tu aurais fait n'importe quoi pour moi et je le *savais*.

David conserva sa pose, mais il ne voulut pas croiser son regard.

— Et je ne sais pas, continua-t-elle, si cela améliore ou empire les choses, mais tu dois savoir à quel point je t'ai aimé — à quel point j'ai eu *besoin* de toi. Tu es la meilleure chose qui aurait pu m'arriver au lycée. Je ne sais pas ce que j'aurais fait sans toi.

— Merci pour ça, répondit David, l'air sincère. Et ce n'est pas comme si je ne l'avais pas vu venir. Je veux dire, j'espérais le contraire, mais...

Laurel détourna les yeux.

— Je pense que Tam est la seule personne au monde qui pourrait t'aimer autant que moi, admit-il à contrecœur.

Laurel hocha la tête, mais elle garda le silence.

— Donc, resteras-tu ici avec lui?

— Non, répondit fermement Laurel, et David leva les yeux, étonné. Ma place n'est pas ici, David. Pas encore. Un jour peut-être. Si — *quand* Yasmine deviendra reine, elle aura besoin de moi, mais pour l'instant, Avalon a vraiment besoin d'une personne dans le monde des humains, exactement comme l'a dit Jamison. Quelqu'un pour leur rappeler à quel point les humains sont extraordinaires. À quel point *tu* es extraordinaire, ajouta-t-elle. Et j'ai l'intention de faire cela.

— Laurel ?

Il y avait une pointe de désespoir dans sa voix, un profond chagrin dont elle *se* savait responsable.

— Ouais ?

Il resta silencieux un long moment et Laurel se demanda s'il avait changé d'avis au moment où il lâcha :

— Nous aurions pu survivre. Si cela n'avait pas été de... lui, nous aurions vécu le véritable amour. Toute notre vie. Je le crois sincèrement.

Laurel sourit tristement.

— Moi aussi.

Elle se lança dans les bras de David, pressant sa joue contre son torse chaud, de la même manière qu'elle l'avait étreint d'innombrables fois déjà. Mais il y avait quelque chose de plus cette fois, alors qu'il enroulait ses bras autour d'elle et la serrait en retour. Et elle savait que, malgré le fait qu'elle le reverrait probablement tous les jours d'ici la remise des diplômes, c'était un adieu.

— Merci, chuchota-t-elle. Pour tout.

Un mouvement en périphérie attira son regard ; il était loin, mais elle le reconnut immédiatement. Tamani avançait seul péniblement sur le sentier, à peine capable de poser un pied devant l'autre. Pendant qu'elle l'observait, il trébucha et rétablit tout juste son équilibre.

Laurel haleta et elle fut debout en un instant.

— Je dois aller l'aider, déclara-t-elle.

David rencontra son regard et le retint plusieurs secondes avant de regarder au sol et de hocher la tête.

— Vas-y, dit-il. Il a besoin de toi.

— David ? Parfois...

Elle tenta de se rappeler comment Chelsea lui avait expliqué cela une fois.

— Parfois, nous sommes tellement occupés à regarder une chose, une... personne... que nous ne voyons rien d'autre. Peut-être... peut-être est-il temps pour toi d'ouvrir les yeux et de regarder autour de toi.

Son message transmis, Laurel pivota et se dirigea vers Tamani sans un regard en arrière.

VINGT-SEPT

— Tamani ! cria Laurel en courant vers lui.

Il leva les yeux et Laurel y vit la joie pendant une seconde. Puis, son expression s'assombrit. Il cligna des paupières et regarda le sol, faisant courir ses doigts presque nerveusement dans ses cheveux.

Laurel se blottit sous son bras valide, voulant le gronder parce qu'il tentait d'en faire trop. Sous les bouts de ses doigts, Laurel pouvait sentir l'absence totale de trace de la virulente toxine de Klea, ce qui était encourageant, mais ses plaies étaient assez graves en soi.

— Est-ce que ça va ?

Il secoua la tête et son regard était hanté comme elle ne l'avait jamais vu. Hier, elle avait pris accessoirement conscience qu'il refoulait ses émotions pour réaliser les tâches du moment. Mais ici, sans personne d'autre autour que Laurel, sans aucune vie à sauver, il avait baissé la garde et s'était permis de vraiment *ressentir* ses émotions. Et cela paraissait.

— Non, répondit-il d'une voix tremblante. Je ne vais pas bien. Et je ne pense pas que j'irai bien avant un bon bout de temps. Mais je vais vivre, ajouta-t-il après une brève pause.

— Assieds-toi, dit-elle en lui faisant quitter le sentier pour s'installer sur un bout de pelouse où un grand pin leur offrait de l'ombre, non seulement pour les protéger du soleil levant, mais aussi des yeux curieux.

Juste un court moment, elle le voulait pour elle seule.

— Où est Chelsea?

— Elle sera ici bientôt, répondit-il avec lassitude.

— Où étiez-vous?

Il resta silencieux un long moment.

— Chez Shar, répondit-il enfin d'une voix qui se cassa.

— Oh, Tam, souffla-t-elle, les mains serrées sur les épaules de Tamani.

— C'était sa dernière volonté, dit-il, une unique larme traçant une ligne sur son visage un instant avant qu'il détourne les yeux et l'essuie avec sa manche.

Laurel avait envie d'enrouler ses bras autour de lui, de lui offrir une épaule pour pleurer, de lisser ces affreuses rides sur son front, mais elle ne savait pas par où commencer.

— Tamani, que se passe-t-il?

Il avala sa salive, puis il secoua la tête.

— Je vais vous faire rentrer en Californie, tu verras. Toi et Chelsea et David.

— Mais…

— Mais je ne viens pas avec vous.

— Tu… tu dois venir, déclara Laurel, mais Tamani secouait la tête.

— Je vais dire à Jamison que je ne peux pas respecter mon serment à vie. Il va m'aider, d'une manière ou d'une autre. Je vais te trouver le meilleur gardien à Avalon, je le promets, mais… ce ne sera plus moi.

— Je ne veux pas d'un autre gardien, affirma Laurel, le cœur vide, paniquée.

— Tu ne comprends pas, reprit Tamani sans la regarder. Il ne s'agit pas de nous ; je ne peux pas être ton *Fear-gleidhidh*… avec efficacité. Avec le recul, je n'aurais même jamais dû essayer ; si j'avais fait mon travail correctement, rien de tout ceci ne se serait produit. Quand j'ai… quand j'ai cru que tu étais morte, je suis devenu fou. Je ne me reconnaissais franchement plus. J'avais *peur* de la personne que j'étais devenu. Je ne peux pas vivre en sachant toujours que je pourrais te perdre à tout moment ; que je pourrais ressentir cela de nouveau.

Il hésita.

— C'est trop dur.

— Non, non, Tam, commença-t-elle en lui caressant les cheveux, la joue. Tu ne peux pas, pas maintenant, pas…

— Je ne suis pas aussi bon que tu le penses, Laurel, protesta-t-il, le désespoir plein la voix. Je ne me fais plus confiance pour te protéger.

— Alors trouve quelqu'un d'autre pour remplir ce rôle s'il le faut, dit-elle, la mâchoire serrée, mais ne me quitte pas !

Elle se glissa vite plus près et prit son visage entre ses mains, elle attendit qu'il trouve le courage de lever les paupières et de la regarder.

— Peu importe où nous irons aujourd'hui, je veux que tu sois avec moi et que tu ne me quittes plus jamais.

Son souffle saccadé touchait le visage de Laurel à présent, elle dont le corps était collé contre son torse, sentant que son âme l'attirait comme un aimant.

— Je me fous si tu me gardes et me protèges — tout ce que je veux, c'est que tu *m'aimes*. Je veux que tu m'embrasses chaque soir avant de m'endormir et chaque matin quand je me réveille. Et pas seulement aujourd'hui ; demain et après-demain et chaque jour du reste de ma vie. Viendras-tu avec moi, Tamani ? Pour *être* avec moi ?

Laurel lui leva le menton jusqu'à ce que leurs visages soient à la même hauteur. Tamani ferma les yeux et elle put sentir sa mâchoire trembler sous ses mains. Elle frôla ses lèvres des siennes, se délectant de la douceur veloutée de sa bouche contre la sienne. Comme il ne s'écarta pas, elle pressa sa bouche plus fermement, convaincue sans savoir pourquoi de la nécessité de progresser lentement, de persuader son âme en miettes avec mille précautions qu'elle pensait chaque mot.

— Je t'aime. Et je te demande...

Elle ouvrit la bouche très légèrement et fit délicatement traîner ses dents sur la lèvre inférieure du garçon, sentant tout son corps trembler sous elle.

— Non, corrigea-t-elle, je te *supplie* de venir avec moi.

Et elle pressa sa bouche sur la sienne et murmura contre ses lèvres :

— Pour toujours.

Il resta sans réaction quelques secondes.

Puis, un gémissement s'échappa de sa gorge et il enfonça ses doigts dans la chevelure de Laurel, ramenant sa bouche sur la sienne avec un appétit féroce.

— Embrasse-moi, chuchota-t-elle. Et n'arrête pas.

La bouche de Tamani enveloppa la sienne et leur douceur partagée goûtait l'ambroisie pendant qu'il lui caressait les paupières, les oreilles, le cou, et Laurel s'émerveilla devant l'étrangeté du monde. Elle l'aimait ; elle l'avait toujours aimé. Elle l'avait même su, sans savoir comment.

— Es-tu sûre ? murmura Tamani, ses lèvres frôlant doucement ses oreilles.

— Je suis *tellement* sûre, répondit-elle, ses mains serrant le devant de son chandail.

— Qu'est-ce qui a changé ?

Il l'écarta de son visage, ses doigts s'attardant sur ses tempes, frôlant tout juste ses cils.

Laurel reprit son sérieux.

— Quand je t'ai apporté la potion, j'ai pensé qu'il était trop tard. Et je venais juste de la prendre moi-même. Et tout ce que je voulais à ce moment-là était de ne plus être guérie. De mourir avec toi.

Tamani pressa son front contre le sien et leva une main pour caresser sa joue.

— Je t'aime depuis longtemps. Mais il y avait toujours quelque chose qui me retenait. J'avais peut-être peur d'une émotion qui était tellement dévorante. Elle m'effraie encore, admit-elle dans un murmure.

Tamani rigola.

— Si cela peut t'aider, elle me flanque la frousse régulièrement.

Il fit pleuvoir des baisers sur elle, ses doigts pressés dans son dos et sur sa taille. Laurel réalisa que le torse de Tamani tremblait convulsivement.

— Quoi ? demanda-t-elle en s'écartant. Qu'est-ce qui cloche ?

Mais il ne pleurait pas : il riait !

— L'Arbre de vie avait raison depuis le début.

— Quand tu as reçu ta réponse ?

Il hocha la tête.

— Tu as dit qu'un jour tu me révélerais ses propos. Le feras-tu aujourd'hui ?

— Dévoue-toi.

— Quoi ?

— L'arbre a seulement dit : *dévoue-toi.*

Il fit courir une main dans ses propres cheveux, souriant légèrement.

— Je ne comprends pas.

— Je n'avais pas compris non plus. J'étais déjà ton *Fear-gleidhidh* ; j'avais engagé ma vie pour te protéger. Quand l'arbre m'a dit cela, je me suis dit que tu étais pratiquement à moi. Facile.

— Et ensuite je t'ai dit de t'en aller, murmura Laurel, le chagrin s'installant profondément en elle à ce souvenir.

— Je comprends pourquoi tu l'as fait, affirma Tamani, entremêlant ses doigts aux siens. Et cela valait probablement mieux pour nous deux à long terme. Mais cela a fait mal.

— Je suis désolée.

— Ne le sois pas. J'écoutais l'arbre et mes propres désirs égoïstes alors que j'aurais dû t'écouter, *toi*. Je pense que je sais ce que l'arbre a voulu dire maintenant, déclara-t-il, sa voix grondant contre son oreille. Je devais te vouer ma vie — pas pour te guider ou pour te protéger, mais me dévouer à *toi*, complètement, corps et âme. Je devais cesser de m'inquiéter de savoir si tu ferais un jour la même chose pour moi. D'une certaine façon, c'est ce que ma venue dans le monde des humains a fait et la raison pour laquelle je n'étais pas certain de pouvoir supporter d'y retourner.

Il passa un doigt sur son visage.

— Avant, j'étais dévoué à une idée — à l'amour que je ressentais pour toi. Mais pas à *toi*. Et je pense que tu l'as senti, sinon tu m'aurais rejeté.

— Peut-être, dit Laurel, même si pour l'instant elle ne pouvait pas imaginer une seule raison de le rejeter.

Les doigts du garçon trouvèrent son menton, le levant pour qu'il puisse la regarder en face.

— Merci, dit-il à voix basse.

— Non, répondit-elle en faisant courir un doigt sur sa lèvre inférieure, merci à *toi*.

Puis, elle attira son visage vers elle, leurs lèvres se rencontrèrent et fusionnèrent à nouveau. Elle aurait aimé pouvoir rester là toute la journée, toute l'année, pour l'éternité, mais la réalité reprit lentement ses droits.

— Tu ne m'as toujours pas dit ce que tu manigances, dit-elle enfin.

— Encore une minute, dit Tamani en souriant contre ses lèvres.

— Nous n'avons pas besoin de minutes, répliqua-t-elle. Nous avons l'éternité.

Tamani s'écarta pour la regarder, ses yeux brillants d'émerveillement.

— L'éternité, chuchota-t-il avant de l'entraîner dans un autre baiser.

— Donc, est-ce que cela veut dire que nous sommes entrelacés? demanda Laurel, une pointe de chagrin assombrissant son bonheur alors qu'elle répétait le mot qu'avait utilisé Katya il y avait si longtemps, pour décrire un couple de fées engagées l'une envers l'autre.

— Je crois que si, répondit Tamani, rayonnant.

Il se pencha plus près d'elle, son nez touchant le sien.

— Une sentinelle et une Mélangeuse ? Nous allons causer tout un scandale.

Laurel sourit.

— J'aime un bon scandale.

— Je t'aime, *toi*, murmura Tamani.

— Je t'aime aussi, répondit Laurel, savourant les mots en les prononçant.

Et avec eux, le monde était neuf et radieux — il y avait de l'espoir. Il y avait les rêves.

Mais surtout, il y avait Tamani.

VINGT-HUIT

LAUREL N'AVAIT PAS VU AUTANT DE FÉES RÉUNIES EN UN MÊME lieu depuis Samhain. Alors qu'elle était occupée avec Tamani, elles avaient passé en foule le portail du Jardin, s'étaient alignées devant les remparts et regroupées autour des entrées, déversées à l'extérieur dans les arbres en sortant par les brèches percées dans les murs par les trolls. La plupart portaient les tenues pratiques des fées de printemps, mais il y avait des fées d'été flamboyantes et quelques fées d'automne parmi elles. En fait, le seul groupe que Laurel ne vit pas représenté était celui des sentinelles vêtues selon le cérémonial d'usage dont le travail aurait probablement consisté à évacuer la populace du Jardin. Chagrinée, elle se demanda si des sentinelles avaient survécu.

David n'avait pas bougé de l'endroit où elle l'avait laissé ; il se leva quand Laurel et Tamani approchèrent, et Laurel essaya de ne pas constater la tristesse dans ses yeux. Elle ne pouvait pas le protéger de cela et elle était profondément perturbée de lui avoir infligé une blessure qu'elle ne pouvait pas guérir. Mais au moins, en réalisant que le temps était venu de le laisser partir, elle n'aggraverait pas sa douleur.

— Elle devrait déjà être ici, déclara Tamani à voix basse.

— Qui ?

— Chelsea ; ah ! Nous y voilà.

Laurel se tourna pour voir Chelsea arriver par le sentier avec d'autres fées de printemps et d'été dans son sillage.

— Tamani, commença Laurel, sentant un rire nerveux bouillonner dans sa gorge. Sérieusement, tu dois me le dire ! Qu'as-tu fait ?

— J'ai demandé à Chelsea d'informer les Voûtes et les Diams que Marion était sur le point de piéger leur héros pour toujours à Avalon ou d'exécuter Jamison et qu'elles devraient venir... euh... *regarder*.

— Non ! s'écria Laurel, ravie.

— Crois-moi, reprit Tamani avec regret, ce qui va se passer maintenant devrait être vu par autant de fées que possible.

Quand Chelsea les rejoignit, Tamani l'attira à lui et planta un baiser affectueux sur son crâne.

— Merci. Et pas seulement pour ceci, dit-il en désignant de la main la foule autour d'eux. Pour tout.

Chelsea rayonna alors que Laurel se tournait et indiquait à David de les rejoindre. Ensemble, ils traversèrent les portes démolies du Jardin ; la foule s'écarta devant eux avec des sourires et des remerciements, quelques-unes des fées les prévenant dans un murmure que les fées d'hiver attendaient aux portails.

Pendant qu'ils sortaient du lieu clos bondé, avec ses sentiers de terre riche et ses énormes arbres couverts de mousse, Laurel s'émerveilla de voir comme si *peu* de choses avaient changé malgré les batailles de la veille. La pelouse était piétinée et plusieurs des arbres donnaient l'impression d'avoir été pris dans une vilaine averse de grêle, mais les corps avaient été ramassés, les armes enlevées. Avalon avait souffert d'une sérieuse blessure, mais comme Tamani, elle était déjà sur la voie de la guérison.

Comme Laurel le soupçonnait, les trois fées d'hiver d'Avalon attendaient sur un banc de marbre près des portails, entourées par une ribambelle d'*Am Fearfaire* — la reine Marion incapable d'abandonner son pouvoir exercé d'une main de fer. Se souvenant de sa conversation avec Jamison, Laurel sourit intérieurement. Il faudrait encore du temps, mais Laurel avait hâte au jour inévitable où elle et Yasmine — bien, Avalon au grand complet en fait — lui arracheraient ce contrôle.

Elles étaient cernées de groupes de nombreuses fées de printemps et d'été, certaines enveloppées de bandages ou affichant des coupures et des égratignures dues aux batailles de la veille — et même ici, quelques Mélangeuses pratiquaient leur métier, soignant les blessés ayant besoin de soins et qui, on pouvait le supposer, avaient refusé de manquer le spectacle pour autant. Le murmure d'une conversation à la fois excitée et furieuse bourdonnait au-delà du portail du Jardin et électrifiait l'atmosphère.

Au centre de tout cela, les portails dorés à quatre côtés brillaient, leurs minuscules fleurs scintillant chaleureusement dans la lumière du matin.

— Nous partons, dit Tamani à Jamison, sans même relever la présence de la reine.

— Je ne crois pas, déclara Marion en se levant. J'ai déjà rédigé mon décret — si Jamison ou Yasmine ouvre le portail, il s'agira d'un acte de trahison punissable de mort.

Les fées rassemblées poussèrent un halètement collectif.

— Tu as rassemblé toute une foule, ajouta Marion. Pensais-tu m'intimider avec leur présence ?

— Pas du tout, répondit Tamani.

Son ton se voulait nonchalant, mais Laurel sentait la tension dans son corps.

— Je souhaitais qu'elles entendent toutes de leurs propres oreilles l'avis de la reine sur ce sujet.

— Je n'ai pas l'habitude de faire des apparitions pour vous *distraire*.

Marion fronça les sourcils.

— Gardes du portail, accomplissez votre devoir. Évacuez le Jardin ; cette audience est terminée.

Quelque part dans la foule, la capitaine des gardes du portail émergea avec quatre sentinelles. Elles donnaient l'impression d'avoir traversé l'enfer en rampant sur le ventre ; elles portaient toujours leurs armures de la veille et elles avaient du sang séché sur les mains. Laurel comprit que c'était *elles* qui avaient nettoyé la clairière du Jardin des trolls vaincus — et de leurs amis tombés. Elles avaient dû rester debout toute la nuit.

— Je suis désolée, Votre Grâce, dit la capitaine d'une voix râpeuse. Nous sommes trop peu nombreuses.

Les yeux de Marion s'arrondirent sous le choc. Pendant un moment, Laurel se demanda si la reine pouvait véritablement ignorer le nombre de sentinelles qui étaient mortes en protégeant les portails.

— Tu obéiras sinon je te retire de tes fonctions, déclara-t-elle enfin ; Laurel réalisa qu'elle était étonnée que quelqu'un lui ait dit non.

Avec une révérence, la capitaine du portail sortit une épée à long manche brillante du fourreau à sa taille. Les sentinelles derrière elle l'imitèrent et pendant un instant, Laurel craignit qu'elles retournent leurs armes contre le public rassemblé. Elle sentit ses doigts s'enfoncer dans le bras de Tamani ; elle ne pensait pas pouvoir supporter un jour de combat supplémentaire.

La capitaine leva son épée, passa devant le visage de Laurel et rencontra le regard de Tamani — regard d'acier contre regard d'acier.

Puis, elle lança son épée sur le sol et allongea le bras, les priant de marcher vers la sortie. Les autres sentinelles reculèrent en une courte file et lâchèrent également leurs armes.

Marion était trop en colère pour parler, mais c'était sans importance ; tout ce qu'elle aurait pu dire aurait été noyé sous les encouragements cacophoniques de la foule. Quand elle retrouva enfin la parole, elle s'adressa à Jamison et Yasmine.

— Arrêtez-les, dicta-t-elle. Je vous l'ordonne. Mettez-les en état d'arrestation.

— Non, répondit Yasmine en se levant.

— Pardon ? dit Marion, tournant le visage vers la jeune fée qui rejoignait à peine son épaule.

Yasmine arqua un sourcil et monta sur le banc de pierre afin que ses yeux se trouvent à la même hauteur que ceux de la reine.

— J'ai dit non, répéta Yasmine d'une voix assez forte pour que les légions de fées «inférieures» rassemblées puissent l'entendre. Si tu veux les arrêter, tu devras t'en charger toi-même — et je ne sais pas pourquoi, je ne crois pas que cela va te gagner un seul admirateur aujourd'hui.

— Tam, intervint Jamison en s'avançant d'un pas. Permets-moi d'accomplir ce dernier geste de courtoisie. Cela ne me dérange pas de mourir, pas pour une personne aussi noble qu'un seul d'entre vous, encore moins pour quatre.

— Mais elle ne peut pas vraiment vous exécuter, non ? demanda Chelsea. Toi et Yasmine venez de la vaincre — tout le monde l'a vu !

Jamison sourit avec bonté.

— Une fois que vous serez tous en sécurité, il se peut que j'aie la possibilité de résister à son décret, mais qu'adviendrait-il d'Avalon ? Marion n'est pas sans partisans. Je ne laisserai pas ma patrie ravagée par la guerre civile, pas quand le prix à payer pour la paix est aussi peu élevé que celui de ma propre vie en déclin.

— Non, dit fermement Tamani. Vous en avez assez fait. Plus qu'assez.

Il leva la voix et s'adressa à la foule dans son entier.

— Il y a déjà eu beaucoup trop de morts ici à Avalon. Personne d'autre ne mourra pour moi.

Il jeta un regard noir à Marion.

— Pas aujourd'hui.

— Tu préserves la vie de Jamison en échange de ta liberté ? dit Marion, mais elle semblait se méfier de lui.

Avant que Jamison puisse répliquer, Tamani s'inclina à la taille devant la vieille fée d'hiver.

— Je pense qu'il est temps que j'assume entièrement mon rôle de *Fear-gleidhidh* de Laurel et que je démissionne de mon poste au portail en tant que sentinelle.

Jamison hocha la tête, mais il regardait Tamani avec méfiance.

Tamani rendit son regard scrutateur à Jamison pendant plusieurs secondes avant de prendre la fée plus âgée dans ses bras.

— Je sais qu'il s'agit probablement d'un adieu, dit Tamani. Alors merci, pour tout.

Chelsea tenait encore le bras de David d'un côté et Laurel de l'autre, mais Laurel s'écarta pour avancer et enrouler ses bras elle aussi autour de Jamison, commençant à croire qu'elle ne le reverrait peut-être jamais — peu importe le tour que Tamani avait dans sa manche, il semblait assez sûr de lui. Elle tenta de parler, mais les mots ne vinrent pas. C'était sans importance. Jamison comprit.

— Et en ce qui vous concerne, reprit Tamani en levant les yeux sur Marion qui restait debout, le regard rempli de venin. Je soupçonne que vos jours de reine sont comptés.

Marion ouvrit la bouche, mais Tamani pivota, guidant Laurel, David et Chelsea vers le portail.

— Je n'avais pas terminé, dit Marion d'une voix perçante, sa maîtrise envolée.

— Oh, oui, vous avez terminé, déclara Tamani sans se retourner.

Ils avaient avancé de trois pas quand ils entendirent le grondement de rage de Marion, et Laurel se tourna pour voir d'immenses branches voler vers eux comme des lances mortelles.

— Tam! hurla Laurel, et il lança ses bras autour d'elle et de Chelsea alors qu'elles se baissaient vivement par terre.

Des bruits mats résonnèrent tout autour de Laurel, et après quelques secondes, elle leva la tête. Toutes les sentinelles du portail avaient relevé leurs boucliers et s'étaient positionnées devant les branches, essuyant le gros de l'attaque. Si c'était possible, les encouragements de la foule rugirent plus fort pendant que Tamani restait fièrement debout, fixant furieusement Marion, qui avait les mains encore levées, prête à commander à la nature.

Après un moment, ses mains retombèrent sur ses flancs.

Mais ils n'avaient pas encore gagné.

— Peux-tu vraiment nous faire traverser sans aide? demanda Chelsea quand ils atteignirent le portail doré orné et qu'ils regardèrent l'obscurité à l'intérieur.

Tamani hocha la tête.

— Je le crois.

— Pourquoi ne nous l'as-tu pas révélé plus tôt? s'enquit David.

Tamani croisa sans ciller le regard de David.

— Je souhaitais te voir refuser de détruire les portails.

David ravala sa salive.

— As-tu douté de moi?

Tamani secoua la tête.

— Pas une seule *seconde*. Rassemblez-vous, dit-il à voix basse. Je ne veux pas que quelqu'un voie cette partie.

Laurel, David et Chelsea formèrent un demi-cercle autour de Tamani, qui ferma les yeux et inspira profondément. Puis, il mit la main dans sa poche et sortit une lourde clé dorée, parsemée de minuscules diamants comme ceux au centre des fleurs décorant les portails.

Alors qu'il la tendait vers les barreaux dorés brillants qui s'élevaient entre eux et la Californie, le loquet scintilla et oscilla comme un mirage.

Et là où il n'y avait jamais eu de trou de serrure auparavant, il en apparut un.

Laurel observa avec émerveillement Tamani insérer la clé et la tourner. Avec des mains qui tremblaient visiblement, il poussa le portail doré.

Il s'ouvrit et toute la population dans le Jardin haleta à l'unisson.

— Où l'as-tu eue ? souffla Laurel.

— Yuki l'a fabriquée pour moi, répondit simplement Tamani, l'empochant de nouveau et tenant le portail ouvert pour eux tous. Venez. Rentrons à la maison.

Laurel marqua une pause. Puis, elle prit la main de David et l'enroula autour de celle de Chelsea. Après un long moment, il hocha la tête et guida Chelsea à travers le portail et hors d'Avalon. Laurel jeta un dernier regard en arrière avant de suivre et elle vit la reine, son visage l'image même de la stupéfaction ; Jamison, le poing levé en signe de victoire, des applaudissements rugissant autour de lui ; Yasmine, toujours debout sur le banc, l'air jusqu'au bout des ongles de la reine que Laurel savait avec certitude qu'elle deviendrait un jour.

Souriant largement, elle entrelaça ses doigts avec ceux de Tamani, et ensemble ils sortirent sous la brillante lumière des étoiles de la Californie. Laurel réfléchit aux paroles que Tamani venait de prononcer. Techniquement, elles étaient vraies ; ils rouleraient bientôt dans la voiture de David, en route vers la maison où elle vivait. Mais elle connaissait maintenant la vérité. Avec Tamani à ses côtés — sa main dans la sienne —, elle était chez elle.

MOT DE L'AUTEURE

Malgré le fait qu'il s'agit d'une série sur les fées, la question sous-jacente qui a toujours inspiré le récit est : *Comment un humain ordinaire réagirait-il en découvrant la véritable magie dans le monde ?* Et cette question est incarnée dans le personnage de David encore plus que dans celui de Chelsea. En quelque sorte, l'histoire d'*Ailes* est à propos de lui. Et après une telle épopée, que peut espérer le membre rejeté de mon triangle amoureux surnaturel ? Particulièrement un humain.

Ce qui suit est la véritable fin — la façon dont j'ai décidé de conclure la série avant même que le premier livre soit écrit. Cependant, comme elle est très réaliste, elle est également inévitablement douce-amère. Donc, si vous préférez vos fins heureuses et sans tache ou si vous aimez simplement David autant que moi, vous devriez peut-être arrêter votre lecture ici.

Vous voilà prévenus.

LE MOT DE LA FIN

Chère Chelsea,

Félicitations ! Je suis tellement excité pour toi et Jason. Je ne peux pas croire que tu sois déjà maman ; j'ai l'impression que le mariage a eu lieu hier seulement. Et même si tu les détestais, j'espère que la petite Sophie héritera de tes boucles. J'ai toujours pensé qu'elles étaient belles. J'ai inclus un petit cadeau pour elle. Mais il nécessite probablement une explication.

Il était une fois, une fée qui a volé mon cœur.

Ce que j'ignorais à cette époque est qu'elle ne me l'avait pas volé. Tu l'avais acheté en livraison différée depuis des années. Mais avant que tu aies pu effectuer le dernier versement, elle est partie avec. Et je n'ai jamais compris comment tu as pu le lui pardonner aussi facilement.

Mais alors, il y avait beaucoup de choses que je ne comprenais pas à ton sujet à ce moment-là. Je chéris le temps que nous avons passé ensemble à Harvard — tu étais formidable, chaque jour, détournant mes pensées de cette île lointaine et me rappelant de respirer, tout simplement. J'avais besoin de ce rappel. C'est toujours le cas. Je pense que tu ignores totalement que tu m'as littéralement sauvé la vie très souvent — particulièrement au cours de ces nuits difficiles, quand j'avais peur de dormir, peur d'affronter ces cauchemars, et tu te contentais de rester allongée à côté de moi et de me parler jusqu'au petit matin.

Quand tu as poursuivi ta route — il est peut-être plus juste de dire lorsque je t'ai poussée à partir —, je ne savais pas comment j'allais survivre. J'ai essayé de me garder occupé, de m'ensevelir sous le travail scolaire… l'école de médecine a été bonne pour cela ! Toutefois, j'en suis venu à comprendre pourquoi tu étais partie et avec le temps, j'ai dû affronter les choses qui me retenaient. Je sais à quel point tu t'es inquiétée de mon attachement à Laurel, mais à la fin, ce n'est pas Laurel que je n'ai pas réussi à oublier.

C'est Avalon.

Quand je m'éveillais en hurlant dans la nuit, tu ne m'as jamais demandé pourquoi. Je t'ai aimée pour cela. Bien sûr, tu pouvais sûrement deviner que les trolls figuraient massivement dans ces rêves. Mais les cauchemars passés à revivre ce jour-là à Avalon n'étaient pas ma pire souffrance. Parfois, je rêvais que j'avais apporté cette épée maudite à la maison et avec elle l'obligation de régner sur le monde. À l'occasion, je rêvais d'avoir conquis Avalon, aussi, et les secrets des fées, l'éradication de la souffrance, de la faim et des maladies. Dans ces rêves, je suis exactement le tyran qu'aspirait à devenir Klea et pire que cela : presque tout le monde m'aime à cause de cela.

C'est après ces rêves que le réveil est le plus difficile. Quand j'effectue mes tours de garde et qu'une personne m'amène un enfant malade ou blessé et que je vois d'un seul coup d'œil que ses chances sont minces, je dois me retenir à deux mains pour ne pas le faire transporter par avion jusqu'à Orick, frapper à la porte de Laurel et la supplier de me donner sa petite bouteille bleue miraculeuse. Mais je sais que cela ne fonctionne pas ainsi. Peux-tu imaginer les guerres qui feraient rage pour soumettre Avalon, si ses secrets étaient largement connus ?

Je résiste à l'envie de recommencer cette lettre pour la centième fois. Je ne veux pas avoir l'air triste. Je suis désolé. Mais Chelsea — les choses que nous savons ! Les fées, les trolls, la magie ! Des choses que la majorité des gens rejettent comme étant des fantaisies d'enfant. Mais nous connaissons la vérité — la réalité. Que le monde que nous voyons n'est qu'une ombre de ce qui existe véritablement. Je ne sais pas comment m'empêcher de le crier sur les toits parfois. Cependant, nous savons tous les deux où cela nous mènerait, et le blanc pur n'a jamais été ta couleur ni la mienne.

En tout cas, j'ai rencontré quelqu'un et j'ai très hâte de la présenter à la bande de Crescent City. Je crois que tu vas l'aimer. En fait, nous sommes ensemble, par intermittence, depuis plus d'un an et j'ai pris la décision de la demander en mariage. Franchement, je pense qu'elle a fait preuve de beaucoup de patience en attendant que je m'engage.

Toutefois, après t'avoir fréquentée, j'avais décidé que si l'amour revenait dans ma vie, je devais faire les choses correctement. Je devais découvrir une façon de laisser Avalon derrière moi — d'arrêter de m'attarder sur le passé et de me permettre de tourner le visage vers l'avenir. Et il y avait une solution évidente. Une solution que je ne pensais jamais un jour prendre en considération. Et je soupçonne qu'alors même que tu lis ces mots, tu sais de quoi je parle. C'est en partie la raison pour laquelle j'écris au lieu de téléphoner. Je ne sais pas si je pourrais être de taille contre l'un de tes célèbres sermons. Quand tu recevras ceci, le fait sera accompli et j'espère que tu me pardonneras.

Je suis allé voir Laurel et Tam. Pardonne-lui à elle aussi d'avoir accepté de te le cacher. Si cela peut aider, il m'a fallu argumenter beaucoup.

Laurel a passé des mois à peaufiner un élixir de mémoire qui retirera de mon esprit tout ce qui concerne Avalon. Cela va laisser beaucoup de vides dans mes souvenirs du lycée… elle ne croit pas que cela changera de manière importante mon souvenir de toi, mais elle se doute que je ne vais pas beaucoup me rappeler d'elle et pas du tout de Tamani. Elle pense qu'elle peut y laisser assez d'elle-même pour que lorsque ma mère me parlera d'elle — comme elle le fait parfois —, je puisse hocher la tête et dire : « Oh ouais, ma petite amie du lycée. » Mais ce ne sera pas elle.

Cela a été difficile de leur dire adieu. Cela fait des années que je n'éprouve plus de sentiments amoureux pour elle — depuis que nous avons été ensemble toi et moi. Tu avais tout mon cœur. Mais ce que nous avons partagé tous les quatre, cela ne peut que créer des liens. Et même si je ne pensais jamais dire cela, Tam a été un très bon ami pour moi ces dernières années. En fin de compte, c'est lui qui a convaincu Laurel de fabriquer l'élixir. Lui qui l'a convaincue que c'était mon droit de choisir.

J'admire ta force, Chelsea, et j'espère que tu me pardonneras ma faiblesse. Mais avant de franchir l'ultime étape : le cadeau de Sophie. (J'ai pensé que tu y prendrais tout autant plaisir !) Effacer la mémoire me semble si définitif et je ne veux pas que tout soit perdu. C'est une sacrée bonne histoire, non ? Donc, je me suis mis à l'écrire et j'ai consulté Laurel pour connaître ses souvenirs et les détails qui ne m'avaient jamais été révélés. Tu verras qu'elle n'a rien gardé pour elle. Elle m'a tout raconté et j'ai essayé de le relater ici aussi fidèlement que possible. C'est beaucoup trop long pour produire un livre convenable, mais si une certaine fillette grandit en ressemblant un tant soit peu à sa mère, elle ne s'en offusquera pas. Elle l'adorera parce qu'il y est question de fées.

Donc, j'ai inclus l'unique exemplaire de notre histoire dans le monde. Je l'ai déjà effacé de mon disque dur. Je te l'offre pour en faire ce que tu désires. Garde-le, partage-le, que diable, publie-le, je m'en fous. Mais je t'en prie, accepte-le dans l'esprit qui lui est conféré et n'essaie pas de me faire rappeler tout cela. Je ne peux plus le supporter. Je t'en prie, je t'en prie ne m'y oblige pas. Je ne peux pas me marier en vivant avec ces secrets que je devrais cacher à ma femme. Et je veux offrir à Rose le genre de futur — le genre de mari — que je sais qu'elle mérite. Le genre d'homme que je sais pouvoir être. Le genre d'homme que j'étais avant. L'homme que tu as déjà aimé.

Il est difficile de croire que nous sommes amis depuis presque quinze ans. Nous devenons vieux ! Mais si Dieu le veut, nous le resterons encore pendant cinquante ans.

Avec tout mon amour,

David.

P.-S. Présente-moi un jour à Tam, si tu en as l'occasion. Il me manque déjà.

REMERCIEMENTS

Les lauriers vont toujours d'abord à mes brillantes éditrices, Tara Weikum et Erica Sussman, qui me font bien paraître, et à Jodi Reamer, mon extraordinaire agente qui, bien, me fait bien paraître aussi! Merci d'être toujours présentes dans ma carrière. Allison Verost, mon agente de publicité, tu t'assures toujours que tout le monde sait que mon équipe me fait bien paraître! Merci pour tout le mal que tu te donnes pour moi. Il y a tant de personnes chez Harper dont j'ignore même le nom qui ont travaillé sans relâche sur ce livre — merci à chacune d'entre vous! Et à mon équipe de droits d'auteur à l'étranger, Maja, Cecilia et Chelsey, vous assurez tellement que les mots me manquent! Alec Shane, toi, le fiable assistant d'agent, ton écriture sur mon courrier est toujours de bon augure.

Sarah, Sarah, Sarah, Carrie, Saundra (maintenant alias Sarah) — je deviendrais folle sans vous les filles. Merci pour tout! Particulièrement les ninjas. Enfin... quels ninjas?

Un seul nouveau nom à porter aux mentions dans ce livre, Silve, mon admiratrice Facebook, comme je l'ai dit — j'adore ton nom. Bienvenue dans l'univers d'*Ailes*.

À Coach Gleichman, bien que ton nom soit aussi mentionné au début de ce livre, j'avoue que depuis le tout premier livre, j'ai toujours eu l'intention de te dédier celui-ci. Tu m'as enseigné tant de choses qui m'ont modelée et ont fait de moi qui je suis aujourd'hui : l'importance de finir en force, comment « faire le vide » et comment prononcer *fartlek* sans m'étrangler de rire. Mais surtout, tu m'as appris comment m'obliger à faire des choses difficiles. Et crois-moi, cette série est une chose difficile ! Je n'aurais pas eu la discipline de terminer si tu ne m'avais pas montré à repousser mes limites plus loin que je ne l'aurais cru possible. Merci, Coach.

Kenny — les mots ne peuvent pas te décrire. Ils ne le pourront jamais. Tu es mon ancre et, plus que tout, tu as transformé ma vie. Audrey, Brennan, Gideon et Gwendolyn, vous êtes mes plus belles réussites. Ma famille et ma belle-famille : je ne pourrais pas désirer de meilleurs alliés.

Merci !